Рассказы

Марлинский

Жертва вечерняя

© Bibliotech Press, 2021

ISNB: 978-1-63637-666-0

СОДЕРЖАНИЕ

РОМАН И ОЛЬГА

Старинная повесть

[Течение моей повести заключается между половинами 1396 и 1398 годов (считая год с первого марта, по тогдашнему стилю). Все исторические происшествия и лица, в ней упоминаемые, представлены с неотступною точностию, а нравы, предрассудки и обычаи изобразил я, по соображению, из преданий и оставшихся памятников. Языком старался я приблизиться к простому настоящему русскому рассказу и могу поручиться, что слова, которые многим покажутся странными, не вымышлены, а взяты мною из старинных летописей, песен и сказок. Предмет сей книги не позволяет мне умножить число пояснительных цитат, но читатели, Для проверки, могут взять 2-ю главу 5-го тома "Истории государства Российского" Карамзина, "Разговоры о древностях Новагорода" преосвященного Евгения и "Опыт о древностях русских" Успенского. (Примеч. автора.)]

I

Зачем, зачем вы разорвали
Союз сердец? "Вам розно быть! — вы им сказали. —
Всему конец!" Что пользы в платье золотое
Себя рядить? Богатство на земле прямое
Одно — любить!

Жуковский

— Этому не бывать! — говорил Симеон Воеслав, именитый гость новогородский, брату своему. — Не бывать, как двум солнцам на небе. Правда, твой любимец, Роман Ясенский, хорош и пригож, служил верой и правдой Новугороду, потерпел много за Русь святую; горазд повесть слово на вечах, в беседах; удал на игрушках военных [Так назывались на Руси турниры. См. 5-й том "Ист. гос. госс." Карамзина, примеч. 251. (Примеч, автора.)] и на все смышлен, ко всем приветлив... Одна беда, — примолвил Симеон, с гордостью перебирая связкою ключей на поясе, — он беден, стало быть, не видать ему за собой Ольги.

1

— Брат Симеон! сердце не слуга, ему не прикажешь!

— Зато можно отказать. С этого часу запрещаю Ольге и мыслить о Романе, а ему — ходить ко мне. Я хочу, чтоб она думала не иначе, как головою отца да матери: жила бы по старине, а не по своей воле, и не подражала бы чужеземным, привозным обычаям. Правду молвить, в этом первою виной —

— Если б не торговые выгоды! — прервал Юрий, с усмешкою разглаживая усы свои.

— Да, да, если б не торговые выгоды! — отвечал Симеон, тронутый таким замечанием. — Выгоды, которые сделали меня первым гостем новогородским, а

— И всегда и навсегда напрасно: Ольга не изберет другого, если ты не выберешь ею избранного. Брат и друг! ты хорошо знаешь свои счеты, но худо страсти людские. Ольга может в твою угоду скрыть слезы свои, но эти слезы сожгут ее сердце, и она безвременно увянет, как цвет, иссохнет, как былинка на камне. Не делай же ее несчастною, не заставь крушиться родных на твое позднее раскаяние. Послушай совета от друга и брата, чтоб после не плакаться богу; исполни мою просьбу, а молодых мольбу — отдай Ольгу Роману!..

Слово совет пробудило гордость Симеонову.

— Побереги эти советы для детей своих! — сказал он, нахмурив брови, чтобы под суровостию чела скрыть слезы, навернувшиеся на глазах от речи Юрия. — Старшему брату поздно жить умом младшего.

Долго длилось молчанье. Юрий, недовольный худым успехом сватовства, видел, что он оскорбил самолюбие брата. Симеон досадовал на него за противоречие, а на себя — за помин о старшинстве. Один глядел в косящатое окошко, другой играл кистью своего узорчатого кушака; оба искали слов к разговору и не находили. Наконец нетерпеливый Юрий решился избавить себя и брата от затруднения уходом.

— Прощай, братец! — тихо сказал он, снимая со стопки бобровую свою шапку.

— С богом, Юрий! Но почему ты не остаешься здесь ужинать? Я попотчую тебя стерлядью и славным випом заморским.

— У тебя ль, Симеон, нет золота? — возразил брат его, Юрий Гостиный, сотник конца Славенского. — Тебе ли желать богатого зятя, когда ты можешь устлать деньгами всю дорогу его к церкви венчальной?

— Но кто мне порука, что не деньги влекут Романа к моей дочери?

— Его чувства, Симеон, его поступки: кто бескорыстно

принес в жертву родине свою кровь и молодость, кто первый запалил наследственный дом, чтоб он не достался врагам Новагорода, тот, конечно, не променяет души на приданое!

— Так не хочешь ли, братец любезный, чтоб я бросил мою лучшую, заветную жемчужину в мутный Волхов, чтоб я отдал мою дочь за человека, у которого нет три-девяти снопов для брачной постели [Брак сопровождаем был в старину множеством обрядов: перед выездом в церковь жених и невеста ступали на ковер, под венцом стояли на соболе, по приезде в дом жениха невесте расплетали косу, которой уже не могла она показывать. Во время пира подруги молодой пели приличные песни. При входе в спальню новобрачных осыпали хмелем и деньгами, чтоб они жили весело и богато. Постель стлалась на тридцати девяти снопах разного жита, и один из дружек, с саблею в руке, должен был разъезжать всю ночь кругом брачной клети или сенника. (Примеч. автора.)], у которого и любимый конь пасется муравою приятелей! Моей ли Ольге он чета? У нее корабли в море, у него — журавли в небе.

— Брат! не порочь доброго гражданина! Сердце Романово стоит твоих мешков с золотом, и в его жилах течет нехудая кровь детей боярских: племяннице моей не стыдно сложить руку с рукою правнука Твердиславова [Твердислав был посадником новогородским в 1219 году. О его великодушии смотри "Ист. гос. Росс." Карамзина, том 3, стр. 172. (Примеч. автора.)].

— Да будь он потомок самого Вадима, и тогда без золотого гребня не расплести ему косы моей Ольги и своей славной саблей не отворить кованого ларца с ее приданым!

— Чудный человек! ты ищешь за свое добро купить себе горе, а дочери несчастье. Ольга любит Романа; ее слезы...

— Слезы — вода, а про любовь ее, задуманную без моего согласия, не хочу я и слышать.

— Если б даже ты угостил меня княжескими павлинами, я не останусь: тоска племянницы отравит редкие твои яства и дорогую мальвазию...

— Вольному воля! — повторил раза два Симеон, провожая брата. Задумавшись, сел он под божницей, блестящей золотыми окладами и

венцами старинных икон, изукрашенных камнями самоцветными. Сватовство Романа не выходило из его головы: участь дочери лежала на сердце; гордость боролась с отеческою любовью. Больше всего на свете любил Симеон Великий Новгород, но больше всего уважал богатство, и потому-то человек, не отличенный еще согражданами, не наделенный счастием, с своими заслугами и достоинствами, казался ему ничтожным. К этому присовокупилась давняя досада за противность на вече, где Роман сильно опровергал его мнения. Симеон скоро увидел истину; но старые люди редко ее прощают юношам. Расчетливость не охладила в нем чувств, но тщеславие заставило желать для дочери жениха именитого и богатого; судьба Романа решилась. Симеон не любил говорить дважды.

"Брат посердится и уймется, — думал он, — а любовь девушки — лед вешний: поплачет она, поскучает... и другой жених оботрет ее слезы бобровым рукавом шубы своей!"

Бледен как полотно, выслушал Роман из уст Воеслава приговор свой. Добрый Юрий был ему вместо отца родного; он старался смягчить отказ словами ласковыми, льстил надеждой далекою; но мог ли обольстить несчастливца! Сердце влюбленного чутко, взоры его необманчивы; Роман издалека прочитал беду на лице благодетеля. В исступлении немого отчаяния, вперив неподвижные взоры на дверь, долго сидел он на лавке дубовой, ничего не видя и не слыша. Горькие вздохи вздымали грудь, занимали его дыханье; наконец природа взяла верх: в два ключа брызнули слезы из очей юноши; он, рыдая, упал на грудь великодушного друга.

В те времена добрые люди не стыдились еще слез своих, не прятали сердца под приветной улыбкою: были друзьями и недругами явно. Воеслав плакал вместе с Романом, и благодарная душа его как будто утешилась росою отрады.

II

Уста раскрыв, без слез рыдая,
Сидела дева молодая;
Туманный, неподвижный взор
Безмолвный выражал укор.

А. Пушкин

Милая Ольга не знала, не ведала о бывшем. В высоком липовом своем тереме, в кругу нянек и сенных девушек, сидела она за пяльцами, вышивая ковер шелковый, и между тем как нежная рука выводила узоры, воображение рисовало ей блестящие картины будущего. Она краснела от удовольствия при мысли, что на этот ковер, может быть, ступит она под венец с милым сердцу. Воспоминание переносило ее к первой встрече с прекрасным юношею, когда он забыл поклониться, пораженный ее красою, боясь свести глаза с Ольги пленительной. С младенческою подробностью припоминала она ту прелестную весну, когда сердце ее распустилось, как роза, под дыханием первой любви; тот незабвенный семик, когда впервые рука ее трепетала в руке Романа, когда нехотя убегала она в резвых горелках от милого незнакомца и как будто случаем с ним встречалась, с ним завивала березку и, когда Волхов умчал гадальный венок ее, в глазах Романовых хотела прочесть будущую свою участь. Припоминала места, где видались они, и тайные речи, и поступь, и одежду сердечного друга. Иногда, опустив иголку, в обмане мечты, ей казалось как наяву, будто Роман стоит перед нею в светло-синем кафтане своем, с серебряными застежками, обтянутом около стройного его стана, в зеленых сафьянных сапожках с золочеными каблуками! Казалось, она видела, как он кланяется с обычною увертливостью, как отряхает русые кудри свои, как закладывает шитые с бахромою перчатки за кушак шамаханский, и мимолетный ветер чудился ей голосом любезного. Как любила слушать она Романовы повести о дальних походах новогородцев, на поморье и на подолье, о битвах с богатырями железными, с суровыми шведами, с дикими половцами и литовцами. Она заслушивалась им, растворив окно светлицы над крыльцом отеческим, где милый воитель беседовал за стопой кипящего меду, сидя с братьями Воеславами, по субботам в час вечера, когда кончены все заботы недели, и тонкий пар встает с бань приволховских, и река кипит пловцами. С каким трепетом, с каким благоговением внимала она рассказу о недавнем нашествии Тамерлана, о промысле всемогущего, спасшего Москву от гибели верою граждан, заступлением девы пречистой, образом Владимирской богоматери [Тамерлан, или Тимур, с московского пути обратился на юг России, как пишут современники, в самый тот день (26 авг. 1395 года), когда москвитяне встретили сию чудотворную икону, нарочно из Владимира привезенную, "Ист. гос. Росс", том 5. (Примеч. автора.)]. С каким участием провожала Романа, плененного в Ельце, за войском монголов, гонимых мечом невидимым из России! Описание вечно цветущей Астрахани, коверчатых берегов закубанских и Кавказа, подпирающего небо шлемом снежным, оперенным тучами, и грозного величия бича вселенной — Тимура, его роскошный двор, его зверонравных подданных с их нарядами, с их обрядами и забавами — привлекали внимание Ольги. "Добыча целого света, запечатленная кро-вию миллионов людей, лежала горами в престольном стане Тимуровом, — говорил Роман. — Цари и владельцы всей Азии служили хану рабами. Ковры персидские, украшение дворцов Багдада, стали попонами верблюдам, многоценные пояса дев русских обратились в смычки собак; багряницы князей веяли чепраками на конях победителя. Гордые моголы, нежась на войлоках под шалевыми палатками Тибета, пили вино разграбленной Грузии из священных чаш Царя-града". Сердце ее замирало, когда она внимала ужасам, висевшим над головою Романа во время плена, и опасностям во время бегства его на родину, от берегов Черного моря.

Неустрашимость мужчины вливает в грудь девушки какое-то возвышенное к нему уважение. Соучастие дружит, сближает с страдальцем, и любовь, как тиховейный ветер, закрадывается в душу. Пленили Ольгу повести богатырские; но что было с нею, когда Роман садился за звонкие гусли и под говор струн запевал томную песню! Его голос казался тебе, красавица, отголоском тайных чувств твоих; твоя душа сливалась и замирала с звуками любовных припевов; ты млела в каком-то сладостном забытьи, и долго-долго слышались тебе отрадные звуки знакомого голоса, и взоры певца ласкали, проницали сердце. "Неужель все то правда, что поется в песнях?" — не раз спрашивала Ольга у добродушной няни своей.

"О, конечно! — отвечала няня. — В сказке — басня, а в песне — быль".

И вслед за тем запевала она любимые песни Ольгины, сложенные Романом, и — неопытная предавалась страсти злосчастной и с потворством внимала шепоту сердца, которое от часу громче твердило: "Люблю, люблю Романа!" Ты спознала, непреклонная красавица, грусть и сладкие вздохи, и неясные желания, и, в награду бессонницы, сны, украшенные образом незабвенным. Да и кто ж, коль не он, ей суженый? Разве даром ей явился Роман в зеркале, разве даром приснился о святках, накануне крещенья, и перевел, как наяву, через мост свадебный? Неужели лучший вещун — сердце ее обмануло!..

Так лелеяла надежды свои невинная Ольга; но жребий судил иначе... Вечерел ясный день рюзня [Рюэнь — сентябрь, (Примеч. автора.)]. Ольга задумчиво сидела под густою яблонью, в тенистом саду отеческом. Вдруг затрещал частокол высокий, кто-то спрыгнул с него; еще миг — и Роман очутился перед испуганною Ольгою.

— Не беги, не пугайся, не гневайся, милая! — говорил он,

схватив ее за руку. — Выслушай твоего верного Романа. Моя жизнь, мое счастие от того зависят.

Красавица вырывалась напрасно; рассудок советовал ей: "Беги!", сердце шептало: "Останься!" "Что скажут добрые люди?" — повторял разум. "Что станется с милым, когда ты скроешься?" — замечало сердце. Еще борьба страха и стыдливости не кончилась, а Ольга нехотя, сама не зная как, сидела уже с Романом рука об руку и пленительным голосом любви упрекала любезного льстеца в безрассудстве.

— Ольга, — сказал тогда Роман, — я принес весть нерадостную: я сватался, и мне отказано! Жить без тебя я не могу, и когда твоя любовь не одни пустые речи, бежим к доброму князю Владимиру: у него найдем приют, а в сердцах своих — счастье. Решайся!

Поражена, изумлена вестью и предложением Романа, безмолвна сидела Ольга. Все кончилось! Все мечты, любимые подруги сердца, погибли. Исчезла радость навек, будто павшая звезда, и так безнадежно, так неожиданно! Долго бушевали страсти в груди ее; долго тускнело зеркало разума под дыханием отчаяния; наконец ужасающая мысль о побеге возбудила внимание Ольги.

— Бежать, мне бежать! — воскликнула она, рыдая. — И ты, Роман, мог предложить средство, позорное для моего роду и племени, пагубное для меня самой! Нет, ты не любил Ольги, когда забыл о ее доброй славе, о чистоте ее совести. Бежать! Совершить дело неслыханное,, бросить край родимый, обесславить навек родителей, прогневать бога и святую Софию! Нет, Роман, нет, отрекаюсь любви, если она требует преступлений, и даже тебя, тебя самого.

Слезы прервали речь ее.

С нахмуренным челом, блуждая окрест сверкающими взорами, внимал вспыльчивый Роман укорам девы.

— Женщины, женщины! — произнес он с дикою усмешкою, — и вы хвалитесь любовию, постоянством, чувствительностию! Вы, жалостливые только до песен; вы, из тщеславия пленяющие легковерных! Любовь ваша — одна прихоть, болтлива и летуча как ласточка; но когда приходится доказать ее не словом, а делом, как вы обильны в извинениях, как щедры на советы, на старые басни и на упреки! И для чего ж было льстить мне коварными взорами, речами ласки и надежды? Чтобы убийственным нет оледенить сердце любовника! Не для тебя ль, непреклонная, забывал я славу, и свет, и все, меня окружающее; не замечал, как откидывались от глаз, будто ненароком, при встрече со мною, фаты первых красавиц, какие взгляды стремились ко мне из-за штофных занавесов богатейших из моих соседок? Не я ли вековал на улице, чтоб уловить небесный взор твой, услышать звук твоего голоса, шум легкой твоей походки? Не я ли посвятил тебе жизнь и счастие жизни? И ты разом все у меня похищаешь: меняешь мою руку на роскошь, хочешь, чтобы золотым обручальным кольцом приковали тебя к чугунной цепи немилого супружества, — немилого, говорю я?.. Но ведь женская любовь — привычка; долго ль красавице позабыть прежнее!.. И может статься, если переживу я свое несчастие, Ольга захочет видеть меня дружкой своим, чтобы с саблей в руке скакал я в ночь около ее спальни и охранял покой новобрачных!..

В пылу гнева Роман не внимал умоляющему голосу Ольги, но, излив словами сердце, он увидел слезы ее; они потушили исступление. Ярость исчезла, как тающий снег на раскаленном железе.

— Неблагодарный друг! — говорила красавица. — И ты мог подумать, мог вымолвить, что я разлюбила тебя! Надеялась ли я когда-нибудь слышать упреки за справедливость? думала ли получить такую награду, когда твои вздохи волновали грудь мою, когда по целым часам я внимала взорами тайному разговору ясных очей твоих?.. А теперь!

— Прости, прости меня, бесценная!.. — повторял тронутый Роман, целуя хладную ее руку...

Невольно склонилась девица на кипящую грудь юноши; щеки обоих горели румянцем, и первый сладостный поцелуй любви запечатлел примирение.

— Жить и умереть с тобою! — тихо произнесла Ольга, и все жилки Романа затрепетали чувством неизъяснимым.

Души пылкие! вам они понятны: вы изведали сии волшебные мгновения, когда каждая мысль — радость, каждое ощущение — нега, каждое чувство — восторг!

— Через три дня, в праздник пятилетия мира с немцами, в час полуночи, я буду ждать милую Ольгу под окошком садовым; борзые кони умчат нас отсюда, суматоха праздничная поблагоприятствует побегу, и на берегу чуждой реки найдем мы покой и счастие и, может статься, дождемся благословения отеческого.

Роковое да! излетело со вздохом. Любовники поцеловались еще и еще раз. Прощальные слезы сверкнули — Роман удалился.

III

Они в ручной вступили бой,
Грудь с грудью и рука с рукой.
От вопля их дубравы воют,
Они стопами землю роют.

Дмитриев

Наступил день праздника.

Веселый звон колоколов огласил воздух, и Новгород запестрел народом; собираются стар и мал: граждане в церковь Софийскую, немцы к св. Петру. Громогласно читают договорную мирную грамоту с рижанами и Готским берегом; молебствие отходит, и все спешат от обедни к обеду на городище. Сановники за столами браными ждут гостей, гости ожидают друг друга, И вот уже посадник приветствует купцов ревельских, любских, армянских, союзников литовцев, земляков россиян. Владыко благословляет яствы, гремит труба, и все садятся: богач подле бедного, знатный с простолюдином, иноверец рядом с православными. Всё смешано, все дышат братством и дружеством; благодатное небо раскинуто одинаково над всеми. Казалось, тогда обновился пир Изяслава, князя, любезного народу, угощавшего на этом же месте любимый народ свой.

Протекли с того дня три века; изменились князья Новагорода; зато новогородцы остались те же. По-прежнему шумны как липец, по-прежнему гнев их сердец опадает как пена, и незлопамятная рука новогородца охотно покидает меч для кубка мирового, и недруги садятся друзьями за гостеприимный стол, за хлеб-соль русскую.

Текут часы, течет вино рекою, и заздравный рог кружится между гостями, и цветные наливки румянят ланиты пирующих. Смех и шум возвещают конец обеда. Встают — и веселые, живые песни раздаются по берегу.

— Милости просим, алдерман Бруно, фогт фон Роденштейн, и все господа рыцари немецкие и все ясные паны Литвы! — говорил ласковый Юрий Воеслав приезжим. — Милости просим послушать песенок русских; певец Роман, верно, не откажется потешить дорогих гостей наших.

Любопытные стеснились в кружок. Роман настроил гусли, робко окинул взором собрание и запел о любви дочери Ярославовой Елисаветы к смелому Гаральду, витязю Скандинавии, изгнаннику, великодушно принятому при дворе

9

новогородском. "Князь, — говорил ему мудрый Ярослав, — ты мил моей дочери, этого довольно — меняйтесь сердцами и кольцами, но знай, что одними песнями не купишь руки Елисаветиной, покуда слава не будет твоею свахою". "Иди и заслужи меня!" — произнесла полумертвая княжна, и Гаральд полетел в Грецию, сражался годы за св. крест, побеждал, потому что любил, и, презрев страсть императрицы Зои, с верною дружиною варягов, между тысячами опасностей, возвратился к Новугороду и корысти, и славу, и почести поверг к ногам верной Елисаветы.

Вдруг затихли живые струны, и светлая дума минувшего налетела на кругстоящих. Роман, зарумянясь будто красная девушка, внимал похвалам и плескам всеобщим. Как подстреленный орел рвется в путах, завидя добычу, так билось в груди юноши сердце, когда в княжем саду увидел он Ольгу, когда заметил на лице ее улыбку одобрения; он был счастлив!

— К играм, к играм! — прокликнул бирюч, скача на татарском коне по набережной, звуча по временам в трубу серебряную.

Расхлынули волны народа, и просторный круг образовался для борьбы и для ристания. Немцы были первыми гостями на празднике; они первые въехали за веревку. Взоры всех стремятся на оружие всадников: один из них в светлом серебряном панцире, в таких же поручах и поножах, в стальных перчатках, закрыт от золотой шпоры до золотого нашлемника, расцветшего, будто махровый мак, страусовыми перьями. Забрало опущено, черный крест украшает левую грудь; чешуйчатый прибор гремит на сером коне рыцаря. Стальной клетчатый намордник, прикрепленный к ветвистому мундштуку, охраняет конскую голову. Молодой витязь рыщет по поприщу, поднимает решетку шлема, увидя красавиц, выглядывающих сквозь ветви окружных садов, вьет пыль и окровавленною шпорою вперяет свой жар в хладнокровного бегуна фряжского. Другой тихо разъезжает кругом. Его броня чернее ночи, тяжко вооружение, и меч огромен. Голова мавра видна в золотом поле щита; [Военно-торговое общество братьев шварценгейптеров, существовавшее в Ревеле и Риге, в гербе своем имело голову с Маврикия, который был мавр по роду и воин по званию, (Примеч. автора.)] кудри белоснежных перьев играют с ветром. Бесстрастные глаза рыцаря едва блистают сквозь крестовидные скважины глухого его забрала. Но вот расскакались противники, летят навстречу, сердца зрителей бьются по скоку коней, удар! — и копья в осколках, и кони, сгрянувшись, повергались наземь; рыцари, запутанные,

10

задавленные латами, лежат под своими бегунами недвижимы и невредимы.

— Прекрасны ваши брони, — говорили, поднимая их, новогородцы, — но для нас несручны: русский не согласится сидеть, будто в засаде, в таком панцире и, как в тюрьме, дышать божьим воздухом сквозь решетку!

Литовские пятигорцы [Пятигорцы — род легкой кавалерии на образец венгерских пятигорцев. См. Opis starozytny Polski przez T. Swieckiego. (Примеч. автора.)] на резвых конях взнеслись на площадь. Их было трое; легкие кольчуги облекают стан до колена, медвежьи шкуры веют на левых плечах, орлиные крылья шумят за спиною. Бобровые прильбицы [Прильбица — шлем, а иногда наличник (visiere). (Примеч. автора.)] надвинуты на брови; кривые сабли их бренчат; мелькают копья, увенчанные полосатыми значками; высоки сафьянные седла их, убитые золотом, увешанные корольковыми кисточками и ременными плетнями; лядунки с снарядом огнестрельным висят на правом боку; фитили курятся в жестяных трубках. Они гарцуют и с воплем скачут по полю, крутят дротиками, мечут и ловят их на полете или, покинув повода на шею послушных бегунов, берутся за едва виденные дотоле самопалы [Самопалы — пищали или ружья. Витовт употреблял огнестрельное оружие при осаде Витебска в 1395 году. У нас вошло оно в употребление немного позже. (Примеч. автора.)] и, как Перуном, разят перелетных ласточек и дивят народ своим проворством.

— Удалы наездники! — говорят про них меж собою новогородцы. — А не раз случалось нам щипать этих орлов задвинских.

Пращи свистят; русские стрелы решетят цель; юноши опережают ветр, бегая взапуски; всадники скачут, сопровождаемые восклицаниями, ожидаемые наградою у меты. Борьба, любимая забава племен славянских, привлекает удальцов; кулачный бой решит победу. Уже строятся стороны: особо Софийская, особо Торговая; уже громко вызывают поединщики друг друга; двое первых бойцов выходят на средину, сбрасывают с себя кушаки, цветные кафтаны и с правых рук рукавицы, обнажают их до локтя. Айфал бьется со стороны Торговой, Буславич — от Заречья. Первый ретив, быстр, грозит взорами и словами, другой насмешливо молчалив и неподвижен. В двух шагах друг от друга колеблются они, склонясь наперед всем телом, закрыты, как щитом, левыми руками, стерегут удачного мгновенья, чтоб поразить правою: вот удар — и великан Айфал сгорел от руки

11

Буславича; но вот и обе стены сошлись, схватились, смешались; воздух стонет от кликов, удары дождят — как вдруг раздался глухой звон вечевого колокола; изумленные борцы остановились и, еще стиснув в руках противника, прислушивались к вестовому звуку. Удары повторялись за ударами, и с каждым разом росло смятение. Новогородцы забыли и бой и веселье, когда общее дело зовет их на вече. Народ потек на двор Ярослава; у каждого в глазах было написано недоумение, на всех устах летал вопрос: что значит эта неожиданность и что она сулит нам?

— Граждане! — сказал посадник Тимофей собравшемуся народу, — послы князей Василия Димитриевича и Витовта, сына Кестутиева, привезли грамоты о делах важных и неотлагаемо хотят вручить их новогородскому вечу. Когда и как дозволите вы явиться им перед собою?

— Теперь, сейчас! — воскликнули тысячи. — Допускаем их поклониться святой Софии и по старине справить свое посольство.

Послы явились. Московский боярин Константин Путный взошел на крыльцо с обнаженною головою, поклонился народу и читал:

— "Василий Димитриевич, великий князь Московский, Суздальский, Ниже— и Новогородский и всея Руси, шлет поклон своим верным людям новогородцам!.. Вложив меч в ножны, после кары строптивых городов ваших, я три года жду покорности новогородской митрополиту Москвы, — жду и не дождусь. Ужели вечно раздумье ваше? Знайте ж, что мое терпение не вечно. Это старое; желаю иного. Немцы усиливаются и богатеют в ущерб православным: обрывают соседние союзные области и из вашего железа куют стрелы на русских. Призванный на княжение по роду, я и по сердцу блюду моих подданных и обязан предупредить вас от зла, тем вреднейшего, чем более оно похоже на пользу. С тестем Витовтом мы ссудили войну Ордену меченосцев; требуем того же от Новагорода".

Еще не смолк гул изумления, когда литовец Ямонт гордою поступью вышел на средину и громко вещал:

— "Новогородцы! вас приветствует Витовт, князь Чернигова, князь Белой и Червонной Руси, земли витязей и всей Литвы. Я с вами в мире, а вы с врагами моими, рыцарями, в дружбе и совете. Принимаете и жалуете моих беглых мятежников [Здесь Витовт говорит о Василии Иоанновиче, князе Смоленском (который, видя свое владение изменою захваченное, Смоленск сожженный и разграбленный, бежал от

12

братоубийцы Витовта в Новгород), и Литовском князе Патрикии, сыне Нариманта, которому новогородцы дали в управление цриневские области. (Примеч. автора.)]. Так ли поступают союзники? Так ли платят за ласку нового брата по вере, у которого с вами одни друзья, одни враги? Новогородцы! хочу знать решительно, меня или магистра предпочитаете? Если его, то вспомните, что Витовт не за горами и болота не щит Новугороду. Ваши леса склонятся мостом для моих бесстрашных; я пущу огнь и меч по вашей волости и подковами вытопчу нивы. Мой зять, а ваш государь седлает коня заодно со мною. Выбирайте: жду ответа!"

Невнятное жужжанье негодования пронеслось в толпе народной. Один из старших посадников [Действительный посадник назывался степенным, прежние посадники — старшими. Каждый конец, или часть города, имел своего старосту, делился на военные и торговые сотни. Первейшие местичи, или граждане, назывались огнищанами и житыми людьми. В боярское достоинство, равно как во все должности, избирал народ миром, то есть обществом; но оно не было наследственным. Простой, или черный, народ пользовался одинакими правами с прочими сословиями. Купцы, или гости, имели свою особую расправу — в думе, (Примеч. автора.)] проводил послов до посольского дома. Граждане, по обычаю, остались судить о слышанном. Епископ, после краткой молитвы, благословил всех на правое совещанье о святом деле родины. Все сановники удалились, ибо старинный закон запрещал им присутствовать на вечах, дабы уничтожить влияние власти. Как море, шумело собрание: разногласие волновало умы; наконец огнищанин Иоанн Заверёжский, муж правдивый, но миролюбный, взошел на ступени и громко спросил позволения вымолвить слово; ему позволили, и вот что говорил он:

— Народ и граждане, вольные люди новогородцы! Вы слышали предложение князей; вы чувствуете неправоту оного, и общность угроз, и высокомерие княжее; но вы знаете меру сил своих, и теперь благоразумие должно начертать ответ наш. Дело состоит в разрыве с лифлянд-цами или в войне с могучими князьями, и мое мнение — избрать меньшее, первое зло из двух необходимых. Правда, от Ганзы получаем мы все прихотные товары, но жизненные потребности в руках Василия: он может пересечь нам и путь к Каменному Поясу, а без соболей что будет с нашей заморскою торговлею? Это еще не все: немцы — приятели нам только в гостином дворе и злодеи в поле; набеги их на границы наши от Невы и Великой

13

тому порукою; за них ли, чужеземцев, прольем кровь братьев, наведем беды на отечество? И без того еще не встали из пепла села, и монастыри, и запольские [запольские — загородные. (Примеч. автора.)] посады Новагорода, недавно принесенные в жертву, великодушно, но бесполезно. Прошлый раз Василий вооружил двадцать городов; теперь один Витовт приведет более, и тяжкая сила задавит волю. Не лучше ли ж до поры до времени уступить некоторые выгоды, чем вдруг потерять все?

— Правда, правда! — закричали многие. — Куда нам ведаться с двумя сильными врагами?

Тогда, кипя досадой и гордым мужеством, Роман просил слова.

— Говори! — зашумели все. Роман говорил:

— Вольные местичи вольного Новагорода! Не дивно было, когда послы князей винили и стращали нас по-своему; дивлюсь, как новогородец мог предложить меры, столь противные пользам соотечественников! Мы поклялись управляться в делах церкви своим епископом; мы целовали крест на мир с рыцарями, — ужели будем играть душою, чтобы угодить Витовту? Ужели новогородская совесть отдана в приданое за его дочерью? Недовольный клятвопреступством, он хочет и нас сделать предателями, требуя, чтоб мы выдали Василия и Патрикия на участь Скиригайла и Нариманта, им изведенных; но можем ли, захотим ли нарушить искони славное гостеприимство паше? Изменим ли заповеди евангельской, повелевающей прощать и благотворить врагам? Витовт, забрызганный кровью наших одноземцев, хвалится, что разил врагов Новагорода, пирует с зятем в Смоленске и вооружает его на немцев. Василий жалуется на них, чтоб обвинить нас, но от кого будет сам получать парчи, бархаты, сукна, оружие? Чрез какие ворота потекут в Русь искусства, рукоделия и все новые изобретения стран далеких? Через кого мы сами богаты и сильны? Разорвется узел торговли, и обедневший Новгород — верная добыча первому пришельцу. Вспомните, граждане, старинную пословицу: "пустой мех стоять не может!"

Громкие знаки одобрения заглушили речь Романа. Когда утихло, он продолжал:

— Говорят, что ключ от новогородской житницы в руках Василия; но разве нет хлеба за морем? Дорогою же к золотому сибирскому дну завладеть нелегко; в Двинской области у нас есть войско, которое отстоит города, примышленные копьем в поле, а не поклонами в Орде; здесь найдутся люди, чтоб их выручить. Враги наши ужасны, зато в них нет единодушия;

Витовт, роскошный на обеты и угрозы, любит греться у чужого пожара и теперь, собираясь громить монголов, не завяжется в битву с соседами. Василий могущ, опасен, — тем сильнее должны ополчиться мы сами. Вам предлагают купить мир временною уступкою прав своих и вечным стыдом родины. Граждане! разве не испытали вы, что уступки становятся чужим правом? Разве серебряным лезвием отразили предки булат Андрея Боголюбского? Наш колокол не дает спать в Кремле Василию; заснем ли мы под грозою? Или забыли замученных торжецких братии своих [Первая торговая и смертная казнь была при Димитрии Донском. Василий усугубил ее. Пленных граждан Торжка, числом семьдесят человек, терзали на площади московской. "Они исходи-дили кровию в муках; им медленно отсекали руки и ноги и твердили, что 1ак гибнут враги государя московского". "Ист, гос. Росс." Карамзина, том 5, стр. 135. (Примеч. автора.)], или нет в Новегороде сердец новогородских, иль не стало мечей, или мы разучились владеть ими? Пускай же восстают тьмы русских на своего прадеда, на великий Новгород; за нас наша мать, святая София!

IV

Ах ты, душечка, красна девица,
Не сиди в ночь до бела света,
Ты не жги свечи воску ярого,
Ты не жди к себе друга милого!

Народная песня

Стих, стемнел шумный Новгород; гасли огни в окнах граждан и чужеземцев; сон смежил очи заботы. Покойно все на берегах Волхова; только ты не спишь и не дремлешь, прелестная Ольга! И сильно бьется сердце девическое, высоко воздымается грудь твоя; ожидание, страх и раскаяние тебя терзают. Любимая няня уже распустила ей русую косу, сняла с нее праздничные ферези, прочитала молитву вечернюю, спрыснула милую барышню крещенскою водою, осенила крестом постелю, нашептала над изголовьем и с наговорами благотворными ступила правою ногою за порог спальни. Добрая старушка! для чего нет у тебя отговоров от любви-чародейки? Ты бы вылечила ими свою барышню от кручины,

15

от горести, от истомы сердечной. Или зачем сердце твое утратило память юности? Ты бы провидела страсть милой Ольги, заглушила б ее еще в цвету — советами и рассеянием. Но ты сама раздувала пламень, сама напевала ей песни Романовы, хвалила его нрав и стать. Беда юноше, когда ветреная красавица только думает, что его любит; горе девушке, если она любит неложно! В шуме боевой, походной жизни, с чужеземными красавицами, забывает молодец прежнюю милую, но в тиши девичьего терема гнездятся томительные страсти, и любовь глубоко впивается в невинную душу. Ах, зачем, добрая няня, ты не ведаешь отговоров от любви-чародейки? Зачем старостью отуманились твои очи?

Но вот Ольга сбрасывает с себя жаркое одеяло и робкою белоснежною рукою осторожно отдергивает камчатные завесы полога — прислушивается; дыхание замирает в груди, блеск лампады перед иконою обличает волненье беглянки. Трепеща, надевает она соболью шубку и, наконец, решается встать с постели; долго ищет ножкою по холодному полу туфлей сафьянных, — каждый скрып половицы бросает ее в холод. Красавица отворила окно. Все было мертвенно, тихо в окрестности, и месяц плыл в зыбких осенних туманах. Изредка слышался крик перепелки в нивах соседних; изредка бренчанье цепей на собаках, стерегущих немецкий гостиный двор, раздавалось по Михайловской улице. Нигде ни души. Нет условного знака, страшного и желанного вместе. Склонясь на руку, уныло смотрела Ольга на сверкающий вдали Волхов, и тоска по родине сдавила ее сердце. Прости, в последний раз, все, что семнадцать лет меня радовало! Простите, добрые, милые родители! Ольга залилась горючими слезами, и невольно упала на колена перед спасовым образом, и в теплой молитве излила свою душу. Страсти улеглись в ней постепенно, и постепенно ярчей слышался голос раскаяния. "Где найдешь ты покой, дочь ослушная, без благословения родителей, тобою убитых? Проклятие отца отяготеет над тобою; грызение совести и общее презрение будут преследовать тебя в жизни и заградят грешнице небо; ты истаешь слезами, иссохнешь в объятиях мужа. Чуждый песок засыплет глаза твои. Твое имя надолго будет укором!" Тронутая Ольга молилась с новым благоговением, и благодать низлетела в ее сердце светлою мыслию. "Нет! не огорчу, не обесславлю побегом родителей! — сказала она с благородною твердостию. — Роман ослеплен любовью, но он меня послушает, — я упрошу или оплачу любезного. Пусть буду несчастна, зато невинна!" Победа над

16

собою пролила небесную отраду в утомленные чувства красавицы, и ангел сна осенил ее крылом своим.

Покойся, душа непорочная! Ты не одну еще ночь встретишь тоскою бессонницы, не одно изголовье смочишь слезами, которых не осушит ни солнце, как росу, ни поцелуй сострадательной матери, ни самое время, и долго тебе ронять их на ветер, долго ждать друга милого!

V

Под звездным небом терем мой,
И первый друг мне — мрак ночной,
И мой второй товарищ ратный —
Неумолимый нож булатный;
Товарищ третий — верный конь,
Со мною в воду и в огонь;
Мои гонцы неподкупные —
Летуньи стрелы каленые.

Старинная песня

Под мраком ночи невидимкой миновал Роман Софийские ворота Новгорода и на вороном коне поскакал по дороге Московской. Быстро, не озираясь, несся он, будто русалка гналась по пятам, будто хотел умчаться от изменнической стрелы. Пал холодный туман на поляны; тяжкая грусть налегла на сердце. Ветер взвевал кудри Романа; широкие полы опашня трепетали на седле татарском, и кривая сабля гремела, ударяясь о стремена. Протяжный звон службы всенощной раздался с седой колокольни монастыря Хутынского и пробудил Романа от забытья. Взглянув на узорчатые главы оного, блистающие во тьме крестами золотыми, он вспомнил, что, выезжая в дорогу, не осенил себя крестом, и торопливо осадил опененного коня, Снял шапку и набожно прочел "Богородице дево, радуйся", и трижды склонялся к луке поклонами молитвенными.

"Мучительно оставить милую, — мыслил Роман, — когда брачный венец ожидал нас. Тяжко покинуть ее в жертву сомнений и незаслуженной тоски; но, видно, бог не хотел союза тайного, неблагословенного; да будет воля его святая!"

С думою на угрюмом челе пустился он далее. Совесть упрекает нас сильнее, когда решимость на худое дело напрасна, ибо досада неудачи ее подстрекает, — то же самое было с Романом.

Долго ехал молодец по дороге-разлучнице; кручина, как ястреб, рвала его сердце. Месяц светил сквозь радужную фату облаков, на пустую тропу и на сонные дубравы. Кругом не шелохнется листок, не встрепенется птичка; только звонкий отголосок вторит мерному топоту коня или хрустят порой гнилые мостницы под его ногами. Настала полночь, час привидений, но наваждение ада бессильно против невинности, ужасной ему, как песнь петуха, по преданию. Чего ж нам страшиться за нашего витязя, когда теплая вера ему покровом!

Частой рысью спускался Роман с крутого берега Вишеры на утлый мост, через нее брошенный; громкий свист пробудил его из глубокой задумчивости, другой свисток отозвался в глуши леса. Конь вздрогнул и поднял голову, по телу всадника пробежал мороз. Узкий бревенчатый мост, опирающийся на шаткие козлы, лежал перед ним, сзади круть берега, кругом седой бор. Шатром перекачнувшиеся ели заслоняли месяц, поток невидимый журчал внизу между камешками. Рассуждать было бы напрасно; Роман выправил рукоять сабли и, озираясь, проехал до половины моста. Чуткий конь прял ушами, храпел, робко ступал, но все было тихо; Роман думал, что ему почудилось.

— Стой, или убью! — загремел неведомый голос, и пять удальцов, выскочив из-за обрушенных пней, из-под моста, заступили ему дорогу.

— Прочь, бездельники! — вскричал бесстрашный Роман, и дерзкий, схвативший под уздцы его лошадь, покатился от сабельного удара.

— Режьте его! — воскликнули разбойники, и кистени засвистали вкруг витязя. Бодро отмахивался он от наступающих; пробиться и ускакать была его единственная надежда; но бог судил иначе. Блестящий нож испугал бегуна Романова; он с маху рванулся вбок, скользнул и полетел с мосту, и там, на дне ручья, всей тяжестью тела придавил разбитого, бесчувственного всадника...

Светало.

Вкруг умирающего огонька спали нераздетые разбойники; на их бранных медью поясах сверкали длинные ножи. Самострелы, колчаны, кистени висели кругом на ветвях; три коня под седлами ели пшено вместе с Романовым. У переметных сум, полных добычею, дремал сторожевой, с свистком в руке; атаман, с завязанною головою, лежал на волчьей коже и читал какую-то грамоту; вот какое зрелище представилось изумленному Роману, когда он опамятовался.

"Где я?" — спрашивал он у самого себя. Как давно забытый, зловещий сон, мелькало в его памяти прошлое. Он смутно припоминал об условленном побеге, о вече, о любви, принесенной в жертву отечеству, о вине пути своего; наконец со страхом схватился за грудь... На ней уже не было хранительной сумки, ни данных ему наказов, ни золота, ему вверенного. Обморок снова охватил чувства Романа, испуганного сею важною потерею.

Атаман разбирал по складам письмо, сорванное с Романовой груди, и гласно повторял каждую речь. Послушаем, что в нем написано.

"Наказ тысяцкого и посадников новогородских боярскому сыну Роману Ясенскому! Добрые люди знают тебя за твою правду; мы уверены в твоей верности; мы поручаем тебе дело тайное. Правда, ты молод, но ум не ждет бороды, и нам не старого, а бывалого надо. Внимай: великий князь грозится на нас войною. Не боимся ее, но не хотим лить крови христианской, если можно того избегнуть; к этому один путь — золото. Бояре московские, сдружась теперь с баскаками, любят стольничать добром народа; собирают татарской рукою двойные подати, продают правду; обманывают князей и простолюдинов. Итак, спеши в Москву; никем не знаемый, ты можешь выдать себя за иногородца и тайком склонять на нашу сторону княжих сановников. Не жалей ни казны, ни красного слова; представь им несправедливость требований, неверность счастия в битве, силу Новагорода и упорство новогородцев, Корысть и нелюбовь бояр к трудностям похода будут стоять заодно с тобою. Князь молод, и, может, ими отговоренный, он отменит гнев на милость. Однако не полагайся на обеты, на ласки придворных, — с ними дружись, а за саблю держись. Замечай сам за всеми, поверяй все собою. Спи и гляди, и чтоб первая боевая труба слышна была на Ильмене, чтоб не пал на нас князь, будто снег на голову. Крепко держи наш совет на уме, тайною запечатлей осторожность исполнения, а в остальном указ своя голова. Когда приложишь сердце к делу правому, святая София тебе поможет и государь Великий Новгород тебя не забудет. С богом!"

Атаман, прочитав грамоту, заботливо бросился к лежащему без чувств Роману, кропил его студеной водою, лил вино в посиневшие губы, — все напрасно: смертный сои оковал члены юноши. Напоследок отозвалась жизнь в Романе, мгновенный румянец, как зарница, мелькнул на щеках его, он поднял отяжелевшие веки и удивился, увидя себя на коленях разбойника, между тем как другой его окуривал жженым опереньем стрелы.

— Здравствуй, земляк! — сказал радостно атаман, смягчая грубый свой голос.

Роман привстал, чтоб удостовериться, не сон ли это, и сомнительный взор его остановился на приветствующем, — и быстрая мысль сорвала вопрос с полуоткрытых уст.

— Понимаю! — возразил, усмехаясь, атаман. — Тебе чудно, что разбойник, которому вчера разразил ты буйную голову, теперь ухаживает за тобой, как за невестой; не дивись этому: гонец новогородский всегда будет у меня гостем почетным. Пусть ржавчина съест мою игольчатую саблю, если я ведал вчера, что ты новогородец! Но, говорят, от судьбы на коне не ускачешь, и я нехотя стал твоим грабителем. Ободрись, однако, добрый молодец! Ты не в худые руки попал: я не век был разбойником.

С сими словами он помог Роману встать, подвел его к огню, тер целительною мазью его ушибы и потчевал вином кипящим.

— Благодарю! — отвечал Роман. — Я еще не пью питья хмельного; оно для меня как яд.

— Ах, кому оно полезно! — сказал атаман, вздохнувши. — Многих бы грехов не лежало на моей совести, когда бы вино не мрачило разума. Буйные страсти от него кипели гневом, и невинная кровь лилась. Ты имеешь право, юноша, глядеть на меня с ужасом и презрением; но было время, в которое и моя душа светлела, как хрустальное небо, в которое мог бы я встретить твои взоры своими, не краснея. Меня сгубила роскошная, разгульная жизнь. Одиннадцать лет тому назад весь Людинский конец пировал и бражничал за моими столами, и прозвище хлебосола Беркута гремело на Волхове. Всего было разливное море, но с ним скоро утекло наследство отеческое. Я привык жить шумно, блистательно, весело; я не мог снести бедности и правдивых укоров; ложный стыд повлек меня с вольницею новогородскою на берега Волги, нечестным копьем добывать золота [Это было в 1385 году. Привыкнув грабить области рыцарей меча, новгородская вольница отправлялась в ладьях (ушкуях) по рекам и грабила чужих и своих. (Примеч. автора.)]. Умолчу о злодейском молодечестве моих товарищей, умолчу о пылающем Ярославле, о разграбленной Костроме, о залитом кровью Новегороде Нижнем. Русские губили русских, продавали их в неволю болгарам; добром одноземцев запружали Волгу и Каму. Небесный гнев постиг святотатцев: шайка наша встретила гибель у стен астраханских. Князь монголов, Сальчей, заманил ее к себе, упоил, усыпил, и неосторожные заплатили головами за коварное угощенье. Нас двое избегли побоища, и я с раскаянной совестию спешил на родину, где ждали меня новые беды. Война с Димитрием кончилась, но не устал в новогородцах дух раздора. Посадник Иосиф раздражил народ гордостию, и три Софийские конца вооружились против концов Торговых; грозили друг другу, разметали мост волховский, разграбили, срыли под корень домы бежавшего посадника и всех его сторонников. Я был жених его внучки, и буйная толпа, предводимая моим завистным соперником, сожгла мои хоромы, провозгласила меня изменником. Я бежал. Месть глубоко заронилась в оскорбленное сердце; как лютый зверь стерег я по дебрям и оврагам своего злодея, — и он пал от моего железа, но с ним схоронилось мое счастие. Его труп лежит непереступаемым порогом между людьми и мною. Ужасная клятва вяжет меня с этими преступниками, и с тех пор я напрасно хочу задушить совесть игом злодеяний великих, в крови и в вине утопить чувства человека. Мне всюду чудятся тени, и вопли, и запах тления. Солнце в день кроваво, и звезды в ночи как глаза мертвеца, и кажется, листья в лесу шепчут невнятные укоризны. Мутный сон не освежает очей моих, а палит их! О, как тяжки мучения душегубца, — он не может забыть ни былого, ни вечного будущего!

Роман прослезился, внимая раздирающему голосу преступника.

— Счастливец ты! — продолжал Беркут. — У тебя есть слезы на сострадание и печаль. Небо отказало злодеям и в этом.

Он закрыл лицо руками.
В безмолвной думе пролетел час рассвета.
Встало осеннее солнце из-за влажного цветистого леса.
Конь Романа кипел под седлом;
Беркут прощался с гостем.

— Вот твои письма, — говорил он, — и твое золото; оно невредимо. Спеши, куда зовет тебя долг гражданина, и знай, что и в самом разбойнике может таиться душа новогородская. Новогородцы лишили меня счастия в жизни и спасения в небе, но я люблю их, люблю свое отечество. Прощай, Роман, не поминай нас лихом!

Роман поблагодарил атамана и, чудясь виденному и слышанному, выехал заглохшею тропою из чащи в сопровождении одного из разбойников.

21

VI

strong> Ты без союзников.—
Мой меч союзник мне —
И сограждан любовь к отеческой стране.

Озеров

Три дни ждали ответа послы княжие; в четвертый позвали их на Ярославль двор. Уже вече было созвано: посадники, воеводы, тысяцкие окружали крыльцо. Бояре, люди житые, купцы и народ толпились за ними; все кипело, шумело и волновалось. Послы взошли на возвышение, поклонились на все четыре стороны, посадник Юрий дал знак, и жужжанье умолкло.

— Послы московские и литовские! по своей воле и старине мы совещались миром о предложениях государей ваших, и вот что присудило вече в ответ им.

Посадник разогнул и громко прочел грамоту:

— "Великому князю Василию Димитриевичу благословение от владыки, поклон от посадников, от огнищан, от старейших и меньших бояр, от людей торговых и ратных и всех граждан новогородских! Господин князь великий! у нас с тобою мир, с Витовтом мир и с немцами мир". Только! — примолвил Юрий, завертывая висящие печати в свиток и отдавая оный изумленному москвитянину.

— Князю Витовту тот же самый ответ от нашего государя, великого Новагорода. Литовец получил одинаковый свиток, и раздались рукоплескания. Ямонт обратился к народу.

— Новогородцы! — сказал он. — Именем и словом Витовтовым спрашиваю еще раз: хотите ль покоя или брани?

— Хотим дружбы со всеми соседами, — воскликнули тысячи голосов, — но, имея щиты для друзей, есть у нас и мечи для недругов!

— Война, война! — воскликнул разъяренный литовец, удаляясь, — и гибель области Новогородской!

— Пусть Витовт творит что хочет; мы сделаем что должны! — говорили старейшины. Тогда посол московский начал слово к предстоящим:

— Новогородцы! Еще есть время одуматься; еще гром Василия не грянул над Новым-градом за строптивость, неправду и волжские разбои ваши. Как отец, оп ждет раскаяния сынов заблудших; как государь, накажет

22

ослушников. Выбирайте любое: или исполнение требований моего государя, или гнев его и месть Новугороду!

Упреки Путного раздражили народ; ропот раздался в нем, как вешние воды. Прежний посадник Богдан выступил тогда на крыльце и, горя негодованием, отвечал:

— Москвитянин! вспомни, что ты говоришь не слугам князя: Новгород еще не отчина Василия. Напоминать старое напрасно: презрение людей и мщение божеское наказали расхитителей поволжских и двинских. О разрыве с немцами ты слышал ответ веча, а что им сказано, то свято.

Князь твой целовал крест, чтоб держать нас по старине и по грамоте Ярославовой; для чего ж теперь изменяет слову, требуя неправедного?

— Обидные речи! — воскликнул Путный. — Вы сторицей за них заплатите. Волхов пересохнет от пламени пожара, и казнь Торжка повторится над Новым-городом!

— Мы докажем, что не забыли ее! — зашумели все. — Но у нас не найдется, как в Нижнем, другого предателя Румянца [Румянец, вельможа Борисов, присоветовал ему впустить Василия в Нижний и предал своего прежнего князя в руки сего последнего. (Примеч. автора.)]. Мы станем за свою правду, за свою старину, — а кто против бога и Великого Новагорода!

Московский посол удалился при буйных кликах народа.

VII

Где вы, отважные толпы богатырей,
Вы, дикие сыны и брани и свободы?
Возникшие в снегах, средь ужасов природы,
Средь копий, средь мечей?

Батюшков

Между тем Роман ехал далее и далее. Скоро остались за ним Торжок и Тверь, еще опаленные недавними пожарами. Дороги пустели; редкие обозы тянулись по ним, и гордый новогородец кипел в душе негодованием, видя, как смиренно сворачивали они в сторону перед каждым татарином, который, спесиво избочась, скакал на граблёном коне. Между полуразрушенными деревнями, разбросанными по два, по три двора, между заглохшими нивами возвышались невредимые монастыри и церкви; расчетливые моголы не смели касаться святынь, сего последнего убежища угнетенного ими народа, которому оставили они одно имущество — жизнь, одно оружие — терпенье, одну надежду — молитву. Развращение нравов, эта ржавчина золота, не перешло еще от бояр к бедным; в дымных, покрытых соломою хижинах находил Роман гостеприимный ночлег, и радушное добро пожаловать встречало его у порога. Хозяева угощали проезжего чем бог послал и наутро провожали его как родного, от сердца желали ему доброго пути и счастья. "Для меня нет счастья! — думал грустный Роман. — Оно поманило мне надеждой, будто песнею райской птички, и скрылось, как блеск меча во тьме ночи".

На девятый день к вечеру показались башни Кремля, золотоверхие церкви и многоглавые соборы московские; заревые тени играли на великанских стенах города; слитный шум оживлял картину, и отдаленный звон вселял какое-то благоговение! Радостна, прекрасна была погода, но Роман вспомнил о первом своем проезде через Москву белокаменную, когда он был так счастлив неопытностью, так удивлен, так занят каждою безделкой!.. А теперь, теперь!.. С тяжким вздохом проехал он сквозь ворота Тверские, и железная решетка за ним запала.

Роман в точности выполнил поручение веча. По долгу, но против сердца, казался веселым и приветливым, нашел друзей между сановниками двора, настроил многих своею мыслию, узнал мысли великого князя; они были нерадостны новогородцам. Юный Василий далеко превзошел отца своего в науке властвовать, хотя и не наследовал от героя Донского ни прямодушия, ни храбрости личной. Он не привык быть самострелом в руках вельмож: слушал их и делал по-своему. Разметная грамота была отослана к новогородцам с объявлением войны; но Роман заране предуведомил купцов новогородских, в Москве бывших, и ни один из них не впал в руки грозного князя; товары их не были разграблены. Новогородцы радовались, Василий негодовал.

Прошла зима, и нет приказа от веча; Роман тщетно ждет, с ноющим сердцем, тайного гонца с родины.

Сон, единственный друг несчастных, веял над изголовьем Романа, измученного тоскою разлуки и неизвестностью будущего. Льстивые сновидения сближали его с милою; сладко билось сердце от поцелуя мечтательного...

Вдруг, сквозь сон, слышит он скрып двери, бренчанье оружия, чувствует, кто-то схватил его руки; силится встать — его вяжут, клеплют рот, обвертывают глаза, влекут, бросают в телегу и скачут; но куда? но зачем? Он приходит в себя уже в тесном, сыром подземелье. Гром запоров и звук цепей удостоверяют, что он в темнице. Тогда-то отчаяние врывается в чувства пленника, и силы души цепенеют. Все кончено. Роман узнан, позорная казнь ожидает его.

Унылый звон колоколов возвестил уже первую неделю великого поста, а позабытый Роман все еще глотал ядовитый воздух тюремный. Однажды вошел к нему боярин Евстафий Сыта, недавно бывший княжим наместником в Новегороде, и отступил от изумления.

— Тебя ли, Роман, вижу я? — воскликнул он. — Когда и как ты сюда попался?

Роман рассказал, что его схватили, как врага Москвы.

— Сожалею о твоей участи, — молвил Сыта, — но, посланный великим князем творить за него по тюрьмам милость и милостыню, я могу испросить тебе свободу перед его исповедью, — однако ж не иначе, как с условием остаться здесь навсегда. Послушай, Роман! Я знаю твои достоинства и знаю, как мало их ценят в Новегороде. Здесь не то; даю мое слово, что князь осыплет тебя дарами и почестями; сделаю больше: издавна любя тебя, отдаю за тебя свою дочь, которая хорошо знает Романа, которою не раз и Роман любовался. Я уверен, ты не отказываешь, — продолжал он, протягивая руку, — не правда ли, старый знакомец?

— Неправда! — отвечал Роман с хладнокровием. — Я не продам своей родины за все блага в мире, не хочу вести переговоров с врагами Новагорода, когда не в руках, а на руках моих гремит железо! Если б я принял твое предложение, бывши на воле, то я стал бы изменником, но теперь сделался бы презрительным трусом! Нет, Евстафий, мне, видно, одна невеста — смерть, и одной милости прошу от князя: не морить, а уморить меня поскорее.

— Ты получишь ее, упрямая голова! — с гневом сказал Сыта, хлопнув дверью.

С гордою, утешительною мыслию — умереть за любовь и отечество, ждал Роман неминуемой смерти.

VIII

Как мне слушать пересудов всех людских!
Сердце любит, не спросясь людей чужих;
Сердце любит, не спросясь меня самой.

Мерзляков

Быстро текут слова повести; не скоро делается дело.

25

Прошла зима, лето исчезло, как утренняя тень; наступили вновь зимние вьюги, а Романа нет как нет с Ольгою. Вешнее солнце растопило синий лед на Ильмене: уже резвые ласточки, рея по воздуху, целуют пролетом поверхность Волхова; все оживает, все радуется, — одной Ольге нет радости! И кому же светел день сквозь слезы? кому не долги короткие ночи, когда измеряют их кручиною? Увядает краса милой девушки, будто радуга без дождика, и бледность изменяет тоске сердечной. Напрасно отец дарит ее соболями якутскими, убирает в жемчужные кружева, в алмазные серьги и запястья; напрасно молодые подружки забавят Ольгу играми и песнями; она дичится игр юности, и петли ее терема ржавеют мало-помалу.

С утра до позднего вечера она любит сидеть под окном светлицы и ждать, кого не надеется увидеть, кого уста ее не смеют назвать. Часто гордость красавицы пробуждалась при мысли, что Роман уехал, не простясь с нею, не сказав и слова, куда, для чего. Часто ревность возмущала душу ее и придавала возможность призракам подозрительного воображения, но скоро любовь укрощала бурю. "Нет! он не может изменить, — говорила с собою невинная, — потому что я любила его нежно и нераздельно. Кто не верит чистой любви, тот недостоин взаимности. Если б можно было скинуться птичкою, с каким бы нетерпением полетела я по свету искать милого — когда он жив, наглядеться на него; когда ж убит, умереть на его могиле".

Горько плакала тогда Ольга, склоняясь на грудь доброй матери, и редко, ей в угоду, мелькала улыбка на лице задумчивой, как блудящий огонек над кладбищем.

— Ольга! полно горевать, полно упрямиться! — не раз говорил ей Симеон.

— Слезами не наполнить моря; живым безрассудно мертвить себя для умерших; твой Роман пропал без вести навеки. Забываю все прошлое, но исполни теперь мою волю, порадуй отца на старости, ступай замуж, дитя милое, чтобы не угасла поминная свеча по мне без родном! Выбирай... женихов именитых много!.. — И Симеон нежно целовал дочь свою, и рыдания Ольги были обычным ему ответом. Растроган и раздосадован, выходил Симеон из девичьего терема.

"Это пройдет!" — думал он и обманывался, как прежде.

Наконец созрела гроза на Новгород; Андрей Албердов, воевода Василия, ворвался в Двинские области, принудил жителей задаться за великого князя и осадного воеводу края, новогородского боярина Иоанна с братьями, сделал изменниками отчизне. Послышав о том, новогородцы взвонили вече.

— Князь идет на нас; что делать? — спросили сановники.

— Предложить мир и готовиться к битве! — воскликнули все единогласно.

— Посадник Богдан был отправлен в Москву и воротился без успеха; Василий принял их, но не хотел слушать.

— Да будет! — сказали тогда оскорбленные новогородцы. — На начинающего бог!

Обнялись как братья и под благословением епископа поклялись пасть до одного. Кликнули клич: люди житые поскакали во все пятины, вооружать, собирать, одушевлять ратников, исполчить старого и малого. Симеон вызвался поднять всю пятину Деревскую, как самую опасную по соседству с землями московскими.

В кольчатых латах зашел он проститься к жене и дочери.

— Прощай, Ольга! — сказал Воеслав решительно. — Я еду на службу Новагорода; чему быть, того не миновать, но если бог судит воротиться, мы отпируем твою свадьбу с Михаилом Болотом; он добрый слуга вечу, молод, пригож и богат, очень богат! — примолвил Симеон, глядя в сторону, как будто боясь встретиться со взором дочери. — Понравился мне — и тебе полюбится. Готовься!

Отчаяние помрачило взор Ольги; она не видела, как священник окропил отца ее святой водою, как в безмолвии все сели, встали и прощались по обряду проводов русских; не чувствовала, как Симеон прижал ее к своей груди, благословил и уехал. Бедная девушка! какая участь ждет тебя?

IX

Крепка тюрьма, но кто ей рад.

Русская пословица

— Приветствую тебя, первый гость обновленной природы, милый певец, жаворонок! Как весело вьешься ты над проталиной, как радостно звенит твоя песня в поднебесье! Странник воздушный, ты не ведаешь, как грустно невольнику глядеть на вольную птичку, как мучительно за стеной тюрьмы видеть весну и жизнь и каждый миг ожидать смерти. Слетай, жаворонок, на мою родину святую и принеси оттоль весточку о милой Ольге: любит ли она Романа по-прежнему, помнит ли друга, у которого и перед смертью одна мысль об ней и об родине!

Так жаловался Роман на судьбу свою, завидя сквозь решетку окна жаворонка.

Спустилась ночь, и кто-то стукнул в косяк отдушины.

— Спишь или нет, товарищ? — шепотом спросили Романа.

Роман отозвался, и на вопрос: "кто там?" отвечали:

— В этот раз добрые люди.

— Зачем?

— Спасти тебя от плахи.

— А эта цепь, эта решетка?

— Распадутся, как соль, от нашей разрыв-травы.

И в то же мгновение, обернув кушаками железные полосы, чтобы они не гремели, принялись распиливать их. Через полчаса Роман был уже вне темницы. Два удальца разбили его рогатки; по веревке перелезли они чрез монастырскую стену, — на коней, и вот уже Москва далеко осталась за беглецами. Роман не знал, какому чуду приписать свое избавление, а его проводники скакали вперед, не говоря ни слова.

Наконец они своротили с большой дороги в лес дремучий и поехали тише. Через полчаса свисток раздался и откликнулся, и Беркут с тремя наездниками выехал к ним навстречу; загадка Романова разгадалась.

— Здравствуй, земляк! — сказал атаман. — Я рад, что удалось сослужить тебе службу, и вот каким образом: мои невидимки почуяли наживу в монастыре, куда забросил тебя Василий. Чтобы не попасть в западню, надо было ощупать все закоулки, и в одном погребе вместо бочонка с золотом нашли они тебя, невзначай, да кстати; говорю кстати, потому что через три дни (это узнал я от болтливого приворотника) твою голову расклевали бы птицы, как вишню. Медлить было некогда, и ты видишь, каково успели мои молодцы, из которых каждый стоит самой высокой виселицы. Теперь, Роман, ты волен, как рыбка; куда ж едем? Отдыхать ли в Новгород или биться к Орлецу?

— Туда, где мечи и враги! — воскликнул пылкий юноша. Они поворотили к области Двинской.

Оставя в стороне Дмитров, Бежецкий, Краснохолмский, избегая встреч с московскими кормовщиками и отсталыми, сни без всякого приключения пробрались околицею за три часа езды до Орлеца, который с самой христовской заутрени был в руках изменников-двинян, предводимых княжим наместником Федором Ростовским. Там заметили они в стороне огонек. Двадцать всадников отдыхали на поляне; к копьям привязаны были кони; одни поили их из шишаков, другие лежали вкруг огня, смеялись и пили. Все доказывало непривычку сих новобранцев к военному делу: никто не думал о страже;

кольчуги развешаны были как будто сушиться, луки распущены и сабли сброшены в одно место; сам десятник вооружен был одним только огромным ключом, который висел у пего на латном поясе. Роман долго не мог понять, что за остроконечная надета на нем шапка, и с трудом разглядел, что он вместо тяжелого шлема надвинул на уши бобровый колчан свой. Связанный человек лежал невдалеке. Роман слез с коня, прокрался тихонько и подслушивал их разговоры. Пленный обратил речь к десятнику:

— Скажи мне, добрый человек, куда вы меня везете? Десятник, который по праву старшинства, казалось, не упустил случая поздороваться с круговою чаркою, оборотился к нему, зевнул вслух и замолчал.

— Неужто вы, москвичи, только умеете такать? — продолжал пленник.

— Когда бы и вы, упрямые новогородцы, держали свои языки на привязи, ты, старый затейник, спокойно бы сидел дома и против воли не плясал бы по канату до Москвы.

— Что же там со мной сделают?

— Что сделают? Отправят на покой! — сказал десятник, улыбаясь и начертив пальцами букву П на воздухе.

— Беркут! — сказал Роман атаману, — спасем новогородца! Нет нужды, что их двадцать человек, а нас семеро: у страха глаза велики. Впрочем, как хочешь, я и один решаюсь на все.

Вместо ответа Беркут поднял топор и с криком: "Сюда, товарищи!" обок Романа налетел грозой на оплошных москвитян. Через мгновенье уже не было ни одного противника: самые храбрейшие разбежались, другие остались на месте от ран, от страха или хмелю. Распустив коней, переломав и побросав в огонь их оружие, Роман развязал полоненного и узнал в нем — Симеона.

— Добрый, великодушный юноша! — говорил Воеслав своему избавителю, с чувством сжимая его руку, — я не стою тебя! Но пусть Ольга помирит нас и заплатит долг отцовский. Теперь время дорого: посадник Тимофей и брат Юрий собираются ударить на приступ, а между нами и Орлецом еще двадцать верст и только остаток ночи; поспешим!

Роман, с радости о битве и невесте, перецеловал всех разбойников, едва не уморил коня своего скачкою и утешал бедное животное рассказами, что он станет драться за Новгород, как будет счастлив с Ольгою.

На рассвете полки новогородские облегли ров города, остановились на перелет стрелы, и посадник в последний раз послал сказать осажденным, чтобы они сдались честью, или он возьмет город копьем.

— У этого копья еще не выросло ратовье! — отвечали с насмешкою москвитяне. — Впрочем, милости просим: мы готовы мечом охристосоваться с дорогими гостями.

— Вперед! — воскликнули воеводы, и ливнем прыснули стрелы.

Новогородцы лезли и падали в тинистый ров, зажигали деревянные стены, вонзали в них тяжкие стрикусы [Стрикусы, пороки — стенобитные орудия, род

— Други! — сказал Беркут разбойникам, — мы долго жили чужбиной без чести — погибнем теперь за свою родину со славою. Туда!

Он указал, на московское знамя, веющее на крепости новогородской, и ринулся по лестнице на стену, ударом топора разнес древко знамени и, поражен стрелой, мертвый опрокинулся с ним в ров. Сеча была ужасна; русские поражали и отражали русских; победа колебалась, как вдруг в дыму и в огне, будто ангел-разрушитель, явился Роман на гребне бойницы и скликал дружину свою, но подгоревшая твердыня рухнула, и витязь исчез в ее обломках...

Затихла битва. Труба новогородская прозвучала на отступленье, но осажденные уже не имели сил на новый отпор, и крепость сдалась победителю.

X

Отворяйся, божий храм!
Вы летите к небесам,
Верные обеты!
Собирайтесь, стар и млад,
Сдвинув звонки чаши, в лад
Пойте "Многи леты"!

Жуковский

В Новегороде носились печальные слухи: говорили о какой-то несчастной битве, о погибели первейших воинов, о приближении войска княжего. Народ толпился по площадям; все спрашивали, многие сомневались, никто не знал истины.

В один из сих вечеров, волнуемая страхом, Ольга молилась за спасение отца от опасностей и невольно включала в молитву свою имя любезного. Вот слышит она бег коней по Михайловской улице; топот ближе и ближе, пронеслись мимо сада, ворота заскрыпели, и два всадника взъехали на двор, слезли с коней и, к удивлению Ольги, привязали их к почетному кольцу [На двор именитого человека мог въезжать только ему равный или высший, если верить песням. В коновязном столбе бывали всегда три кольца: одно железное, другое серебряное, третье золотое. (Примеч. автора.)].

— Это батюшка, батюшка!

Весь дом поднялся на ноги; огни забегали по сеням, и Ольга бросилась в объятия отеческие.

— Тише, тише! — говорил Симеон ласково. — Ты задушишь меня своими поцелуями — не худо бы поберечь для твоего жениха!

Это приветствие как громом поразило Ольгу.

— Милый батюшка, — говорила она, рыдая, — не делай дочь свою несчастною, избавь от постылого замужества, я в святом монастыре окончу дни свои и, может быть, умолю бога, что прогневила родителя.

— Полно, полно, Ольга, что за черные мысли? К чему такое притворство? Я бьюсь об заклад, что не пройдет и получаса — и ты будешь кружиться и петь, словно ласточка.

— Нет, никогда, ни за что!

— Эй, дочь, не ручайся за свое сердце, — да вот, кстати, и жених; он поможет развеселить несговорчивую!

Ольга вскрикнула и закрыла лицо руками, увидя входящего юношу; но скоро любопытство преодолело: сквозь пальцы, украдкой взглянула она на приезжего.

Перед нею стоял Роман Ясенский.

— Обнимитесь, дети! — сказал Симеон, сложив руки их. — Благословляю вас на брак, живите мирно и счастливо и твердите своим детям, что бог, рано или поздно, награждает бескорыстную любовь!

Долго еще проповедовал Симеон, но влюбленные не слыхали ни слова, и долго б длился поцелуй свидания, когда бы отец не прервал их восторга и своего нравоучения.

Весь город праздновал на свадьбе Романовой, с тем большим весельем, что победы доставили новогородцам выгодный мир с Василием, на всей их воле и старине. Ольга с гордостию шла под венцом подле Романа, и взор ее, брошенный на подруг, говорил: "Он мой!" "Как мила невеста!" — шептали мужчины. "Какая прелестная чета!" — твердили все.

Молодые жили благополучно. Симеон, часто любуясь на их согласие, за шахматной доскою проигрывал брату копей и слонов, и добрый Юрий говаривал: "брат и друг! не прав ли я в выборе?" — и Симеон, с слезами умиления на глазах, отвечал: "так, я был виноват!"

ЗАМОК ВЕНДЕН

(Отрывок из дневника гвардейского офицера)

Мая 23, 1821 года

Говорят, маршрут переменен и полк наш станет в Вендене.

Итак, я увижу сей столичный город древнего ливонского рыцарства, искони знаменитый битвами, осадами, усеянный костями храбрых, запечатленный кровию основателя. Винно фон Рорбах, первый магистр Меченосного ордена, построил Венден, первый замок в Ливонии [Кроме Вендена, построенного в 1204 году, он выстроил замки Сегевольд и Атераден. (Примеч. автора.)]. Любуясь величавыми его стенами, он не мыслил, что они скоро обратятся в его гроб; не думал, что трофеи побед станут свидетелями его смерти, и смерти бесславной.

Рыцари, воюя Лифляндию, покоряя дикарей, изобрели все, что повторили после того испанцы в Новом Свете на муку безоружного человечества. Смерть грозила упорным, унизительное рабство служило наградой покорности. Напрасно папы гремели проклятиями на хищников священных прав человечества [Папы Иннокентий III, Григорий IX и Александр III настаивали, чтобы новообращенные христиане не были угнетаемы под игом суровейшего рабства, ставившего их наряду с животными бессловесными; но сии благородные усилия остались бесплодны. (Примеч. автора.)], вотще напоминали крестоносцам их обет братской любви к побежденным, приявшим крещение, и кротости с обращаемыми в христианство; кровь невинных лилась под мечом воинов и под бичами владельцев. Вооружаясь за священную правду, рыцари действовали по видам алчного своекорыстия или зверской прихоти. Старшины Ордена примером своим вливали соревнование в подчиненных; жестокость служила правом к возвышению, и Рорбах недаром был магистром.

Однажды, в красный день осени, со стаей собак выехал он полевать в лугах и лесах соседних.

Людная дворня толпилась вокруг его: доезжачие, вооруженные копьями, скакали на литовских конях, с гордостью грызущих непривычное им железо мундштука германского; стремянные, с ножами за поясом, вели на смычках любимых собак господина, и старый ловчий с звонким рогом за спиною, на крымском жеребце [Рыцари покупали коней наиболее у литовцев, а сии, имея стычки с крымцами, могли доставать лошадей крымской породы, особенно уважаемых за быструю скачку. (Примеч. автора.)], поодаль следовал за охотниками и каждому назначал место, когда гончие из острова выгонят зайца или поднимут серого волка или хитрую лисицу. Окрестным поселянам приказано было оставлять работы свои и спешить в лес, — чтобы криком выгонять робких его обитателей.

— Вассалы рыцаря Вигберта фон Серрата не слушают твоих приказаний! — сказали магистру его посланцы, и магистр закипел гневом, поскакал к ослушникам, и бичи засвистели над их головами.

— Остановись, Рорбах! — вскричал Вигберт, приближаясь к магистру. — Остановись! Я не велел им тебя слушаться.

— Тем хуже для тебя, Серрат!

— Но тем страннее, что ты наказываешь их за повиновение их владельцу.

— Фон Вигберт, кажется, не в шутку вступается за этих бездельников.

— Для меня нет там шуток, где страждет человечество. Неужто для одного наружного украшения начертали мы кровавый крест на груди своей? Крест — символ благости и терпения?

— Терпения — для вассалов? Эти получеловеки служат, покуда у них рогатки на шее и страх над головою!

Коротко и ясно, Вигберт, не у тебя первого, не у тебя последнего я это делаю: повинуйся...

— Другие мне не указ. Пусть они подражают тебе, пусть тебя превосходят; я ставлю в честь быть защитником моих вассалов и не попущу угнетать их никому, ни для чего. Одному удивляюсь, магистр, что ты, избранный нами в блюстители правосудия, нарушаешь все его законы!

— Рыцарь! я не прошу твоих советов, не хочу слушать выговоров; но ты обязан слушаться приказов магистра.

— Верю, магистр, что ты не охотник до правды; но терпенье мое вырвалось из границ. Я молчал, когда ты тенетил серн в рощах моих, на моих заповедных лугах травил зайцев; но теперь, когда бог дает селянам погоду, а ты отрываешь руки от бесценного труда, когда топчешь конями хлеб, орошенный кровавым потом, когда, наконец, казнишь подданных за послушание к власти, я должен был высказать, что сказал.

— А я сделаю, что делал. Рыцарь фон Серрат! властию

магистра приказываю тебе послать вассалов своих, куда мне вздумается.

— Рорбах! Винно фон Рорбах! вспомни, что ты говоришь? Для того ль облечен ты властию, чтоб употреблять ее на смех? Магистр Меченосного ордена посылает — гонять зайцев!!

— Дерзкий! ты забываешься. Последний раз говорю тебе: повинуйся!

— Требуя излишнего, ты потерял должное; не повинуюсь.

— Возмутитель, бунтовщик! или не узнаешь во мне магистра?

— Не узнаю, привыкши видеть магистров на поле ратном или в суде правды — не с арапниками, не в разбое.

— Я только жалею, что она кроет человека, который должен напоминать о своем сане, забывая свой долг. Вижу в ней достоинство Ордена и не вижу в тебе чести рыцарской...

— Презренная тварь! благодари судьбу, что со мною нет меча моего...

— Малодушный хвастун! хвались храбростию перед эстами, разгоняемыми звуком шпор; но мое стремя не дрожало в боях, копье не опиралось на крюк [Под правым плечом рыцарской кирасы приделывался железный крючок, на который, для твердости в руке, упирали рыцари средину ланца, взявши его наперевес (en arret). (Примеч. автора.)] в турнирах, между тем как седло твое часто холодело без тебя, поверженного в пыли...

Магистр не мог снести последнего укора.

— Подлец! — вскричал он в запальчивости, — за твою дерзость, за твои мнения ты стоишь рабского наказания. — С сим словом он ударил бичом безоружного Вигберта.

Вне себя, окаменев, скрежеща зубами от гнева, стоял Серрат; и магистр был уже далеко, когда чувства исступления излились в клятвах и угрозах.

Вот письмо, написанное им к магистру рукою капеллана: [Редкие из рыцарей умели грамоте, и домовые капелланы исправляли у них должность секретарей. (Примеч. автора.)]

Благородный рыцарь Вигберт фон Серрат к Рорбаху.

Обида моя требует крови, и я повергаю перчатку к ногам обидчика. Пусть огромен щит Рорбаха, зато не короток и меч мой. Берегись отвергнуть бой честный: кто обижает и не дает ответа копьем, тот стоит смерти разбойника. В случае отказа — клянусь честию рыцарскою — последняя капля крови Рорбахов застынет на моем кинжале.

Магистр отвечал следующим:

Магистр Ливонского меченосного ордена, наместник Рижского епископа и владелец многих замков, Видно Родольф фон Рорбах Вигберту.

Мне низко нагибаться за твоей перчаткой. Щит отцов моих широк не из робости, но для герба, который чистили твои предки; а мечами разве тогда мы померяемся, когда петля, тебя ожидающая, станет почетнее золотой магистерской цени. Поезжай лучше, Серрат, в Литву, искать по себе сопротивников; там, говорят, за битого дают двух небитых. Что ж до угроз твоих, они мне забавны. Я слишком презираю тебя, чтобы страшиться.

Венден

— Ты произнес свой приговор, презрев суд божий благословенным оружием [Так мыслили в те варварские, непросвещенные времена. Всякая распря, всякая обида решалась оружием, и победитель считался оправданным самим судиею небесным. (Примеч. автора.)], — сказал Серрат, и последняя слеза до сих пор невинной совести канула на убийственное лезвие кинжала.

День навечере, солнце тихо садится, и лучи его, как бы нехотя, меркнут в цветном зеркале окон венденских. Зарево гаснет, — угасло, и холодный туман уже встретился с мраком востока.

Ужин в замке окончился: тяжкий стакан празден, и магистр, как домовод, на дубовых креслах, посреди кубиасов [Кубиас — староста. (Примеч. автора.)], вооруженных хвостатыми бичами, отбирает отчет дневной работы, назначает утреннюю, распределяет кары. Угрозы его вторятся готическими сводами и заставляют трепетать подобострастных вассалов. Наконец патер возвышает голос вечерней молитвы, и все домашние на коленах читают за ним "Gredo" ["Верую" (лат.)] и "Ave Maria" ["Хвала тебе, Мария" (лат.)]. Земные поклоны заключают молитву; каждый целует распятие, и вот огни замелькали по коридорам, голоса едва перешептываются с отголосками; но скоро умолкает самый шелест шагов, и мертвый сон воцарился повсюду.

Золоторогий месяц едва светит сквозь облако; дремлющий лес не шелохнет, и черная тень башен недвижно лежит на поверхности вод. Изредка дуновенье вспорхнувшего ветерка струит складки знамени гермейстерского, и, ниспав, они снова объемлют древко. Одно мерное бренчанье палаша часового раздается по степам замка. То, опершись на копье, он погружает наблюдательные взоры свои в темную даль, — то, в мечтах об оставленной родине, о далекой невесте, напевает старинную песню. Он поет:

О звуки грустные, летите
К моей красавице Бригите!
Давно меня мой добрый конь
Умчал дорогою чужою;
Но не погас любви огонь
Под тяжкой бронею стальною.
А ты, в родимой стороне,
Верна иль изменила мне?

В походах дальних, на пирах,
Опершись в боевое стремя,
Ты мне казалася в мечтах:
Я вспоминал былое время
Наяве с милой и во сне;
А ты грустишь ли обо мне?
За честь твоих, Бригита, глаз
Не первый ланец изломался,
И за тебя твой шарф не раз
Моею кровью орошался.
А ты, в далекой стороне,
Готовишь ли награду мне?
Богатый изумруд сверкал
На нежной шее девы пленной, -
Я для тебя его сорвал
Рукой любови неизменной.
Для золота, для красоты,
Ужель мне изменила ты?
Я видел смерть невдалеке:
На камнях Сирии печальной
Мой конь споткнулся — и в руке
Меч разлетелся, как хрустальной,
Булат убийственный блистал,
Но я Бригиту призывал!
А ты?..

Блудящий огонь по болоту приводит его в суеверный страх, и он, стыдясь боязни своей, закутывается в плащ, будто проникнутый холодом.

Но чья тень мелькает в парах, изменяющих току реки в глуши дикого леса? Не привидение ли то, страж клада князей Герсики [Альберт сжег Герсику в 1208 году. Всеволод, князь оной, спасся бегством; многие из приближенных к нему последовали ему и, вероятно, погибли в лесах придвипских, вместе с унесенными сокровищами. Народное ж мнение, будто над кладами блуждают привидения, живет и до сих пор. (Примеч. автора.)], погибших в дебрях? Или то мстительный вайделот [Вайделоты — жрецы и вместе волхвы эстонские. (Примеч. автора.)] исторгается в час полуночи для призвания чарами адских духов на сгубу пришельцев — разрушителей Перкуна? Но грудь его не обвешана волшебными кольцами, одежда не сходствует с одеждою эстов; его огромный стан покрыт синею германскою епанчою.

Может быть, то запоздалый охотник спешит к очагу, где розовый пламень крутится вкруг кипящего котла; но где ж его стрелы? где его чуткие псы?

Нет, это не запоздалый стрелец.

Он не ищет, но крадется сам, тихо ступая по хрупкому листу. По яростным взорам, вырывающимся из-под бровей, скорее можно принять его за разбойника, замышляющего грабеж; но латами вытертый колет из замши, рыцарский воротник видны под епанчою, и бляхи железной перчатки сверкают, когда он разводит ветки, преграждающие путь.

Так, это рыцарь, хотя шпоры не гремят на полусапожках его и перья не волнуются над головою.

Уже неизвестный рыцарь на краю рва, — он измеряет взором преграды, — и я узнаю в нем фон Серрата.

"Высоки стены твои, Рорбах! — мыслит он, — но выше их решимость человеческая; широки рвы замка, но крылат вымысел мести; число твоей стражи велико — тем больше ее беспечность".

Серрат вяжет и повергает несколько снопов в воду. С отвагой в душе, под кровом туманов, плывет он по дремлющей глуби, уже готов схватиться за решетку отдушины; но скользкий плот изменяет, рыцарь погружается в воду... Дикая утка, испуганная шумом, с криком улетает прочь, и страж, внемля свисту крыл ее, не дивится, что ему почудился плеск волны.

Но рыцарь выплыл, и, вонзая кинжал в пазы, уже взбирается на стену, лепится по неровностям камней, и вот висит под верхним поясом. Силы ему изменяют, нога скользит, еще миг — и он оборвется; но он уже наверху.

Проснись, Рорбах, или час твой близок! Ужели не

слышишь крика ласточки над окном твоим? не слышишь граяния ворон, тучей поднявшихся с башен замка?

Нет! пагубный сон теснит магистра в объятиях. Оконницы вырваны с петель, холодный воздух свевает пыль с завесы, и пламя лампады трепещет, шаги убийцы звучат, — но он спит, и железная перчатка Вигберта упала на плечо его прежде, чем открыл он глаза свои; открыл — и веки, будто свинцовые, снова закрылись. В волнении ужаса и надежды ему кажется бледное лицо Серрата будто в сновидении или в мечте; но зловещий голос, как звук судной трубы, возбудил и омертвил его разом.

— Мщение и смерть магистру! — прогремел Серрат, стаскивая его с постели. — Смерть, достойная жизни! Напрасно блуждаешь ты взорами окрест — помощь далека от тебя, как от меня состраданье. Отчего ж трепещешь ты, подлый обидчик, воин среди поселян, бесстрашный с своим капелланом? Для чего пресмыкаешься, гордец, перед врагом презренным? Меня не смягчат твои просьбы, не поколеблют угрозы, — ты не вымолишь прощения! Да и стоит ли его тот, кто дважды лишил меня чести, а детей моих — доброго имени. Пусть я умру на плахе убийцею; зато щит мой не задернется бесчестным флером на турнирах и мой сын, не краснея за трусость отца, поднимет наличник для получения награды. Ты презрел вызов мой, не хотел честно преломить копья с обиженным, — узнай же, как платит за обиды Серрат!

С сим словом ринулся он на магистра; но отчаяние зажгло в нем мужество, и ужасный вопль огласил своды.

Смело схватил он грозящее лезвие и сдавил Серрата мощными руками. Цепенея от ярости, грудь на груди смертельного врага, рыцари душат друг друга. Месть воспламеняет Вигберта, страх смерти сугубит силы магистра, — они крутятся, скользят и падают оба! Идут, идут спасители — оружие гремит, крики их раздаются по коридорам; с треском упали двери, воины магистра с мечами и факелами ворвались в комнату... но уже поздно!

Кровь Рорбаха оросила помост — преступление свершилось!

Не стало магистра, но власть его осталась, и самосудный убийца, растерзанный муками, погиб на колесе [Описанное здесь происшествие случилось в 1208 году. Смотри первый том Истории Арндта. (Примеч. автора.)].

Ненавижу в Серрате злодея; но могу ли вовсе отказать в сострадании несчастному, увлеченному духом варварского времени, силою овладевшего им отчаяния?..

ВЕЧЕР НА БИВУАКЕ

...Едва проглянет день,
Каждый по полю порхает,
Кивер зверски набекрень,
Ментик с вихрями играет.
Конь кипит под седоком,
Сабля свищет — враг валится,
Бой умолк — и вечерком
Снова ковшик шевелится.

Давыдов

Вдали изредка слышались выстрелы артиллерии, преследовавшей на левом фланге опрокинутого неприятеля, и вечернее небо вспыхивало от них зарницей. Необозримые огни, как звезды, зажглись по полю, и клики солдат, фуражиров, скрып колес, ржание коней одушевляли дымную картину военного стана ***го гусарского полка эскадрону имени подполковника Мечина досталось на аванпосты. Вытянув цепь и приказав кормить лошадей через одну, офицеры расположились вкруг огонька пить чай. После авангардного дела, за круговою чашею, радостно потолковать нераненому о том о сем, похвалить отважных, посмеяться учтивости некоторых перед ядрами. Уже разговор наших аванпостных офицеров приметно редел, когда кирасирский поручик князь Ольский спрыгнул перед ними с коня.

— Здравствуйте, други.

— Добро пожаловать, князь! Насилу мы тебя к себе залучили; где пропадал?

— Спрашиваются ли такие вопросы? Обыкновенно, перед своим взводом, рубил, колол, побеждал, — однако и вы, гусары, сегодня доказали, что не на правом плече ментик носите; объявляю вам мою благодарность. Между прочим, вахмистр! прикажи выводить и покормить моего Донца: он сегодня ничего не кушал кроме порохового дыма.

— Послушайте-ка, ваше сиятельство...

— Мое сиятельство ничего не слышит и не слушает, покуда не выпьет глинтвейну, без которого ему ни светло, ни тепло; давайте скорее стакан!

— Изволь! — сказал ротмистр Струйский. — Но знай, что эта чара заветная: за нее ты должен приплатиться анекдотом.

— Хоть сотней! За ними дело не станет; я весь слеплен из анекдотов и расскажу вам один из самых свежих, со мной случившихся. За здоровье храбрых, товарищи!

Как-то недавно у нас не было дни в три ни крошки провианту. Кругом, по милости вашей и казацкой, стало чисто, как в моем кармане, а, на беду, тяжелую конницу фуражировать не пускают. Что делать? Голод тем более умножался, что во французской линии слышалось гармоническое мычанье быков, которое плачевным эхом раздавалось в пустом моем желудке. Рассуждая о суете мирской, лежал я, завернувшись буркою, и грыз сухарь, так заплесневелый, что над ним можно бы было учиться ботанике, так черствый, что его надо было провожать в горло шомполом. Вдруг блеснула во мне пресчастливая мысль. Сейчас же ногу в стремя — и марш.

"Куда, — спросили меня, — едешь ты на своей бешеной Бьютти?"

"Куда глаза глядят".

"Зачем?"

"Умереть или пообедать!" — отвечал я трагическим голосом, дал шпоры и, показывая вид, будто меня занесла лошадь, пустился птицею и скрылся из глаз изумленных моих товарищей. Они считали меня погибшим. Проскакав русскую цепь, я навязал на палаш платок, который в молодости своей бывал белым, и поехал рысью.

"Qui vive?" — раздалось с неприятельского пикета.

"Parlementaire russe!" — отвечал я.

"Haltela!"

["Кто идет?" — "Русский парламентер". — "Остановитесь!" — фр.]

Ко мне подъехал унтер-офицер с взведенным пистолетом.

"Зачем вы приехали?"

"Поговорить с начальником отряда".

"Для чего же без трубача?"

"Его убили".

Мне завязали глаза, повели пешего, и через три минуты я уже по обонянию угадал, что нахожусь подле офицерского шалаша. "Добрый знак! — думал я. — Счастливый как тут к обеду". Снимают повязку — и я очутился в компании полковника и человек осьми конноегерских французских офицеров; малый я не застенчивый.

"Messieurs! [Господа! — фр.] — сказал я им, поклонясь весьма развязно,

— я не ел почти три дня и, зная, что у вас всего много,

решился, по рыцарскому обычаю, положиться на великодушие неприятелей и ехать к вам на обед в гости. Твердо уверен, что французы не воспользуются этим и не захотят, чтобы я за шутку заплатил вольностью. Да и много ли выиграет Франция, если завладеет конным поручиком, которого все знания и действия очерчиваются концом палаша?"

Я не обманулся: французам моя выходка понравилась как нельзя больше. Они пропировали со мной до вечера, нагрузили съестным мой чемодан, и мы расстались друзьями, обещая при первой встрече раскроить друг другу голову от чистого сердца.

— Не из печатного ли это? — спросил, усмехаясь, штабс-ротмистр Ничтович, который слыл в полку за великого критика.

— Да хотя бы из печатного, — для тебя оно все-таки должно быть новостью! — отвечал Ольский.

— А после какого дела это случилось?

— После того самого, где ты ранен был в сапог. Штабс-ротмистр запил пилюлю и напрасно теребил усы, ища ответа на ответ: на этот раз остроумие его осеклось.

— Не расскажет ли нам чего-нибудь Лидии? — сказал подполковник, обращаясь к молодому офицеру, который в рассеянности курил давно погасшую трубку.

— Нет, подполковник! Мне нечего рассказывать. Мой роман занимателен для меня одного, потому что обилен только чувствами, а не приключениями. И признаюсь вам: теперь вы разрушили самый великолепный воздушный мой замок. Мне мечталось, что я за отличие уже произведен в штаб-офицеры, что я сорвал "Георгия" с неприятельской пушки, что я возвращаюсь в Москву, украшен ранами и славою; что троюродный мой дядя, который старее Дендерского Зодиака, умирает от радости, и я, богач, бросаюсь к ногам милой, несравненной Александрины!

— Мечтатель, мечтатель! — сказал Мечин. — Но кто не был им? кто больше меня веровал в верность и в любовь женскую? Я расскажу теперь случай моей жизни, который тебе, милый Лидии, может послужить уроком, если влюбленные могут учиться чужою опытностью, — для вас же примолвлю, друзья мои, что это будет история медальона, о котором я давно обещал вам рассказать. Послушайте!

Года за два до кампании княжна София S. привлекала к себе все сердца и лорнеты Петербурга: Невский бульвар кипел вздыхателями, когда она прогуливалась; бенефисы были удачны, если она приезжала в театр, и на балах надобно было тесниться, чтобы на нее взглянуть, не говорю уже танцевать с нею. Любопытство заставило меня узнать ее покороче; самолюбие подстрекнуло обратить на себя внимание Софии, а ее любезность, образованный ум и доброта сердца очаровали меня навсегда. Впрочем, говорят, и я верю, что любовь прилетает не иначе, как на крыльях надежды, — я недаром в княжну влюбился. Вы знаете, друзья, что природа влила в меня знойные страсти, которыми увлекаюсь в радости — до восторга, в досадах — до исступленья или отчаяния. Судите ж, каково было мое блаженство при замеченной взаимности! Я забредил идиллиями; мне вообразилось, что одинокая жизнь несносна, тем более что родители Софии смотрели на меня благосклонным взором. Со мною жил тогда первый мой друг, отставной майор Владов, человек с благородными правилами, с пылким характером, по с холодною головою. "Ты дурачишься, — не раз говорил он мне в ответ на мои восторги, — избирая невесту из блестящего круга. У отца княжны более долгов и прихотей, чем денег, а твоего именья ненадолго станет для женщины, привычной к роскоши. Ты скажешь: ее можно перевоспитать на свой образец, ей только семнадцать лет от роду; но зато сколько в ней предрассудков от воспитания! Все возможно с любовью! — твердишь ты, но кто ж уверит тебя, что княжна вздыхает от любви, а не от узкого корсета, что она глядит в глаза твои для тебя, а не для того, чтоб глядеться в них самой? Поверь мне, что в ту минуту, когда она так нежно рассуждает об умеренности, о счастии домашней жизни, мысли ее стремятся уже к дамскому току или к карете с белыми колесами, в которой блеснет она в Екатерингофе, или к новой шали, для показа которой тебя затаскают по скучным визитам. Друг! я знаю твое раздражительное от самых безделок сердце и в княжне вижу прелестную, прелюбезную женщину, но женщину, которая любит жить в свете и для света и едва ли пожертвует тебе котильоном, не только столичного жизнию, когда расчеты или долг службы позовут тебя в армию. За упреками настанет убийственное равнодушие, и тогда — прости, счастье!" Я смеялся его словам, однако ж изведывал наклонности Софии и каждый день находил в ней новые достоинства, и с каждым часом страсть моя возрастала. Между тем я не спешил объяснением: мне хотелось, чтобы княжна любила во мне не мундир, не мазурку, не острые слова, но меня самого без всяких видов. Наконец я в том уверился и решился. Накануне предполагаемого сватовства я танцевал с княжною у графа Т. и был радостен как дитя, упоен надеждою и любовью. Один капитан, слывший тогда за образец моды, досадуя, что София не пошла с ним танцевать, позволил себе весьма нескромные на ее счет выражения, стоя за мною, и довольно громко. Кто осмеливается обидеть даму, тот возлагает на ее кавалера обязанность мстить за нее, хотя бы она вовсе не была ему знакома. Я вспыхнул и едва мог удержать себя до конца кадриля, услышав его остроты на счет княжны. Объяснение не замедлило. А капитан думал отыграться шутками, говорил, что он не помнит слов своих. "Но я, по несчастию, имею очень счастливую память. Вы должны просить на коленях прощения у моей дамы, или завтра в десять часов волею и неволею увидитесь со мною на Охте". Вам известно, что я не охотник до пробочных дуэлей: мы стрелялись на пяти шагах, и первый его выстрел, по жеребью, положил меня замертво. Какой-то испанский поэт, имени и отчества не упомню, сказал, что первый удар аптекарской иготи есть уже звон погребального колокола: пуля вылетела насквозь в соседстве легких; антонов огонь грозил сжечь сердце, но, вопреки Лесажу и Мольеру, я выздоровел, с помощию лекарей и пластырей, в полтора месяца.

Бледность лица очень мила, но чтобы не показаться княжне мертвецом, я умерил на несколько дней свое нетерпенье и, уже оправясь, полетел верхом к князю на дачу. Сердце мое билось новою жизнию: я мечтал о радостной встрече моей с Софиею, о ее смущенье, об объяснении, о супружестве, о первом дне его... Полный восторгов надежды, взбегаю на лестницу, в переднюю залу, — громкий смех княжны в гостиной поражает слух мой. Признаюсь, это меня огорчило. Как! та София, которая грустила, если не видала меня два дни, веселится теперь, когда я за нее слег в смертную постелю! Я приостановился у зеркала: послышалось, будто упоминают мое имя, говорят о Дон-Кишоте; вхожу — молодой офицер, склонясь на спинку стула Софии, рассказывал ей что-то вполголоса и, как кажется, весьма дружески. Княжна нисколько не смутилась: спросила меня с холодной заботливостью о здоровье, обошлась со мной как с старым знакомцем, но, видимо, отдавала преимущество своему соседу: не хотела понимать ни взглядов, ни намеков моих о прежнем. Я не мог придумать, что это значит, не мог вообразить вины такой обыкновенной холодности — и напрасно искал в ее взорах столь милой досады, делающей сладостным примирение: в них не было уже ни искры, пи тени любви. Иногда она украдкою бросала на меня взгляды, но в них прочитал я одно любопытство. Гордость зажгла во мне кровь, ревность разорвала сердце. Я кипел, грыз себе губы и, боясь, чтобы чувства мои не вырвались речью, решился уехать. Не помню, где скакал я по полям и болотам, под проливным дождем; в полночь воротился я домой без шляпы, без памяти. "Жалею тебя! — сказал Владов, меня встречая. — И, прости укор дружбы, не предсказал ли я, что дом князя будет для тебя ящиком Пандоры? Однако ж на сильные болезни надобны сильные лекарства: читай". Он отдал мне свадебный билет — о помолвке княжны за моего соперника!.. Бешенство и месть, как молния, запалили: кровь мою. Я поклялся застрелить его по праву дуэли (за ним остался еще мой выстрел), чтобы коварная не могла торжествовать с ним. Я решился высказать ей все, укорить ее... одним словом, я неистовствовал. Знаете ли вы, друзья мои, что такое жажда крови и мести? Я испытал ее в эту ужаснейшую ночь! В тиши слышно было кипение крови в моих жилах, — она то душила сердце приливом, то остывала как лед. Мне беспрестанно мечтались: гром пистолета, огонь, кровь и трупы. Едва перед утром забылся я тяжким сном. Ординарец военного министра разбудил меня: "Ваше благородие, пожалуйте к генералу!" Я вскочил с мыслию, что, верно, зовут меня насчет дуэли. Являюсь. "Государь император, — сказал министр, — приказал выбрать надежного офицера, чтобы отвезти к генералу Кутузову, главнокомандующему южною армиею, важные депеши; я назначил вас, — спешите! Вот пакеты и прогоны. Секретарь запишет на подорожной час отъезда. Счастливого пути, г. курьер!" Тележка стояла у крыльца, и я очнулся уже на третьей станции; великодушный Владов ехал со мною. Тут-то изведал я, что дружество утешает, но не наполняет сердца, и дорога дальняя, вопреки общему мнению, только разбила, но не рассеяла меня. Главнокомандующий принял меня отменно ласково и, наконец, уговорил остаться в действующей армии. Презрение к жизни довело меня до мысли о самоубийстве, но Владов своими советами и нежным участием тронул меня. Кто жить советует, всегда красноречив, и он спас мою совесть от двух убийств, мое имя — от насмешек. "Я знал все, — говорил он мне, — но не смел объявить тебе во время болезни. Видя, что открылась тайна, и зная твой бешеный нрав, я бросился к секретарю военного министра, моему приятелю, просил, умолял: тебя послали курьером. Время — лучший советник, и теперь признайся сам: стоит ли пороху твой противник? стоит ли шуму твоя любезная, избравшая в женихи человека без чести и правил, потому только, что он в тоне, что матушка ее заметила лишний против твоего нуль в звончатых титулах человека, который решился проиграть мне брильянтовый портрет своей невесты, ее подарок?" Он отдал тогда мне этот медальон.

45

Подполковник снял его с груди и показал офицерам.

— Пусть мне тупым кремнем отпилят голову, если я вижу тут что-нибудь!

— вскричал Ольский. — Вся эмаль разбита вдребезги.

— Провидение, — продолжал подполковник, — сохранило меня от смерти на берегах Дуная, чтоб долее послужить отечеству: пуля сплюснулась на портрете Софии, но не пощадила его. Прошел год, и армия, по заключении мира с турками, двинулась наперерез Наполеону. Тоска и климат расстроили мое здоровье: я на месяц отпросился на Кавказ — искать целительных вод для здоровья, живой воды — для моего духа.

На другой день по приезде я пошел с тамошним доктором отправить визиты. "Вы увидите, — сказал доктор, когда мы приближались к одному домику, — молодую прекрасную особу, которая чахнет, быв жертвою брака по расчету. Родители напели ей о счастии пышности, а обиженное самолюбие завлекло ее в сети блестящего негодяя, и, обманутая минутною прихотью сердца, она кинулась в его объятия. Что ж вышло? Тетушки и матушка, искавшие в женихе богатства, нашли одно хвастовство, необъятные долги и разврат; он искал приданого и, обманутый обещаниями, в свою очередь оказался во всей черноте: измучил жену язвительными упреками, поведением вогнал ее в чахотку и наконец, проигравши и промотавши все, бросил ее, ославив в свете. Теперь она приехала сюда с отцом, умереть под теплым кавказским небом". Я боялся обеспокоить ее посещением. "О нет! — говорил доктор, — ведь чахоточные умирают на ногах, и я имею правилом: коротать рассеянностью время больных, когда лекарствами нельзя продлить их жизнь". Говоря таким образом, вошли мы в комнату. Это была София!..

Есть невыразимые чувства и сцены. Я думал, что ненавижу Софию; уверял себя, что, если судьба приведет мне с нею встретиться, я заплачу за измену холодным презрением; но я узнал, как много любил ее, когда, вместо гордой красавицы, увидел несчастную жертву света, с потухшими очами, с смертною бледностью лица. На краю гроба исчезают все приличия, и когда София пришла в чувство, рука ее была омочена моими слезами и поцелуями. "Вы не клянете меня? Виктор, ты меня прощаешь?.. — сказала она раздирающим сердце голосом.

— Благородная душа... ты сожалеешь, видя меня, так жестоко наказанную за легкомыслие. Теперь я умру покойно". Жизнь, как тлеющая лампада, от дуновения вспыхнула в ней на несколько дней чем-то бывалым. Но каково было мне видеть разрушение Софии, слышать, как постепенно сокращалось ее дыхание, чувствовать ее муки, переносимые с ангельским терпением!.. Она гасла — без ропота, обвиняя во всем себя одну. Друзья! друзья! я перенес много страданий, но ни одно мученье в мире не сравнится с мукою — видеть умирающую любезную; ужасно и вспомнить... София умерла на руках моих!

Подполковник не мог продолжать. Тронутые офицеры молчали, и даже с ресницы ротмистра скатилась слеза на ус и с него канула в серебряный стакан с глинтвейном. Вдруг послышался выстрел, другой, третий. Казаки с ведетов неслись мимо эскадрона.

— Что, много ли неприятелей? — спросил торопливо ротмистр, вспрыгнув на своего Черкеса.

— Видимо-невидимо, ваше высокоблагородие! — отвечал урядник.

— Мундштучь, садись! — скомандовал подполковник. — Фланкеры! осмотреть пистолеты. Сабли вон! По три налево заезжай! Рысью! Марш!

ВТОРОЙ ВЕЧЕР НА БИВУАКЕ

Орудий заряженных строй
Стоял с готовыми громами;
Стрелки, припав к ним головами,
Дремали, и под их рукой
Фитиль курился роковой.

Жуковский

Эскадрон подполковника Мечина прикрывал две пушки главного пикета, расположенного на высотах***. Сырой туман стлался по окрестности, резкий ветер проницал насквозь. Офицеры лежали вкруг дымного огня. Конноартиллерийский поручик сидел на колесе орудия; подполковник, опершись на длинную саблю свою, стоял в задумчивости. Все молчали.

— Какое вещественное созданье человек! — начал штабс-ротмистр Ничтович. — Каждая игрушка его тешит, каждая безделица огорчает. Малейшая боль расстраивает нравственные способности, и перемена погоды действует на расположение его духа. Давно ли мы были веселы, пели, резвились; подул холодный ветер — и вместе с небом нахмурились наши брови, и говоруны сидят будто в Пифагоровой школе молчания.

— Не ручаюсь за других, — возразил Лидин, — но покуда старость и подагра не сделали из меня барометра, погода не имеет на меня никакого влияния. Когда я доволен, то, по мне, хоть трава не расти: снег, град, дождь, вьюга — все праздник. Но ежели грустно на сердце, то и светлый день досаден. Тогда кажется, будто все веселы назло мне, и я становлюсь прихотлив, как невеста.

— Следовательно, — сказал штабс-ротмистр, — погода действует на тебя в обратном порядке, но тем не менее влияние оной существует.

— Не думаю, — отвечал Лидин, — это чувство есть следствие внутренних, а не внешних ощущений, и до тех пор будет иметь место, покуда перевес останется на его стороне. Например, я люблю смотреть на играющую молнию, люблю слушать вой грозы и шум проливного дождя... но почему люблю я это?

— Потому что ты чудак, — перебил штабс-ротмистр. — Впрочем, как сам изъясняешься, ты любишь не испытывать, но только смотреть, только слушать бурю, как Вернетову картину или Моцартову ораторию.

— Прошу извинить, господин штабс-ротмистр, я люблю наслаждаться ею на чистом воздухе, в лесу, на горах. Но возвращаюсь к причине. Я люблю это по приятным воспоминаниям, которые родятся во мне от бури. Однажды, например... ах! для чего это было только однажды!..

— Для того, — перебил Ничтович, — что в Кургановой арифметике весьма замысловато сказано: единожды един — един, а не два.

Все засмеялись; но Лидин с улыбкою продолжал:

— Надеюсь, господин штабс-ротмистр простит мне это восклицание: оно вырвалось из сердца, а сердце плохой арифметик.

— Не знаю, каково твое, — отвечал, смеючись, Ничтович, — но мое даже под ядрами так верно отсчитывает шестьдесят секунд в минуту, как патентовые часы.

— Во время сражения мне некогда бывало заниматься поверкою своего пульса, — хладнокровно заметил Лидин.

Это замечание задело за живое штабс-ротмистра; он уже с приметною досадою спросил:

— Конечно, ты за эскадроном в замке строил воздушные замки?

— Дурная игра слов, Ничтович! — сказал подполковник дружески, желая замять ссору, которая бы наверное кончилась саблями. — Пустая игра слов, да и предмет ее не слишком хороший. Вы подсмеиваетесь друг над другом насчет отваги; но я желаю знать, кто бы из всей армии осмелился подумать, не только сказать, что в нашем эскадроне есть кто-нибудь двусмысленной храбрости.

— Пусть мне французский флейтщик пред разводом выбреет усы, если это неправда! — вскричал ротмистр Струйский, который, лежа на попоне, казалось, слушал только, как растет трава. — Вам грешно, господа, в нашей беззаветной беседе говорить колкости или обращать шутки в дело... Ну, други! мировую!.. А если ж вы не поцелуетесь, то ты, Лидии, не зови меня никогда в секунданты, а ты, Нилтович, вперед не узнаешь, длинны или коротки стремена на моем Черкесе, когда нужно будет понаездничать.

— Помилуй, Струйский, с чего ты взял, будто мы ссоримся! — сказал Ничтович, подавая Лидину руку.

— Ну полно, полно! — продолжал ротмистр. — Кто старое помянет, тому глаз вон.

— Я это всегда говорю своим заимодавцам, — сказал Лидии, но, уважая ротмистра, он сжал руку Ничтовича.

— Надеюсь, однако ж, что анекдот, который начался таким романтическим восклицанием, им не кончился и Лидин, доскажет его друзьям своим? — сказал, Мечин.

— О, без сомнения, подполковник! Я так люблю говорить о милой Александрине, что очень рад случаю.

— Воля твоя, Лидии, — возразил подполковник, — ты сбиваешься в происшествиях. Сохраняя все уважение к даме твоего сердца, кажется, дело шло не о ней, а об ненастной погоде.

— Имейте немного терпения, господин подполковник, и оно приведет пас к тому же... Надобно вам знать, друзья мои, что, живучи в златоверхой Москве, влюбился я...

— Знаем, знаем в кого и у кого, как по формулярному списку, — подхватил Ничтович, — благодаря твоей нежности я могу описать ее рост, лета и приметы, до последнего родимого пятнышка, как в зеркале. Ты нам об ней наговорил столько...

— Об ней можно говорить, может быть, слишком много, но довольно наговориться об ней нельзя. Ты не знаешь этого ангела, Ничтович, и потому скучаешь рассказом; но спроси у ротмистра, как она прелестна собою, как мила со всеми, как любит просвещение, словесность...

— Бьюсь об заклад, — вскричал Ничтович, — что она хвалила стишки, которые написал ты ей в альбом!

— Как умна, как чувствительна!..

— К теплу и холоду, — прибавил ротмистр, одувая фитиль, которым сбирался закурить свою трубку.

— Вы вечно шутите, Струйский; но что она любезна в самом деле, это больше всего доказывается верностию такого ветреника, каков я.

— Признаться, мудрено на бивуаках сыскать и случай для измены, — промолвил ротмистр, — тем более что из женского пола здесь никого и ничего нет, кроме этой пушки.

— Это единорог, — заметил артиллерийский офицер.

— Тем еще безопаснее! — отвечал ротмистр.

— Но тем хуже, что вы не даете мне досказать моей повести. Подполковник, шутя, возгласил: "Смирно!", и, по долгом смехе, Лидин продолжал:

— Я уже познакомился со всею роднёю Александрины: ласкался к матушке, ухаживал за отцом, хвалил собак и пристяжных братца, слушал роговую музыку дядей и, что всего несноснее, пересуды тетушек. Гостеприимство есть всегдашняя добродетель моих земляков, и, наконец, меня пригласили приехать к ним в подмосковную. Нужно ли сказывать, что я провел там день как в раю, что мне удалось говорить с нею наедине, что я был неловок и смешон в то время, будто юнкер, который не в форме попался своему генералу, что у меня, наконец, вырвались кой-какие намеки и что меня слушали благосклонно. Ввечеру надобно было ехать тем ранее, что они сами сбирались в город. Я раскланялся, со вздохом взлез на дрожки, и чрез минуту облако пыли скрыло от меня замок Армиды.

На дороге я завернул в деревню к приятелю. Через час выезжаю, и вообразите мое счастье: встречаю дормез, везомый шестью заслуженными конями, и в этом степенно колыхающемся дормезе — Александрину со всем причтом. Между тем небо оболоклось тучами, начал накрапывать дождик, и молния заиграла во всех углах горизонта. "В такую погоду ехать в карете выгоднее, чем на дрожках", — было первою моего мыслью; но быть вместе с нею, так близко подле нее, — вот что очаровало мое воображение до такой степени, что я бы отдал треть моей жизни за прокат в этом полинявшем дормезе. Но как залететь в него? Мы еще не так коротко знакомы, чтобы они могли меня пригласить, а приговориться к этому совестно. Однако ж попытаемся. Проезжая— мимо, я заговорил о грозе, о бешеных лошадях моих; но это не помогло; отец спросил только, с какого они завода, а мать пожелала мне счастливого пути. Препятствия поджигают желанья, и я решился на отважную выходку.

"Пошел по всем!"

"Я и то насилу держу коней, — отвечал мой кучер, — если их пустить, они растреплют нас".

"Пошел, — говорю я, — не рассуждать, а делать!" И с этим словом вся тройка подхватила бить, понеслась, — дрожки, звеня, запрыгали по кочкам и выбоям, вправо, влево, под гору и на повороте прямо на камень — крак! — ось пополам, колесо вдребезги, а я вместе с кучером отлетел сажени на три в ров.

К счастию, кучер вывихнул себе только нос, а я лишь крылышко помял, но лежал недвижим из притворства, чтоб сделать занимательнее сцену. Через две минуты открываю глаза — и вижу Александрину в обмороке от испугу; мать оттирает ее спиртом, а отец окуривает меня серными спичками. Одно меня тронуло, другое рассмешило. Скоро все пришло в порядок, и вот, после многих расспросов, приглашений и отговорок, я влезаю, охая, в карету, рассыпаюсь в благодарениях и внутренне радуюсь своей хитрости. И вот, наконец, я подле милой Александрины!.. У меня занялся дух.

Темнело, дождь лил ливмя; карета, вследствие моего трактата об электричестве и опасности в грозу скоро ездить, двигалась шагом; отец и мать дремали и только при сильных ударах грома пробуждались — один, чтобы зевнуть, другая, чтоб испугаться. Александрина молчала, а я не смел говорить, потому что голос мой дрожал, как ненатянутая квинта; зато я не сводил глаз с прелестного лица своей соседки, ловил каждую черту, каждое выражение, каждый абрис его, исчезающий в темноте, каждый взор, когда молния облескивала внутренность кареты. Я вдыхал какую-то томную свежесть с щек ее, я слышал биение ее сердца, я чувствовал, как мое неровное дыхание колебало ее локоны. Друзья мои! я молод, но я жил, я чувствовал, я наслаждался; но никогда не испытывал высшего наслаждения, как в этот раз! Одним словом, когда есть счастие в жизни, — я был счастлив, потому что не имел никакого желания! Неужели, Ничтович, ты будешь спорить, что буря не может доставить удовольствия по воспоминаниям?

— Сушиться от дождика воспоминаниями или, что еще хуже, для них мокнуть — для меня столько же смешно, как уверение, будто скучать весело! Что касается до меня, не согретого пылким воображением, я бы променял теперь две дюжины золотых своих поминок на рюмку бургонского.

— Я вас беру на слове, штабс-ротмистр! — сказал артиллерийский офицер.

— За вином дело не станет. Эй, фейерверкер! принеси сюда из зарядного ящика две бутылки, те, которые лежат в крышке на левой стороне.

— Да здравствует артиллерия! — воскликнул Струйский, отбивая саблею бутылочное горлышко. — Ну кто бы иной умудрился соединить в одно место и смертные снаряды и жизненные припасы? Теперь предлагаю тост за твою Александрину!

Лидин положил руку на сердце, высоко поднял стакан, по-рыцарски выпил его и разбил вдребезги о шпору.

— Прошу извинить, господа, что я разбил последний хрустальный стакан; теперь уже здоровье чужой красавицы не затускнит его, как в моем сердце не изгладится образ моей невесты!

Бургонское оживило зябнущих офицеров, донышко серебряного стакана сверкало вновь и вновь, и похвала вину не переставала.

— Какая тонкость! — говорил ротмистр, высасывая последнюю каплю.

— Какой букет! — сказал Ничтович, нюхая опорожненную бутылку.

— Вот, Лидин, такое благовонное воспоминание — приятно!

— Это вино, — сказал артиллерист, — доставляет мне еще приятнейшее воспоминание, которое делает честь великодушию женского пола, — воспоминание, за которое едва не заплатил я жизнию. Если господам угодно будет послушать хоть краем уха, я расскажу, как это случилось.

Три дни тому назад я был послан фуражировать в окрестности Сен-Дизье. Неприятеля близко не чаяли, и потому мне дали только пять человек ездовых. Я отправился прямо в деревню Во-сюр-Блез, где уже два раза проходила и стояла наша рота и где жители принимали нас очень ласково. Братская привязанность привлекала меня к Генриете, дочери мэра; она премиленькое, преневинное созданье. Меня утешали ее детская откровенность, ее неизменно веселый нрав. Бывало, когда я задумаюсь, она резвилась вокруг меня и шутя разглаживала морщины на лбу моем.

"Развеселись, добрый русский!" — говорила она, и я невольно улыбался ее приветливости и в ее светлых глазах искал — и находил — забвенье всего неприятного. Генриета выбежала и тогда меня встретить, играла с моею лошадью, пела, прыгала, как ребенок, и, наконец, унесла у меня саблю. Мэра, отца ее, не было дома. Послав за ним канонера, я велел остальным кормить коней и присматривать фуража, а сам пошел наверх, в обыкновенную свою комнату. Мне принесли вина, но я едва выпил стакан его, едва успел сесть на канапе, как глаза мои сомкнулись, голова упала, — я погрузился в глубокий сон. Не помню, долго ли спал я, утомленный переходами и двухдневною бессонницею; знаю только, что я пробудился от голоса, который называл меня по имени. Открываю глаза: Генриета, бледная, трепещущая, стояла надо мною.

"Беги, русский! — сказала она замирающим голосом. — Спасайся, или тебя убьют! Уже все готово... они собрались... твои солдаты заперты... Но я погибла, если узнают. Беги, умоляю тебя, беги!.."

И Генриета исчезла, как привидение. Русскому офицеру бежать! Нет, этого не будет! Я вскочил, кипя гневом, заткнул за портупею пистолеты и потихоньку сошел вниз. В зале слышались многие голоса... Прикладываю ухо: одни хотели убить нас, другие советовали отдать в плен своему отряду, который, по их словам, должен быть недалеко.

"Чего вы боитесь, — говорил мэр, — отомстить смертью за гибель отцов ваших и братьев, погубленных русскими? И почему эти будут счастливее других, впадавших к нам в руки? Если вы не отделаетесь от этих, — эти проложат дорогу тысячам грабителей и ваши запасы, ваши драгоценности ненадолго скроются под кровлею церкви от их поисков. Впрочем, умертвить их необходимо для собственной безопасности, потому что одна смерть может ручаться за тайну; иначе они из самого плена накличут на нас мщение своих!"

Судите, каково мне было слушать этого оратора, но я, обрадованный открытием запасного их магазина, решился на все, только бы доставить роте фуража, тем скорее, что у нас такой был в нем недостаток, что солдаты кормили лошадей хлебом, которого и сами они не ели досыта. Вхожу... и если бы Конгревова ракета упала тогда между заговорщиками, то, верно бы, она перепугала их менее моего появления.

"Господин мэр, — сказал я, — какой-то шалун, вероятно ошибкою, запер в конюшне солдат моих, — прикажите их отомкнуть, да теперь же, сейчас, сию минуту!"

Грозящий взгляд, брошенный на безоружных храбрецов, и движение руки моей к пистолету уверили их, что я не шучу.

"Прошу вперед, без церемонии..." И вот между толпою зевак, в конвое ездовых моих я двинулся к церкви.

"Звонарь! отпирай; а вы, господа, возьмите свечки, проводите меня на чердак и подивитесь чутью русских".

Между тем я поставил двух рейтаров у входа, еще двух на разные дороги, с приказанием по первому выстрелу скакать одному в дивизионный штаб, другому в роту и объявить об опасности. С остальными взобрался я наверх. Представьте себе, что закромы насыпаны были овсом и житом до кровли; все лучшее имение поселян было снесено туда же. Куча сундуков, ящиков, парчей, золотых и серебряных вещиц; но что всего более поразило меня — это были русские ружья, кивера, уланские пики, сабли, каски, — вероятно, несчастных земляков наших, заплативших жизнию за неосторожность. Я содрогнулся, — по исследование было не у места. В это время поселяне, воображая, что мы станем грабить их драгоценности, взволновались, ударили в набатный колокол и с воплями окружили церковь. Крик "A bas les Russes! Mort aux brigands!" [Долой русских! Смерть разбойникам! — фр.] — вызвал меня на колокольню, и я насилу мог добиться, чтоб меня выслушали.

"Французы! — сказал я, — мы в вашей власти; но ваш пастор, ваш мэр — в моей, и они жизнию заплатят за малейшее насилие, да и мы четверо не даром продадим свою. Этого мало!

Часовые мои дадут знать о том в армию, и мщение русских разразится над вашими головами. Я пришел не грабить ваше имущество, но взять немного овса и хлеба, за что государь наш заплатит по моей расписке. Отвечаю жизнию, что все до последнего волоса будет цело".

Это успокоило поселян. Я велел мэру приказать в полчаса доставить восемь подвод и, нагрузив на две оружия, чтобы не оставить им средства к вооружению, а на прочив шесть овса, хлеба и немного вина, отправил их под конвоем в роту. Проводив глазами обоз мой, я спустился с опасной кафедры своей, простился с ропщущими жителями и, поблагодарив поклоном великодушную Генриету, поскакал назад. Французы вошли в Во-сюр-Блез на наших хвостах...

— Кто идет?! — закричал часовой гусар на ближнем ведете. — Стой, или убью!

Ему тихо отвечали пароль и лозунг. Это был их поручик Волгин, ездивший осматривать цепь.

— Господин подполковник! пикеты и ведеты стоят исправно. У неприятеля движений никаких не видать.

— Нет ли чего нового? Не слышно ли об деле? — спросили Волгина вдруг все офицеры.

— Радуйтесь, господа, — отвечал поручик, не слезая с коня, — я привез к вам добрые вести. Наполеон уже в Сен-Дизье, и нашему маленькому корпусу достанется честь задержать всю армию, которая на нас опрокинется, покуда союзники идут на Париж. Говорят, у государя навернулись слезы, когда он простился с нами. Друзья! вряд ли нам выстоять живыми, зато об нас вспомнят в России и от нас поплачут во Франции.

— Слава богу, — сказал радостно подполковник.

— Будет где позвенеть саблями! — воскликнул Струйский. — Смотрите, господин артиллерист, не выдайте нас!

— Не бойтесь, ротмистр! — пылко отвечал артиллерийский офицер, — Мои канониры не раз дрались банниками и даром не сожгут зерна пороху. Только вы, когда у меня не станет картечь, поделитесь со мною подковами и пуговицами, — их много на ваших доломанах, а там будет довольно тепло, чтобы драться нараспашку. Впрочем, когда до того дойдет дело, я буду стрелять последними своими франками!

Офицеры шумели и радовались, будто накануне гулянья; забытый ими огонь спадал и только, вздуваемый ветром, сыпал искры и порою освещал дремлющих гусар, половину верхами, половину у ног коней.

— Отчего вы так грустны? — с участием спросил Лидин у

подполковника, который неподвижно стоял, опершись на длинную саблю свою, ничего не видя и не слыша.

— Я неизлечимо болен воспоминаниями тяжких потерь моих, — отвечал он.

— И теперь, добрый мой Лидин, мне казалось, будто я беседую с другом моим Владовым, и последнее наше свидание оживилось перед глазами моими. Это было перед Кацбахским сражением. Как теперь, дул холодный ветер от севера, как теперь, туман стлался в лощинах, и мы с Владовым, покрытые одною буркою, безмолвно лежали у огонька.

"Веришь ли ты предчувствию?" — спросил он меня.

Я улыбнулся.

"Друг мой, — продолжал Владов, — ты знаешь, суеверен ли я; ты видал, боюсь ли я смерти; но теперь какой-то неотступный голос твердит мне: "Ты будешь убит!.."

Голос, которым говорил Владов, навел на меня ужас...

"Впрочем, если это предчувствие не обманчиво, — я рад: жизнь истомила меня. Не удивляйся, Мечин, что друг твой, сбросив с себя покров шуточной философии, окажется теперь в мрачном своем виде. Я не хотел двоить тоски твоей своею; но теперь, на пороге смерти, открою тебе всю душу свою... Слушай: я любил — это еще не редкость; мне изменили, Мечин, — и это весьма обыкновенная вещь; но надобно было любить, как я, чтобы почувствовать, подобно мне, всю жестокость измены. Друг! я бы простил это неопытной девушке, которая при первом трепетании сердца, при первом румянце щек уверяет себя, будто она любит, — и глаза ее говорят то, что она когда-нибудь почувствует. Я бы мог простить это ветреной кокетке, которая из тщеславия, или для забавы, твердит каждому недурному собой: "люблю тебя!" Но могу ли извинить девушку, исполненную светлого ума, далекую от всех предрассудков, одаренную всеми качествами, всеми прелестями и душой, открытою для чувств возвышенных!.. Сходность мнений нас сблизила, пламень сердец и мечтательность породили любовь. Я уже позабыл наречие любви и потому скажу просто: мы любились, мы разумели друг друга, нас одно радовало, одно огорчало... и не раз слышал я уверения, что она может быть счастливою только со мною. И этот идеал моей фантазии — пленился генеральскими эполетами, и, этот-то ангел на земле, она имела столько коварства, чтобы скрывать это; имела решимость меня обманывать, и в то время, когда готовилась отдать мне руку, — сердце ее принадлежало уже другому. Друг! это опрокинуло мою нравственность; я безумствовал и с этих пор возненавидел женщин. И можно ли доверять им счастие жизни, когда их мнения, их желания, их страсти — основаны на прихоти? Для них сотворены моды, а не чувства; они умеют нравиться, но не любить; им незнакомо высокое ощущение — быть любимой человеком с благородным характером... С тех пор прошло много времени; бывало, иногда, я забывался сном надежды подле милой красавицы; бывало, какое-то сладостное чувство просыпалось вновь в груди моей, — но разум шептал: "Вспомни ее", и я отрывал от сердца льстивую мечту и, испуганный, бежал далеко-далеко, куда глаза глядят, покуда безнадежность вновь не охватывала сердце.

Я желал отдохнуть душою между людьми, к которым принес братскую доверенность и весь жар быть полезен им. И что же? Люди отравили остаток моего покоя. Одним словом, Мечин, кто испытал измену прелестной, может быть наилучшей из женщин, тот, верно, презирает и любовь и ненависть женщин; кому случалось часто видеть и разглядеть вблизи низость и ничтожество мужчин, тот, верно, потерял уважение к человечеству, — а без этого жить тяжело, несносно".

Наутро мы были в деле. Полк три раза ходил в атаку, но Владов остался невредим. Мой эскадрон между тем послали преследовать сбитого неприятеля. Возвращаясь к полку, я отстал от фронта, чтобы прямиком проехать в штаб с рапортом. Смотрю — подле дороги лежит раненый гусарский офицер; я спешу к нему, — и что ж?.. Это Владов. Рядом с ним повержен был убитый конь его. Он сам, опершись на обломок сабли, глядел на кровь, которою исходил. Глаза его стали, лицо подернулось смертною синевою. Мой вопль возбудил друга: он приподнял голову, улыбнулся, хотел подать мне окровавленную руку, но она упала как свинцовая.

"Друг! — сказал он тихо, — мое предчувствие сбылось — мое желание исполняется, я умираю..."

Он замолк; кровь проступала сквозь ментик, — я от ужаса и сожаления не мог промолвить слова.

"Смотри, — сказал он опять, — смотри, Мечин, как капля по капле источается во мне жизнь, как постепенно густеет и холодеет кровь моя; еще капля, еще минута — и меня не станет! Люди говорят, будто умирать тяжело; но прошедшее и будущее принадлежит не нам, а терять настоящее ужели мы не привыкли?.."

Он стихал, я плакал навзрыд; и мог ли не плакать я, когда мой ангел-утешитель, тот, который был для меня все на свете, покидал меня?

"Не плачь! — продолжал он, тяжко переводя дух. — Не

жалей меня, потому что на земле я жалею только о дружбе. Я не умел жить, зато умею умереть..."

В это время я подложил ему под голову ташку свою, чтобы ему было покойнее... и глаза Владова засверкали, упав на вышитого орла.

"Россия!.. родина!.. — вскричал он. — Мечин, прости..."

ЗАМОК НЕЙГАУЗЕН

Рыцарская повесть

[Эпохою своей повести избрал я 1334 год, заметный в летописях Ливонии взятием Риги герм. Эбергардом фон Монгеймом у епископа Иоанна II; он привел ее в совершенное подданство, взял с жителей дань и письмо покорности (Sonebref), разломал стену и через нее въехал в город. Весьма естественно, что беспрестанные раздоры рыцарей с епископами и неудачи сих последних должны были произвести в партии рижской желание обессилить врагов потаенными средствами. — Примеч. автора]

ПОСВЯЩЕНА Д. В. ДАВЫДОВУ

I

Летний день западал, и прощальные лучи солнца бросали уже волнистые тени на круглые стены замка Нейгаузена. Туман подернул поверхность речки, обтекающей кругом холма, на котором воздымаются твердыни, и она, гремя, бежала вдаль сереброчешуйною змейкою. Ворота замка были отворены, и сквозь них, среди широкого двора, виделись терема рыцарские. Остроконечные их кровли пестрели разноцветною черепицею; все углы обозначались стрелками, и на многих висели башенки. Неровной величины окна, с чудными изображениями, были разбросаны в стенах без всякого порядка, и контра-форсы, упираясь широкою пятою в землю, поддерживали громаду здания. Казалось, оно не было древним; но молодой мох лепился уже по стенам, из неровного плитняка сложенным, и местами зеленил мрачную их наружность. Двухъярусные переходы вокруг бойниц амфитеатром замыкали окружность, и на них грудами лежали каменья, бревна, станки для огромных самострелов, тяжелые топоры, даже стенные пищали, тогда весьма редкие и столь же опасные своим, как врагам; словом, все доказывало близость опасного соседа и возможность внезапной осады. Часовые в шишаках, однако ж без лат, бродили по гребню, и в замке было так тихо, что слышалось пенье кузнечика. Направо от ворот щипал мураву статный конь; влево тянулись полосатые гряды огорода. Между ими, опершись на заступ, стоял садовник Конрад и с высоты любовался на закат солнца. Он не заметил, когда подошел к нему рыцарь в бархатной, сереброшвейной мантии и в весьма коротком полукафтанье малинового цвета. Лицо его было нахмурено, и руки, сложенные на груди, закрывали до половины осьмиконечный мальтийский крест. Тщательно завитые волосы и вообще щеголеватость в одежде показывали, что он чужеземец, ибо тогда ливонские рыцари не пышно рядились.

— Пусть крапива забьет твои гряды! — сказал он мимоходом Конраду, и Конрад, почтительно бросив свою шапку на землю, отвечал:

— Благодарю за желание, благородный рыцарь; но у меня и без того плохо идет работа. Здешнее солнце светит только по праздникам, а эти башни и совсем не пускают его заглянуть в огород...

— Старый дурак! Когда строят корабль, думают ли о приволье мышам?

— Преумно и премилостиво, благородный рыцарь. Но вы, кажется, рассержены; смею ли я, старый слуга ваш, спросить о причине?

— Бесстрастное творенье! разве не понимаешь ты, что нежданный возврат барона разрушает все мои надежды: теперь Эмма станет еще неприступнее. Впрочем, я на все решился, Конрад! Меняй свой заступ опять на кинжал, поедем лучше галерою бороздить море. Право, доходнее резать турецкие головы, чем сажать турецкие огурцы.

— Я всегда в вашей воле, рыцарь!

— Если б ты к моей воле прилагал и свою, — эта честолюбивая женщина не ускользнула бы из рук моих!

— Пусть каждый шиллинг, от вас полученный, прожжет мой карман, если я даром брал награды. Всякий раз, когда госпожа приходила сюда учиться заморскому садоводству, я издалека заводил речь о вашей славе, о вашем богатстве, потом о вашей красоте... Потом намекал о вашей любви, о вашей страсти, рыцарь! Вы сами знаете, что есть вещи, о которых молчать невыгодно, а самому их высказать нельзя... и эти-то вещи были все рассказаны мною, — похвалы сыпались у меня, как чечевица.

— И просыпались мимо. Нет, ты не умел, Конрад, посеять в ее сердце ко мне соучастия и взаимности.

— Благородный рыцарь! любовь растет скоро, как кресс-салат, но она все-таки не огородный овощ. Ее зародить в баронессе было ваше, а не мое дело. Впрочем — терпение!

— Терпение — добродетель верблюдов, а не людей.

— Может быть, не таких, как вы, благородный рыцарь; но

вы сами видите, как наш русский пленник Всеслав своею терпеливостью отбивает у поспешных прекрасную Эмму. Ну, право, на него глядя, можно подумать, что он вырос в школе странствующих миннезингеров: только и дела, что вздыхает, — а между тем баронесса поглядывает на него очень умильно.

— Проклятый утешитель! Ты раздираешь мне сердце намеками, которые давно мне кажутся истиною. Любовь палит меня, но еще более ревность грызет душу. Так, я уже решился на все. Я хочу, я жажду удалить и мужа и этого воздыхателя-новогородца, чтобы самому сблизиться с нею. Ты знаешь, Конрад, что я говорю не с ветра и не на ветер; теперь требую твоего совета.

— Мое мнение, рыцарь, начать с гостя; то есть намекнуть барону о склонности его супруги к Всеславу — и русский соперник ваш уберется восвояси.

— Ты прав, Конрад; ты стоишь золотой петли за эту богатую выдумку. Так, я неприметно волью в его чувства отраву, которая льется в моих жилах; передам ему все затейливые подозрения ревности и с ним разделю ненависть к общему сопернику, а потом найдем средство удалить и ненавистного супруга. О! Я уже предвкушаю торжество мое: мои арабские бегуны умчат пас за тридевять земель. Для Эммы сброшу я эту командорскую мантию, забуду почести Ордена и славу света, чтобы в забытом углу его найти с нею счастие!..

— Скорее ваш меч разрастется в ножнах, нежели Эмма согласится бежать...

— Но скорее рука моя будет вращать веретено вместо копья, чем я откажусь от своего намерения. Для моей воли нет завета, ни препон — кроме гибели. Пусть Эмма добродетельна, верна, — но ведь она женщина; она прекрасна и, следовательно, тщеславна. Одним словом, Конрад, я истощу весь арсенал обольщений: буду нежен как дамская перчатка, гибок как страусовое перо; стану звенеть золотом и железом, пролью слезы и кровь, и волею или неволею, но Эмма будет в моих объятиях — или Ромуальд фон Мей в когтях демона. Что же до самого барона...

Конрад прервал его запальчивость, показав на часового, который приближался к ним по зубчатой, стене. Рыцарь понизил голос, но по его движениям, по его сверкающим взорам видно было, что дело шло о чем-то важном. Конрад сомнительно покачал головою, и два злодея расстались.

II

Круглая зала Нейгаузена освещена была двумя большими свечами из желтого воска, воткнутыми в двурогий железный светец. Пламя их веяло по воле ветра, проникающего в неровный свинцовый переплет готических окон, но блеск не достигал под вершину остроконечных сводов, зачерненных дыханием времени, и только изредка отсвечивались по стенам щиты и кирасы и двойная тень мелькала от оленьих рогов, между ими прибитых. Две тяжелые печи, испещренные муравлеными украшениями, стояли друг против друга. Дебелый дубовый стол занимал средину комнаты. За ним сидел рыцарь Ромуальд фон Мей и беспечно стучал шашкою по доске... Игра была не кончена, стаканы опрокинуты, и владетель замка Эвальд фон Нордек ходил быстрыми шагами по зале. По неровному звуку его шпор, по волнению в груди заметно было, что он вне себя; его лицо пылало гневом, и кровавые глаза разбежались.

— Да, да, — вскричал он, остановившись против Мея, — теперь вижу, что был до сих пор слепцом, был игрушкою жены своей. И я был так прост, что доверился этому русскому варвару, оставил волка в овчарне. Теперь не дивлюсь, что жена моя... что Эмма, хотел я сказать, так нежно ухаживала за его ранами, так жаловала его песни и разговоры. Теперь понятно мне, отчего шепчут рыцари, когда я вхожу в их общество, отчего дамы так часто спрашивают об ее здоровье. Лицемерная, неблагодарная женщина! Не я ли презрел для нее все обычаи предков и все толки дворян — извел ее из пыли ничтожества и из безродной сироты сделал владетельницей Нейгаузена; но что более всего: не я ли любил ее так нежно, так пламенно! О, какое яркое пятно положила ты на славное имя Нордеков! Что сказал бы теперь дед мой, гермейстер Ордена, если бы такие обиды могли воскрешать мертвых, как они умерщвляют живых!

— Думаю,. — сказал Мей двусмысленным голосом и пожимая плечами, — он сказал бы то же самое, что и я повторяю: что люди завистливы и, статься может, слухи об этой связи — пустые.

— Нет, друг Ромуальд, не утешай меня, как ребенка; я знаю, что подобные вести позже всех доходят до ушей мужа, и, верно, уже они имеют вес, когда ты, чужеземец, их знаешь...

Ромуальд встал, чтобы скрыть волнение души, и как будто нечаянно подошел к окну.

— Они еще не едут с охоты, — сказал он притворно равнодушным голосом.

— Не едут — и, поверь мне, еще долго не будут, — отвечал Эвальд нетвердым тоном презрительного бесстрастия. — Они не ждут меня из похода, а часы летят для них так скоро, что они и не думают о возврате... Или, — что я говорю, — может, они нарочно ждут вечера... Лес широк, тропинки излучисты... Мудрено ли заблудиться!

— Какие черные мысли, Эвальд; разве не могло, в самом деле, случиться, что их соколы разлетелись.

— Я скличу их завтра на тело Всеслава! — Едут, едут! — раздалось по замку.

Топот коней и восклицания охотников огласили окружность; оконницы, дребезжа, отозвались на звук вестового рога с башни, и сердце барона оледенело... Он бросился в широкие кресла и закрыл глаза рукою. Кто-то бежал по лестнице, дверь скрыпнула, Эвальд вскочил; яростным взором встретил он входящего, — и напрасно: это был паж баронессы.

— Скажи госпоже твоей, — крикнул он, — чтобы она дожидалась меня в своих покоях, но чтобы она не входила сюда... Это моя воля, мое приказание; слышишь ли: мое приказание!

Изумленный паж удалился с трепетом, — и опять мертвая тишина в зале. Ромуальд молчал; Нордек не мог говорить. Наконец с шумом вбежал Всеслав в комнату. На нем был красный кафтан, на полах вышитый золотом. За кушаком татарский кинжал, на руке шелковая плетка, и красные каблуки его сапогов пестрели разноцветною строчкою; яхонтовая запонка и жемчужная пронизь на косом воротнике доказывали, что Всеслав не простого происхождения; но смелая, развязная поступь, открытое лицо и быстрые взоры еще более заверяли в его благородстве. С радостным челом, с дружеским приветом кинулся он обнять Эвальда, но Эвальд яростно оттолкнул его.

— Прочь, изменник! — воскликнул он. — Прочь! Не пятнай меня своим иудиным лобзаньем...

— Что это значит, Эвальд? — произнес Всеслав, пораженный видом и выраженьем барона.

— Ты слишком хорошо знаешь, об чем говорю я; но притворство ни к чему не послужит... Признайся!

— Ты потерял рассудок, Эвальд!

— О, как бы желал я потерять его, но к несчастию, он теперь яснее, нежели когда-нибудь. Я теперь вижу, чем ты заплатил за мое гостеприимство, как ты отвечал на мою доверенность. Я с тобой, со врагом, поступил как с братом, а ты обольститель, ты с другом поступил будто со злейшим неприятелем.

Лицо Всеслава загорелось негодованием.

— Эвальд! — вскричал он, — не для того ли ты возвратил мне жизнь, чтоб отнять честь? не для того ль почтил пленника гостеприимством, чтобы сильнее оскорбить гостя клеветою?

— Это правда, это ужасная правда! И... не заставь меня употребить силу... Если ты в ней не сознаешься, то, богом клянусь, Всеслав, тем богом, которого ты забыл, — волки и вороны будут праздновать мой гнев твоим трупом.

Всеслав, внимая этим угрозам, гордо сел в кресла и спокойным голосом отвечал:

— Рыцарь фон Нордек, я пленник твой; делай что хочешь. Но ты видел под Вейзенштейном, когда рубился я с твоими латниками, пугала ли меня смерть! Ужели думаешь теперь застращать ею? Поверь, Эвальд, мне легче будет умирать безвинному, чем тебе жить после злодейства. Впервые вижу я такое утончение злобы: зачем было не умертвить меня на поле битвы, чтобы здесь выхолить на убой!

— Затем, что ты был тогда лишь неприятелем Ордена, а теперь стал моим личным врагом, моим кровным злодеем, похитив любовь легковерной Эммы!

— Рыцарь! Именем чести и доброй славы невинной супруги твоей требую доказательств!

— Невинной?.. Давно ли волки проповедуют невинность лисиц? Давно ли русские говорят о чести?

— Русские всегда ее чувствуют. Вы, германцы, ее пишете на гербах, а мы храним в сердце.

— В твоем черном сердце — не бывало искры других чувств, кроме неблагодарности, обмана и обольщения!

— Слушай, рыцарь, — вскричал Всеслав, вскакнув, — низко и в поле ругаться над безоружным, но еще ниже обижать в своем доме. Я бы умел тебе заплатить за обиду, если бы моя свобода и сабля были со мною!

— Ты будешь иметь их на свою пагубу, — отвечал в бешенстве Эвальд, — и суд божий поразит вероломца!

— Когда ж и где мы увидимся? — спросил Всеслав.

— Как можно скорее и как можно ближе. Я удостаиваю тебя поединка, чтобы иметь забаву самому излить твою кровь и ею смыть пятно со щита моих предков. Оружие зависит от твоего выбора. Я готов драться пеший и конный, с мечом и с копьем, в латах или без оных. Бросаю тебе перчатку не на жизнь, а на смерть.

Всеслав хладнокровно поднял перчатку.

— Итак, на рассвете, — сказал он, — с мечами, пешие и без лат. У меня нет товарища, а потому и Нордека прошу не брать свидетелей. Место назначаю отсюда в полумиле, но дороге к Веро, под большим дубом. Там я жду обидчика для свиданья, чтобы сказать ему вечное прости.

— Но куда ж спешите вы, благородный русский? — спросил Мей с тайною радостию, подозревая, что Всеслав сбирается скрыться.

— Куда глаза глядят, — отвечал Всеслав, снимая со стены свою саблю и шлем, висевшие в числе трофеев. — Чистая совесть постелет мне ложе в лесу дремучем, и мне не будет там душно, как в этом замке, где меня берегли, чтобы чувствительнее обидеть.

Он вышел из замка, со вздохом взглянул на окно Эммы и побрел в темноте по сыпучему песку.

III

Светло и радостно встало утро над замком, но в замке все было угрюмо и печально. Старик Отто, отец Эвальда, в беличьем полукафтанье, сидел в своей комнате у окна; подле него лежала Библия, но он уже не мог читать ее, он с беспокойством глядел в поле сквозь цветные стекла. Эмма, заливаясь слезами, молилась перед распятием, и бледное лицо ее и белокурые волосы, разметанные по плечам, ярко отделялись от черного камлотового, опушенного горностаями платья, которое длинными складками упадало на пол.

— Не плачь, не крушись, моя милая, добрая Эмма, — с нежностию сказал старый барон; но голос его доказывал, как трудно было исполнять ему совет свой. — Прости моему Эвальду и надейся на всевышнего, может, все кончится счастливо. Злые наветы заставили моего вспыльчивого сына обидеть безвинного человека... Но ведь не каждая рана смертельна, — а, по-моему, лучше носить язву на теле, чем убийство на совести. Солнце уже высоко, и он, верно, скоро воротится. Рыцарь Мей с капелланом давно поехали на место поединка узнать, чем он кончился... Но вот пылят но дороге...

Сердце в Эмме забилось часто и сильно, голова кружилась, дыханье занялось в груди... Она не смела ни взглянуть в окно, ни услышать может быть радостной, может быть смертельной вести.

— Это они, это точно они, — воскликнул Отто. — Уже я

распознаю жеребца Ромуальдова, вот и капеллан... вот и пегий бегун Эвальда... но... боже мой!.. он убит!

— Кто убит, батюшка? кто?

— Он, Эвальд! Эмма! у тебя нет более супруга. Бедный Отто! у тебя нет уже сына. Он, единственный мой Эвальд, убит, убит.

С воплем опустился Отто в кресла и потерял чувства. Эмма вскочила, шатнулась и едва могла удержаться о распятие. Взоры ее померкли, голос замер, и голова скатилась на грудь. Это зрелище представилось Рому-альду и Всеславу, когда они, запыленные, вошли в комнату.

— Где, где он? — вскричала Эмма, которой приход их возвратил жизнь. — Отдайте мне моего Эвальда!

— Его нет, — сурово отвечал Мей.

— Рыцарь, не обманывайте меня... Впервые прошу вас, Ромуальд, скажите мне всю правду. Где муж мой?

— Я не лгу, баронесса, он пропал без вести.

— Скажите лучше — без возврата.

Рыдания Эммы раздули искру жизни в старом Отто, и тот же вопрос был повторен Мею.

— Мы искали его везде, — отвечал Мей, — обскакали кругом на милю, перешарили все кустарники, — и следу нет. Вероятно, разбойники или наездники русские, — примолвил он, взглянув подозрительно на Всеслава, — схватили и увезли его за свой рубеж.

Казалось, внезапный луч осветил мысли Эммы. Все и всё обвиняло Всеслава. В самом деле, для чего избрал он такой уединенный час поединка и место на границе русской? Для чего желал видеть противника без лат, без свидетелей? О, это верно, это несомненно. Удар наемного кинжала есть скорейшее средство избавиться сильного неприятеля. Эмма как помешанная бросилась к Всеславу, который, опершись на окно, с глубокой тоской смотрел на нее.

— Кровопийца, — вскричала она, — разве недоволен ты, лишив меня доверия и любви моего супруга, когда теперь потаенно убил его? Признайся в своем злодействе. Отвечай, где совершил ты преступление? Куда бросил его тело? Скажи, чья кровь дымится на руках твоих?..

Эмма не могла продолжать.

— Эмма, Эмма! — с укором возразил до глубины души огорченный Всеслав,

— и ты могла подумать, что я способен на такое низкое дело! Неужели все, кого так искренно любил я, кого так беспредельно уважал, сговорились подозревать, обвинять меня

66

в гнуснейшем вероломстве и преступлении, едва вероятном для самых закоснелых злодеев!

Слезы навернулись на глазах Всеслава. Все умолкли, наблюдая друг друга. Какое-то злобно-радостное чувство просвечивало сквозь угрюмую физиономию Мея, но его взор выражал то сожаление к Эмме, то ненависть к обвиненному. Отто отирал серебряными волосами глаза свои, но ни одна слеза не выкатилась, чтобы облегчить растерзанное сердце отеческое. С живым участием, но с мучительною тоскою обвиненного человека, который жаждет и не может утешить своих обвинителей, боясь упрека в ласкательстве, стоял Всеслав между ими, но его взгляд был горд и покоен. Эмма в забытьи, с бродящими окрест взорами, опиралась на плечо Отто. Все беды, все горести слились для нее в одно тяжкое ощущение, в чувство хладного и немого отчаяния. Картина была ужасна.

Молчание прервано было криком Сигфрида, щитоносца Эвальдова.

— Беда, беда... — вопиял он, вбегая в залу. — Горе и смерть нашему бедному господину; он схвачен тайным судом; вассалы видели, как утром провезли его связанного, и три зарубки на воротах это доказывают!

— Все погибло! — диким голосом воскликнула Эмма и как труп упала к ногам Оттовым.

IV

В глухую полночь тайное Аренсбургское судилище [Тайное судилище (Freigerichte, Femegerichte, Heimliche Gerichte), это пугалище средних веков, из Германии с рыцарством перешло и в Ливонию. Заседания их (Freistuhl) были в замках Арраше и Аренсбурге, где доселе находится множество костей, в стену закладенных. Позывы свои оно делало и посредством зарубок на воротах или на деревах. Впоследствии гроссмейстер Эрпингсгаузен запретил особым декретом повиноваться сему суду, основанному вначале для удержания насилий самосудных баронов и впоследствии превратившемуся в скопище разбойников, влекомых корыстью или мщением. Слово Femegerichte происходит от старинного саксонского слова verfemmen — проклясть, осудить, лишить убежища законов (vogelfrei). — Примеч. автора] собралось под открытым небом в дремучем сосновом лесу, осенявшем некогда берега Эзеля, — собралось, чтобы судить привезенного рыцаря.

Нордеку развязали глаза, и он с изумлением увидел себя на

поляне, перед камнем судным. На средине его иссечен был крест; на нем лежали кинжал и книга. Четыре факела, вонзенные в землю, проливали какой-то зеленоватый свет на грозные лица присутствующих, и при каждом колебании пламени тени дерев, как привидения, перебегали через поляну. Члены, опершись на длинные мечи свои, закутавшись в мантии, сидели недвижны, вперив на обвиненного тусклые очи. Черно было небо, гробовые ели шептались с ветром, и когда стихал их говор, порой слышался плеск волн между камней прибрежных.

— Твое имя, рыцарь? — спросил председатель.

Нордек величаво стоял между стражей, закинув за плечо цепь и накрест сложив руки.

— Мое имя? — повторил он, озирая с любопытством заседание. — Странный вопрос, ежели ты судья, и бесполезный, когда разбойник. Зачем же лишили меня свободы, как преступника, еще не зная, кто я таков?

— Такова форма суда. Кто ты, рыцарь?

— Меня должен знать каждый, кто не бегал, а дрался лицом к лицу. Впрочем, я, не краснея, могу высказать свое имя и достоинство; я рыцарь Эвальд фон Нордек, владетель Нейгаузена и ротмистр Монгеймовых латников.

— Рыцарь Эвальд фон Нордек! Ты предстоишь священному тайному суду Аренсбургскому, судящему на земле и водах преступников совести и чести. Итак, именем сего суда объявляем тебе: я, Оттокар фон Оснабрюк, фрейграф Аренсбурга, брат Эзельского епископа Германа III, и мы все, духовные и рыцари Тевтонского ордена, что ты обвинен в зажигательстве и в измене Ордену по сношениям с врагами его, русскими. Оправдывайся, если можешь!

— Скажи лучше — если захочу; а я не могу и не должен хотеть этого. Я не признаю другой расправы, кроме орденской.

— Здесь ты видишь многих собратий своих.

— Собратий по епанче, не по мечу — потому что вы воюете веревкой и кинжалом, не по кресту — вы изменили ему, преступив клятву повиноваться одному гермейстеру. И, значит, вы враги Ордена, когда обвиняете за то же самое, за что славил меня гермейстер: за верное исполненье воинской должности.

— Но ты забыл тогда долг человека.

— Фрейграф!.. Пролитая кровь, пожары и расхищенья святыни и все злодейства, необходимые спутники войны, лежат на ответе епископа Иоанна и гермейстера Монгейма, а я был только орудием высшей воли. Монастырь Дюнамюнда вредил нам при осаде Риги, как крепость, и я взял его приступом, как солдат, а следствия упрямого отпора известны. Но там духовные сражались и гибли, как рыцари, — а вы, рыцари, судите за военное дело, будто за святотатство.

— Вольные члены! В первом обвинении фон Нордек признается.

— Я горжусь тем, как воин, но сожалею о том, как человек. Об остальном же нелепом и низком обвинении скажу, что настоящие сыны Ордена не подражают примеру вашего Фехтена [Рижский епископ Фехтен, воюя против герм. Думпесгагена в 1286 г. соединился с литовским князем Витовтом. — Примеч. автора] и не братаются с язычниками-литовцами для грабежа братних имений. Впрочем, как можете вы вступаться за Орден, когда сами его первым случаем вините? Разве можно быть вдруг и за епископа и за гермейстера?

— Истина не принадлежит пи к какой стороне, и правосудие казнит без лицеприятия!

— Истина не имеет нужды пресмыкаться во мраке и тайне; правосудие обвиняет гласно и казнит всенародно, а не уязвляет, как змея в пятку, не поражает, подобно бандиту, из-за угла. Еще раз спрашиваю: какое право имеете вы судить меня?

— Рыцарь! Ты должен здесь только отвечать; можешь только просить, а не спрашивать.

— Мне просить! Вас просить! Ты смешишь меня, фрейграф! Послушайте вы, господа самозваные судьи мои, я знаю, что здесь обвинение есть уже смертный приговор и что вы привлекли меня в этот вертеп не для того, чтоб судить, но осудить; со всем тем не надейтесь, чтобы страх смерти заставил меня в жизни унизиться. Знайте, что я всегда ненавидел вас и даже теперь презираю, что я умру в сладостной уверенности на отмщение вам моего друга Монгейма, и верьте, что каждый волосок, каждый сустав мой выкупится сотнями черепов безземельных ваших рыцарей, белое знамя гермейстерское очервленится вашею кровью и огонь очистит землю от трупов злодейских. Таково будет наказание от человека, господа судьи... Я уже не говорю о воздаянии всевышнего судии! Ваша совесть вам скажет о нем перед смертным часом, — и не будет вам отрады, ни прощения.

— Нордек! Ты напрасно расточаешь брань и угрозы. Тайный суд бесстрастен, как провидение, и неумолим, как судьба.

— Но кто дал вам, безумные люди, взор провидения, кто вручил вам меч судьбы? Разум, дар неба, и земная власть гроссмейстера отвергают суд ваш. Я не признаю его определений!

— Так испытаешь его силу, — с злобною усмешкою отвечал Оттокар. — Господа вольные члены тайного Аренсбургского суда, по статутам и законам нашим, клянитесь за мною судить обвиненного по совести и чести!

Все склонили колена и подняли правые руки... Эвальд услышал следующую клятву:

— Клянусь стоять за тайный суд против отца и матери, против жены и детей, против друзей и кровных, против ветра и огня, противу всего, что солнце греет и дождь кропит, противу всего, что между землею и небом находится; и пусть на душу мою обратится проклятие, а на мою голову казнь, присужденная преступнику, если не выполню я судного приговора.

Как злые духи, встали и уселись опять члены суда, бренча оружием. Фрейграф продолжал:

— Итак, вольные сочлены мои, перед вами стоит рыцарь фон Нордек, уличенный в святотатстве; измена же его против Ордена, тайная связь с русскими, которым хотел он предать пограничный свой замок Нейгаузен, доказана еще в прошедшем заседании клятвенными показаниями известного вам сочлена. Братья и члены! что присудите вы за такие ужасные злодейства?

Молчание.

— Гельмольд фон Лоде, твой приговор?

— Рыцарь Эвальд фон Нордек осужден!

— Verfemt![Осужден! — нем.] — раздалось со всех сторон.

— Verfemt! — радостно повторил фрейграф. — Лишен покрова всех законов и обречен на смерть. Секретарь, занеси в книгу его имя и преступление. Стражи!

Фрейграф махнул рукою, и несчастного увлекли.

— Рыцарь Ромуальд фон Мей, член тайного суда Вестфальского, ты был обвинителем Нордека, — вручаю тебе кинжал для его казни. Еще сутки будет он жить, чтобы выведать из него тайны гермейстерские, потому что он был во всем правою рукою Монгейма; но потом соверши что начал и объяви главному суду Красной земли [Rotes Land — так называли в старину Вестфалию, где находился главный тайный суд, который уже заведовал всеми. — Примеч. автора], как подвизается здешний, для общей пользы и славы.

Ромуальд безмолвно встал, склонил голову в знак согласия и, взяв кинжал, хладнокровно пробовал его остроту... но взоры предателя сверкали злобно, как глаза волка на добычу. Члены попарно медленным шагом скрывались в мраке и чаще леса.

V

Видали ль вы восход солнца из-за синего моря? Уже холодеет раннее утро, и заря зарумянилась на небе. Легкие туманы улетают к ней навстречу, и пролетом их едва тускнеет стеклянная поверхность морская, подобно зеркалу, тускнеющему под дыханьем красавицы. Дальний берег, мнится, висит в воздухе и зеленою стрелкою исчезает в небосклоне. Все тихо; только изредка клик плещущихся вдали лебедей по заре раздается, и нетерпеливый ветерок порой заигрывает с звонкими камышами. И вот вспыхнул восток, и золотая к нему тропа пересекла воды: солнце в лоне туманов, без блистания, как бы в раздумье, стоит на краю небосклона и, вдруг воспрянув от вод, величественно устремляется по небу.

Такое утро сияло над диким берегом Ливонии, когда человек двадцать русских гостей любовались им. Две большие высокогрудые их ладии стояли близ утеса. Невдалеке светлели высокие башни замка Пернау, недавно отстроенного гермейстером Иокке. Двое, в кольчугах, с секирами, стояли на страже. Другие лежали беспечно, раскинувшись вкруг огонька, лишь по дыму заметного против солнца. Ото были товарищи молодого и богатого гостя Андрея Гремича. В то время все новогородцы вырастали в море и в воде и звание купца было неразлучно с достоинством воина. Случалось нередко, что торговцы, отправляясь в чужбину за мирными прибылями, возвращались с добычею битвы. Каждый своевольно, когда пробуждался в нем боевой дух или корысть к себе манила, вооружался и разгуливал по Варяжскому морю и озеру Ладожскому, на страх немцам и шведам. К такому же разряду, казалось, принадлежала дружина Андреева. Тяжелое их оружие не могло принадлежать людям, непривычным к битве, и жилистые их руки были способнее наносить раны, чем нарезывать бирки [Бирки и доныне употребляются русскими подрядчиками в виде векселей. Это не что иное, как лучинки, из которых нарезываются кресты и палочки, означающие количество. Потом эта лучинка раскалывается надвое, и половинки хранятся у отдатчика и приемщика до расчета, — Примеч. автора] или выкладывать на счетах.

— Эй, земляки! — раздалось над их головою, и русские

увидели на утесе рыцаря в вороненых латах, на гнедом мекленбургском коне.

— Мы все земляки, все из земли сделаны, — грубо отвечал ему один из гостей, зажигая фитиль самопала.

— Что тебе надобно, рыцарь?

— Узнать, где можно безопаснее к вам спуститься, — отвечал тот.

— Пусть молния опалит мне бороду, если я не спущу тебя вниз одним прыжком! — возразил Илья, прикладываясь; но рыцарь мелькнул и исчез.

— К ружью! — закричал Андрей, хватаясь за меч.

Русские повскакали и приготовились принять незваного гостя. Между тем незнакомец показался опять, тихо съезжая к ним по узкой тропинке.

— Бьюсь об заклад, — сказал Илья, — что это передовщик какой-нибудь ватаги бродящих немецких рыцарей. Ну уж народец! С ними не плошай ни в торгу, ни в мире. Как ворон крови, так они жаждут золота, и хоть деньги ничем не пахнут, но они чутьем своим как раз спроведают, где есть пожива. Сказывали, они еще недавно разграбили наших купцов в самом Юрьеве. Проклятые язычники!

— Они, кажется, христиане, — важно заметил один из гостей.

— Да, да, христиане!..

Рыцарь приблизился, слез с коня, вонзил копье в землю и смело пошел в середину русских. Бесстрашный Андрей вышел к нему навстречу; они сошлись.

— Андрей! — воскликнул рыцарь... и с поднятым наличником кинулся обнимать его.

— Брат Всеслав, ты жив еще!

Сладостно было свидание братьев. Они плакали и усмехались, прерывистые восклицания и безответные вопросы летели. Умиленные новогородцы столпились вкруг своих начальников, кланялись, жали руку Всеславу, целовали и обнимали его, как воскресшего: на родине его давно считали убитым.

— Полно, полно, — сказал Андрей, вырываясь из объятий братних, — ты сломал мне грудь своими латами; но скажи, пожалуй, зачем ты променял свою серебряную кольчугу на этот кирас, в котором гуляешь словно черепаха?

— Затем, чтобы безопаснее проехать по Ливонии, — но, брат и друг, мне надо освежить свою душу рассказом...

Братья удалились к стороне: сели под иву, которая шатром развесилась над берегом, и, рука в руке, взоры в глазах друг друга, разговаривали они об родных и родине, и все чувства души и все страсти сердца мгновенно отсвечивались на прозрачном облике Всеслава, и он жадно ловил рассказы о подвигах соотечественников, о их славе. Он забыл о себе, внимая о Новегороде... Ах! кто не заслушается вестью об родине, как пением райской птички!

— А я, — сказал, наконец, Всеслав на повторенный вопрос брата, — как ты знаешь, пал окровавленный, избитый и израненный на полях Вейзепштейна, куда удальство завлекло меня с горстью бесстрашных. Я не знал, где я очувствовался. Прошлое для меня исчезло; память истощилась с кровью, и все, что тогда увидел я наяву, мне чудилось будто во сне. Надо мною вздымались плитные своды, как в могильном погребе; на мне, как саван, белое покрывало, и тусклая лампада едва освещала окружность. Я ужаснулся; мне представилось, будто я погребен заживо! Холодный пот проступил на лице... Приподнимаю голову, озираюсь... У моего изголовья сидела прелестная, как ангел, женщина... Признаюсь тебе, я обомлел; суеверное воображение представило мне, что в ней вижу я свою душу, которая, перед отлетом на небо, прощается с бренным своим жилищем. Брат! это была супруга рыцаря фон Нордека, великодушного моего победителя.

— Нордека! — воскликнул пылкий Андрей. — Этого рыцаря словом и делом, который первый под градом камней и проклятий влез на стены дюнамюндские, которого рижане страшатся, как божьего гнева! Я недавно видел его, когда он обок гермейстера въезжал в пролом покорившейся им Риги, в пролом, который был для них победными воротами. Этот Нордек ехал так горд, глядел так смело всем в глаза... что... признаюсь, меня взяла охота померять с ним силы, — он должен быть славный человек.

— Он в самом деле таков, — продолжал Всеслав. — Вспыльчив до бешенства и неустрашим до безрассудства, зато как добр и радушен! Теперь буду говорить о себе. Между тем как медленно возвращались мои силы, раздоры Ордена с Новым-городом продолжались, и мне невозможно было в целые полгода дать весточки, нельзя было спроведать о родимых. О, как часто, друг, у меня было тяжко на сердце! И некому было открыть тоски своей, не с кем погоревать вместе. Часто, каждый день глядел я с башни Нейгаузена на Псковскую дорогу, которая вилась и скрывалась в лесу; иногда скакал по ней русский всадник — и надежда моя воскресала, сердце билось крепко; но мнимый вестник скрывался — и вновь оно ныло и замирало. Только с Эммою находил я отраду; и благодарность за ее нежные попечения об раненом превратилась во мне в какую-то неизъяснимо тихую к ней привязанность.

— Неизъяснимую? — перебил, грозя пальцем, Андрей. — Для меня это очень понятно: ты влюбился в нее...

— Нет, Андрей, нет; это не была та бурная любовь, которую судьба судила мне испытывать. В этом неприхотливом чувстве пет волнений, нет бешеной веселости без причины, нет отчаяния от безделиц; огонь не снедал моего сердца, и ревность не раскаляла его. Только, не знаю отчего, при ней я дышал свободнее, с нею был веселее, но совесть моя была светла, как клинок твоей сабли. Мы почти не разлучались — все трое езжали на охоту, на прогулку, утром учили друг друга родным языкам своим, а вечером рассказывали повести. Добрый Эвальд радовался, что пленнику не скучно; гостеприимство и доверенность царствовали в доме, время мчалось, и пагубная минута пробила. К Эвальду приехал погостить старинный друг его, вестфалец фон Мей, мальтийский рыцарь, который в числе воинов прусского графа Аренсбурга помогал гермейстеру на русских. В его душе сходились все знойные страсти Востока с необузданною волею, которая всего желала и все могла. Он вспыхнул страстию к прекрасной Эмме и употребил все средства опытного волокитства, все тонкости тщеславия, все обольщения богатства, чтобы преклонить ее на любовь. Гордая невинностию Эмма не хотела даже приметить этого, и ее презрение возбудило в развратном его сердце злобу. Он оклеветал ее в глазах мужа, заставил меня взяться за оружие, чтобы отвечать на обидный вызов Эвальда, и, должно подозревать, обвинил его перед тайным судом, потому что Эвальда схватили и увезли на Эзель. И что сказать тебе еще о злодействах этого разбойника? Он, пользуясь смятением, похитил Эмму, туда же увез сестру мою, нашу Эмму, — и, может быть... — как еще кровь не брызжет из жил моих! — она поругана, обесчещена! Что же ты смотришь на меня с таким изумлением? Да, там я нашел сестру, ту самую Марфу, которая еще двухлетняя похищена была у родителей наших при набеге рыцарей на предместье Пскова. Отто, отец Эвальда, сжалился над погибающей малюткой — привез домой и воспитал как дочь, под именем дальней родственницы, не открывая никому тайны ее рода, ибо он знал, как ненавидят германцы все русское племя. Я узнал о том нечаянно, перед ее похищением, когда Отто хотел благословить меня крестом русским для поиска об Эвальде. Брат! вот он, вот семейный наш крест, вот и половина кольца с перста чудотворной великомученицы

Варвары, которым нас, близнецов, с Марфою благословил архиепископ, разломив на полы. Подобный крест и полкольца уверили Эмму, — и я прижал к груди моей погибшую сестру, я нашел ее, — и мы потеряли ее, может быть навсегда. О брат, брат, мы ее потеряли!

— Чего же медлим, — воскликнул Андрей, — для чего ж волочим время в рассказах, когда наш зять теряет, может быть, жизнь, а сестра честь свою! О, как бы обрадовались наши старики такою находкою; а чего не сделаю я, чтобы их обрадовать? В поход, товарищи!.. Мечите в море лишний груз — надобно жертвовать драгоценным благороднейшему. На Эзель, в Аренсбург! в этот притоп тайного суда, об котором довольно наслышался я, в это гнездо плутов, которые во зло употребляют слово правосудие и льют кровь невинных.

— На Эзель, в Аренсбург! — восклицал Всеслав, вскакивая в ладью. — И дай мне руку, брат, на смерть беззаконникам, если казнь уже постигла благородного Эвальда. Я подкрадусь туда, как тать, и зарежу их, как разбойник; в крови отцов утоплю детей, дымом пожара задушу все племя злодейское, и пламень — знамя истребления разовьется над главами башен.

Якорь был уже поднят, когда Андрей послал одного из своих на берег.

— Возьми братнину лошадь, — говорил он ему, — и скачи по берегу, ищи русских, расскажи им дело и сбери удалых в Ревеле. Там господами датчане, и они будут с нами заодно. Если чрез два дни нет вести, то спешите на Эзель и совершайте по нас поминки как знаете. Прощай!

Паруса размахнулись, и ладья, разбрызгивая волны, полетела по морю. "Счастливого пути вам, други! — думал оставшийся новогородец на берегу. — Спешите: ветер изменчив, и злодейство не теряет минут. Кто знает, на избавление или на бесплодную месть вы спешите".

VI

Скован, как злодей, осужден, как преступник, лежал Эвальд на полу в одной из башен аренсбургских. Неумолкающая тоска грызла его сердце, и все насмешливые воспоминания счастия и все жестокие ощущения души будто нарочно роились в воображении, чтобы отравить последние минуты жизни. Пять дней тому назад он был счастливейшим человеком в свете. Увенчан молвою, отличен гермейстером, почтен равными себе, спешил Эвальд в объятия прелестной супруги и друзей, ему обязанных. А теперь... о боже мой, боже мой! Кто испытал вдруг столько душевных и вещественных несчастий! Обманут другом, изменен женою, безвозвратно оклеветан, очернен пред рыцарством, перед потомками, осужден беззаконно и безвинно на гибель, на смерть, на казнь!..

"Умереть легко, — думал он, — но умереть на поле чести или на ложе предков, не на плахе потаенного палача, на которой не застыла еще кровь какого-нибудь бездельника. Погибнуть столь внезапно, оставить без награды лучших друзей, без отмщения злейших врагов!.. Умереть так темно, что ни один наследник, даже для виду, не придет поплакать на прах мой... Его развеет ветр, размоют волны и хищные птицы разнесут по лесам и болотам... О, это ужасно, это нестерпимо!"

В отчаянии грыз Эвальд оковы, и слезы ужаса бесчестной смерти замерли в очах его. К счастию человечества, сильные удары страстей непродолжительны. Выстрел потрясает твердь, но исчезает мгновенно; так и отчаянье Эвальда утихло, как стихает ниспавшая волна водопада. Казалось, разум сжалился над несчастным и отлетел прочь. Настоящее, прошлое и будущее смешались для него в хаос. Мечты, будто сонные видения, проходили, кружились, сталкивались в воображении; но тусклое понятие не могло схватить ни одной черты, ни одной мысли, — все было мрачно, как могила, и безначально, как вечность. Наконец звук цепей извлек Эвальда из его ничтожественного забытья.

"Может быть, — подумал он с горьким вздохом, — эти цепи заржавлены слезами других обвиненных, до меня здесь погибших... Может быть, и они были так же невинны, так же несчастны, как я!.. Их уже нет... Скоро и меня не станет, и поздний потомок найдет наши имена, записанные в кровавой книге преступлений!.. Худая слава живет долее доброй, и, статься может, имя Нордека, которым гордились доселе рыцари ливонские, предастся на поругание в веках грядущих. Так! Благодетели людей тлеют в гробах, наравне с теми, кому благотворили они, а ненависть переживает поколения. Знаменитые подвиги умышленно забываются завистью, неодолимые замки исчезают под бороною, славные удары могучих снедают время и ржавчина, с сокрушенными от них бронями, а между тем низкая клевета таится в архивах, и предатель-пергамин, чрез сотни лет, выдаст сказки за истину, обесславит добрых и возвеличит ничтожных злодеев!.. Но разве нет вечного судии, чтобы творить награду и суд

76

независимо от прихотей случая и обманчивых понятий человека? Разве нет другой жизни, где все истина и все благость?.."

Сердце Эвальда смягчилось, общая судьба людей примирила его со своею судьбою, и какой-то внутренний голос вопиял ему: "молись!" И Эвальд молился. Правда, он часто забывал молитву в боях и на пирах, но теперь, на пороге смерти, он молится, и молится не от страха, но от умиления сердца. Часто забывают смерть в припадках чести на поединках, ее не замечают в блестящей мантии славы на сражениях; но не тогда, как она является во всей своей наготе, со всеми ужасами неизбежной казни. Эвальд молился чистосердечно, искренно... и час его пробил. Визгнули тяжкие засовы; скрипя, отворилась дверь на пятах, и убийца с фонарем и кинжалом предстал осужденному.

VII

— Куда вы везете меня? — говорила умоляющим голосом Эмма, в эстонской ладье, своим бесчувственным похитителям; говорила, и буйный ночной ветер развевал ее волосы, уносил ее слова.

— Конрад! Конрад! Сжалься хоть ты надо мною, вспомни мои всегдашние к тебе милости... Злой человек, чем заслужила я от тебя такую измену!.. Любезный Конрад, скажи, куда и зачем везут меня?

— На Эзель, сударыня, на славный остров Эзель, в -гости к прекрасному господину моему, рыцарю фон Мею.

— Но увижу ль я там моего Эвальда?

— О, конечно; он, верно, дожидается вас на первом дереве, а не на виселице, — в этом я уверен, и это же самое докажет вам, что г. Эвальд осужден не гражданским, а тайным судом. Да, впрочем, вам, высокорожденная баронесса, печалиться не о чем. Такая красавица, как вы, в женихах нужды иметь не будет. Ромуальд вас повезет с собою в Вестфалию, а там не то, что ваша Ливония, где не найдешь, прости господи, кочна цветной капусты; там, сударыня, шпанских вишен куры не клюют, а винограду больше, чем здесь рябины; а рейнвейн-то, рейнвейн! О, да вы будете жить припеваючи. Правда, ему нельзя явно жениться на вас; так что ж? Вы обвенчаетесь с левой руки, а ведь с левой руки и сердце!

— Святая Мария! подкрепи меня, — воскликнула Эмма,

рыдая, — до чего я дожила: последний вассал смеет надо мною насмехаться. О злодей Ромуальд, я проклинаю тебя!

— Ведь я говорил, что напрасно снимать повязку со рта баронессы: она может простудиться, говоря так много. Ух! как качает, как плещет! Не правда ли, сударыня баронесса, что ветер здесь немножко посильнее, чем ветер от вашего опахала? Не поблагодарите ли вы меня за эту прогулку по морю! Могу похвастаться, что я избавил всех от погони; это была мастерская штука; я каждой лошади вколотил в ногу по гвоздику. Ба, да вот и огни в Аренсбурге; посвищи, друг Рамеко, чтобы еще крепче задул ветер. Скоро, скоро мы выйдем на берег, скоро вино польется в горло и деньги в карманы.

Вдруг взглянул Конрад в сторону: огромная ладья на всех парусах с навета катилась к ним наперерез.

— Кто едет?! — оробев, закричал Конрад. — Кто, друзья или неприятели?

— Это он, это изменник Конрад! — заревел в ответ громовой голос, и вмиг русская ладья врезалась к ним в бок.

Ужас охватил сердце Эммы... Она слышит треск досок, хлопанье парусов, крики битвы и клятвы умирающих. Мечи скрестились, искры сверкают по шлемам, и вот несколько выстрелов, и опять сеча, и, наконец, вопли о пощаде...

— Нет пощады, топите разбойников! — раздалось, и вмиг ярящиеся волны заплескались над тонущими и залили их пронзительные голоса.

Конрад схватился было за край, но мольбы злодея были бесплодны, и он, проклиная себя, с обрубленными руками опустился на дно морское.

Какой переход от отчаяния к надежде, от чувства страха к нежным ощущениям. Спасенная Эмма опамятовалась в объятиях братьев!

— Слушай, Рамеко, — говорил Всеслав избегшему от смерти кормщику эстонской ладьи, — дарую тебе жизнь и свободу, но веди нас мимо камней, прямо к Аренсбургу, прямо к той башне, где заключен пленный рыцарь. Ты сегодня оттуда, следовательно должен все знать. Веди — или я познакомлю тебя с рыбами!

Эстонец повиновался охотно, ибо он ненавидел владельцев своих столько же, сколько их страшился.

Между тем буря свирепела от часу более; дождь лил ливмя, и только блеск молний показывал близость замка.

— Смотри, — говорил Всеслав брату, — как дождь гасит ложный маяк, сложенный из бревен разбитого корабля, чтобы приманить другие к погибели. Смотри, как вьется молния вкруг шпицев замка, воздвигнутого на костях несчастных пловцов, и не для защиты, а для угнетенья людей; но минута карающего гнева приспеет, и гроза небес испепелит грозу земли.

— Сюда, сюда, — тихо говорил кормчий, устремляя бег ладьи на высокую стену. — Опустите паруса, снимите мачты, склонитесь сами: мы проедем сквозь низкий свод, оставленный для протока воды по рвам, к самому подножию башни.

Не без трепета и сомнения пустились русские под свод, где измена и гибель могли встретить их.

Страшно плескали волны залива в стену и, отраженные, стекали из-под свода, журча между расселинами камней; но там все было тихо и каждый шорох вторился многократно. Чрез минуту они уже были во рву между башнею и стеною.

— Вот окно заключенника, — сказал проводник, и русские остановились в недоумении: окно было по крайней мере четыре сажени от земли.

— Wer da? [Кто там? — нем.] — закричал часовой, беспечно прохаживаясь по стене, и завернулся в плащ, в полной уверенности, что над ним потешаются злые духи.

— Я укорочу тебе язык, зловещая птица, — тихо сказал Гедеон; стрела взвилась, и часовой полетел в воду.

— Счастливый путь, товарищ! Спасибо, что ты открыл нам дорогу наверх... Посмотри, брат Всеслав, его плащ зацепился за зубец и раскинулся по стене... Помогите мне, друзья, достать кончик; так, теперь крепко, не сорвется. Тише, тише... Я уже наверху, а отсюда не более полуторы сажени до окошка. И ты уже здесь, брат Всеслав, это славно! Теперь, товарищи, вырвите из частокола бревно и подайте его сюда, оно послужит нам вместо лестницы и тарана.

Чрез четверть часа десять удальцов были на гребне стены и по приставленному бревну, скользя и обрываясь, лезли к башне. К счастию, подле рокового окна выдавалась над рвом висячая стрельница, и с нее-то Всеслав достиг до него. Приложив ухо к решетке, ему послышался голос, но это не был голос Эвальда! Неужели же все труды напрасны, неужели его обманули?

VIII

Всеслав приник внимательнее к решетке, не смея, однако ж, заглянуть в нее... Гневные слова раздавались в башне: то говорил Ромуальд.

— Вероломец, изменник, предатель, говоришь ты; такие названия мне сладостны из уст моей жертвы. Так, я изменил дружбе, я скрывал свои чувства, я предал тебя сторонникам Иоанна, чтобы удовлетворить свои страсти, а

мщение есть первейшая моя страсть. Помнишь ли, Эвальд, турнир в Кенигсберге, помнишь ли тот удар копья, которым ты выбил меня из седла; это еще я мог простить тебе: тут была обижена только гордость; но помнишь ли, что вместе с призом ты похитил у меня и сердце ветреной Аделаиды, — этого я не мог простить и никогда не прощу тебе, и с той же минуты погибель твоя была решена. Ревность заставила меня облечься в эту мантию и загнала на скалы Африки, но месть привела сюда. Ты видел, умел ли я притворяться. Теперь узнай еще, что я оклеветал твою Эмму и очернил Всеслава, чтобы заставить тебя их обидеть. Этого еще мало, Эвальд: недовольный, что я поругал твое имя, что вонзил в твое сердце муки совести, я похитил твою Эмму, — теперь она уже в руках моих, и, вышед отсюда, зарезав тебя, я осушу ее слезы поцелуями. Эмма — женщина: я ручаюсь, что через два дни она будет уже играть этим кинжалом, который напьется кровью ее супруга.

— Изверг природы! — воскликнул Эвальд, всплеснув руками, — человек ли ты?

— О, конечно, не ангел, — злобно отвечал Мей, — по какие существа мне не позавидуют: я наслаждаюсь мучениями моего врага... Ну... полно тебе жить, Эвальд, теперь я хочу жить за тебя.

Ромуальд взмахнул кинжал, но вдруг сбитая решетка, гремя, ринулась к ногам его. Убийца оцепенел — и Всеслав, как ангел мщенья, ворвался в темницу и одним ударом меча обезоружил Ромуальда.

— Полно тебе злодействовать, Мей! — загремел он. — Твой час пробил. Выкиньте этого тигра в окно, — сказал он своим, — чтобы он не заражал воздуха своим дыханием!

Новогородцам не нужно было повторять приказа; Ромуальда схватили, раскачали и вышвырнули в окно с башни.

— Бездельник не утонет, — сказал Гедеон с насмешкою, прислушиваясь к падению Мея, — у него препустая голова; слышишь ли, как звенит она, стукаясь о камни?

— Его и дребезгов не останется, — отвечал Илья, — прежде нежели долетит он до низу: все стены утыканы частоколом.

— По делам вору и мука, — примолвил Гедеон, — он был великий злодей.

В одно мгновение разбил Всеслав рукоятью меча цепи Эвальдовы, и Нордек склонил перед ним колено.

— Склоняюсь перед невинно обиженным мною, — воскликнул он, — и объемлю моего великодушного избавителя!

Они взирали друг на друга с чувством безмолвного восторга, и горячие слезы удивления и раскаяния смешались.

— Спеши к Эмме, — сказал Всеслав, — она невинна и добра, как прежде, — она здесь внизу...

С криком безумной радости спрыгнул Эвальд на стену, с нее в ладью, и счастливый, прощенный супруг упал в объятия восхищенной супруги. Для таких сцен есть чувства и нет слов.

Гроза стихала, и наши пловцы выбирались из-под свода, когда чей-то стон привлек их внимание. Всеслав выпрыгнул на каменья, чтобы посмотреть, кто это, и ужаснейшее зрелище поразило его взоры: Ромуальд, изможденный, проткнутый насквозь заостренным бревном, висел головою вниз и затекал кровью; руки замирали с судорожным движением, уста произносили невнятные проклятия.

— Чудовище, — сказал Эвальд, содрогаясь от ужаса, — ты жаждал чужой крови и теперь задыхаешься своею.

Зажав уши, отвратив глаза, бежал он прочь. Но долго после того ему слышалось, впросонках, смертное хрипение Мея, и картина его казни представлялась как живая.

Ладья летела будто окрыленная, и новые родные уже беззаботно предались излиянью чувств и рассказам.

— Посмотри, брат, — сказал Андрей Всеславу, — как расцветает над замком зарево, — это мое дело; я вместо тебя распустил на башне огненное знамя истребления и позаботился, чтобы нам было светло в дороге. Огонь горячо принялся за наше дело, да и ветер раздувает его так усердно, будто приверженец гермейстера. Послушайте, как кричат они, как стелется дым и кидает уголья во все стороны. О, это утешно, это будет памятная отплата господам тайным судьям за явные их проказы. Однако ж посоветуй зятю Эвальду не выезжать вперед без свиты. У него не две головы, и мщенье не обманывается дважды.

Спешите к берегу, молодые счастливцы! Там встретит вас дружба и под щитом своим проведет на родину. Спешите! В Нейгаузене ждет вас радость и likованье; гостеприимство и приветы найденных родителей ждут вас в Новегороде.

Я видел живописный Нейгаузен, и в нем не раздавался уже звук стаканов, ни гром оружия. Верхом въехал я в круглую залу пиршества, — там одно запустение и молчанье. Этот замок, построенный Вальтером фон Нордеком в 1277 году и наступивший пятою на границу России, доказывал некогда могущество Ордена; теперь доказывает он силу времени. Лишь одна круглая башня, прекрасной готической архитектуры, устояла; остальное распалось. По карнизам стелется плющ, деревья венчают зубчатые стены; из бойниц, откуда летали некогда меткие стрелы, выпархивает теперь мирная ласточка, и ручей, пробираясь между развалин, омывает главы обрушенных башен, которые когда-то гляделись с высоты в его поверхность.

РЕВЕЛЬСКИЙ ТУРНИР

I

"Вы привыкли видеть рыцарей сквозь цветные стекла их замков, сквозь туман старины и поэзии. Теперь я отворю вам дверь в их жилища, я покажу их вблизи и по правде".

Звон колоколов с Олая великого звал прихожан к вечерней проповеди, а еще в Ревеле все шумело, будто в праздничный полдень. Окна блистали огнями, улицы кипели народом, колесницы и всадники не разъезжались.

В это время рыцарь Бернгард фон Буртнек спокойно сидел под окном в ревельском доме своем, за кружкою пива, рассуждая о завтрашнем турнире и любуясь сквозь цветное окно на толпу народа, которая притекала и утекала по улице, только именем широкой. Судя по бороде, по собственному его выражению, с серебряною насечкой, то есть с сединою, Буртнек был человек лет пятидесяти, высокого и когда-то статного роста. Черты его открытого лица показывали вместе и доброту и страсти, не знавшие ни узды, ни шпоры, природное воображение и приобретенное невежество.

Зала, в которой сидел он, обшита была дубовыми досками, на коих время и червяки вывели предивные узоры. По углам, со всех панелей развевались фестонами кружева Арахны. Печка, подобие рыцарского замка, смиренно стояла в углу, на двенадцати ножках своих. Налево дверь, завешенная ковром, вела на женскую половину через трех-ступенный порог. На правой стене, в замену фамильных портретов, висел огромный родословный лист, на котором родоначальник Буртнеков, простертый на земле, любовался исходящим из своего лона деревом с разноцветными яблоками. Верхнее яблоко, украшенное именем Бернгарда Буртнека, остального представителя своей фамилии, дородностию своею, в отношении к прочим, величалось как месяц перед звездами. Подле него, в левую сторону вниз, спускался коронованный кружок с именем Минны фон... Бесцветность будущего скрывала остальное, а раззолоченные гербы и арабески, наподобие тех, коими блестят наши вяземские пряники, окружали дерево поколений.

— Нагулялся ли ты, любезный доктор? — спросил Буртнек входящего в комнату любчанина Лопциуса, который приехал на север попытать счастья в России и остался в Ревеле, отчасти напуганный рассказами о жестокости московцев, отчасти задержанный городскою думою, которая не любила пропускать на враждебную Русь ни лекарей, ни просветителей. Надо примолвить, что он своим плавким нравом и забавным умом сделался необходимым человеком в доме Буртнека. Никто лучше его не разнимал индейки за обедом, никто лучше не откупоривал бутылки рейнвейна, и барон только от одного Лонциуса слушал правду не взбесившись. Ребят забавлял он, представляя на тени пальцами разные штучки и делая зайца из платка. Старой тетушке щупал пульс и хвалил старину, а племянницу заставлял краснеть ог удовольствия, подшучивая насчет кого-то милого.

— Нагулялся ли ты? — повторил барон, отирая с усов своих пену.

— Не пользою нагулялся, барон, — отвечал весельчак доктор, выгружая из карманов своих, будто из теплиц, разнородные растения. — Вот целые пучки лекарственных кореньев, собранных мною, и где бы вы думали?.. на вышегородских укреплениях!.. Эту полынь, например, целительную в виде желудочных настоек, сорвал я в трещине главной башни; эту ромашку выдернул из затравки одного ржавого орудия, и я, конечно бы, собрал на стене гораздо более трав, если бы комендантские коровы не сделали там прежде меня ботанических исследований.

— Ну, каковы же тебе кажутся наши неприступные, грозные бойницы?

— Ваши грязные бойницы, барон, мне кажутся неприступными для самого гарнизона, потому что все всходы обрушены, а грозны они только издали; половина пушек отдыхает на земле, на валах цветет салат, а в башнях я, право, больше видел запасенного картофелю, нежели картечей.

— Да, да... это сказать — так стыд, а утаить — так грех! Хорошо еще, что такая оплошность со стороны моря. Ведь сколько раз говорил я гермейстеру, чтобы поставить все пушки на дыбы и не давать растаскивать ядер на поварни.

— Славно сказано, барон; еще лучше, когда б это исполнилось. Тогда перестали бы ревельцы потчевать приятелей, как их потчуют русские, калеными ядрами в виде пирожков. Не далее как вчерась я насилу залил пожар моего желудка, вспыхнувшего от подобного брандскугеля.

— И заливал, конечно, не водою, доктор?

— Без сомнения, мальвазиею, господин барон. Неужели вы не знаете, что многие вещества от воды разгораются еще сильнее? А ваш дикий перец, конечно, стоит греческого огня.

Барон имел похвальную привычку соглашаться с тем, чего не знал. И потому он с важною улыбкою одобрения отвечал доктору: "Знаю... знаю"; но между прочим, не желая обжечься этим греческим огнем, он подвинул к Лонциусу кружку с пивом и предложил ему потушить остатки вчерашнего пожара.

— Тебе завтра будет вдоволь работы, — продолжал он, сводя разговор на турнир.

— Работы, барон? Разве я кузнец? — отвечал доктор, выменивая каждое слово на глоток пива. — Зачем вам хирурга, когда вы ломаете не ребра, а латы! С тех пор как выдуманы эти проклятые сплошные кирасы, нашему брату приходится вспоминать о своих опытах, словно сказку о семи Семионах. Велика очень храбрость залезть в железную скорлупу, да и стоять в битве наковальней! Право, от вашего вооружения более терпят кони, чем неприятели!..

— Полно, полно, Густав, хулить наши брони за то, что они берегут нас от вражьих мечей и твоих ланцетов. Спроси-ка лучше у русских, любы ли они им? Наши латники гоняют кольчужников тысячами.

— Для того-то русские и не ждут ваших конных бойниц, а любят заставать вас по-домашнему — в замше. Сказывают, в Новгороде очень дешевы из нее перчатки!..

Оно и не мудрено: отнятое хоть грошем, но дешевле купленного.

— Вздор, Густав, небылица! Клянусь своими шпорами, что если бы русские увезли у меня хоть уздечку, я бы нагнал удальцов и выкроил бы из их кож себе подпруги...

— У других с уздечками они уводят и коней, а ни у одного еще рыцаря не видать подпруг из такого сафьяна.

— У прочих... у других!.. Другие мне не указ. Я уверен, что русские не забудут встречи со мною под Магольмом, под Псковом... под Нарвою!

— Это и я помню наизусть. Но к чему толковать нам о прошлых сражениях, когда речь завелась о наступающем турнире? Не приготовить ли мне перевязку для почтенного моего хозяина? Я бы от чистого сердца желал, барон, чтобы благодетельный удар вышиб вас из седла или чтобы конь ваш, ревнуя к славе хирургии, сломал бы вам руку или ногу. Вы увидели бы тогда искусство Лонциуса... и хотя бы кости ваши прыгали, как игральные косточки в стакане, я ручаюсь, что через месяц вы бы могли сами поднести ко рту кубок за мое здоровье.

— Я постараюсь лучше сохранить свое. Нет, милый мой Лонциус, Буртнеку не бросать больше из седел противников!

Некстати ему мерять плечо с мальчиками. Притом же и лета отяготили броню мою, а сила руки улетела с ее ударами. Нет, я не поеду туда, откуда не уверен выехать. Не заманили бы меня и на эту пирушку, если бы не просьбы дочери и не дело с бароном Унгерном. Гермей-стер обещал его на днях окончить.

— Только обещал? Это не много. Оп два месяца обещает мне пропуск в Москву и до сих пор не дает его, хотя я вовсе не прошу господина гермейстера заботиться о здоровье моей головы, которая, по его словам, может простудиться от обычая снимать там шапки за версту до княжеского дворца, а у забывчивых будто прибивают их гвоздями, чтобы не снесло ветром. Если он и для одноземцев так же приветлив, как для заезжих, то вы смело можете надеяться, что, явясь сюда с первыми жаворонками, воротитесь домой позднее той поры, когда кулики полетят на теплые воды.

— Может ли это статься! Мое дело так ясно, как мой палаш, так право, как эта правая рука.

— Зато барон Унгерн хоть левою, но крепко держится за гермейстера; говорят, он ему сродни...

— А я с ним разве не брат по Ордену? Нет, доктор, о правосудии не сомневаюсь; но желал бы поскорее убраться из Ревеля. Здесь не то, что в деревне... пиры да обеды, от гостей да в гости, — а, смотришь, деньги улетают как время, и долги налегают на шею гирями!.. Золотыми шпорами своими клянусь, мне скоро нечем будет клясться, потому что придется заложить их. Нет ли у тебя, доктор, какого заморского лекарства от денежной чахотки?

— Если б оно и было, барон, то без употребления бы осталось; у кого есть деньги, тому не нужно лекарства, а у кого их нет, тому не на что купить его. По умственной алхимии дознался я, что орвиетан от болезней карманного рода есть умеренность.

За этим словом, не знаю, с умыслом или ненарочно, доктор так громко брякнул стопою об стол, что яркий звон ее будто выговорил: "Я пуста".

— Понимаю, — сказал с улыбкою рыцарь, — понимаю это нравоучение; но, судя по нашей природе, оно останется без действия, точно так же, как и твои пилюли. Между прочим, любезный доктор, не выпить ли нам бутылочку рейнвейну, хоть это и противно нашему обряду? Говорят, каждая в пору выпитая рюмка рейнвейну отнимает по талеру у лекаря.

— Зато каждая бутылка дает ему по два. У вас очень старое вино, барон?

— Немного моложе потопа, господин доктор; по ты увидишь, что оно совсем не водяпо.

Бернгард свистнул, и в ту же минуту вбежал не красивенький паж, как это водилось у французских рыцарей, не оруженосец, как это бывало у германских паладинов, а просто слуга-эстонец, в серой куртке, в лосиных панталонах, с распущенными но плечам волосами, вбежал и смирно остановился у притолки с раболепно-вопросительным лицом.

— Друмме! — сказал ему Бернгард, — скажи ключнице Каролине, чтобы она достала из погреба одну из плоских склянок за зеленою печатью. Я уверен, что она обросла мохом и пустила корни в песок, — продолжал он, обращаясь к Лонциусу (который уже заранее восхищался видом рейнской бутылки, любимой им, по его словам, только за то, что она весьма похожа на реторту), — и мы докажем доктору, как старое вино молодит людей. Да убери эту стопу, Друмме, — слышишь ли, глупец?

Друмме, трепеща, покрался к столу и так бережно взялся за стопу, как будто боясь пролить из нее воздух.

— Чего ты боишься, истукан! — грозно закричал рыцарь. — Кружка эта пуста, как твоя голова... Куда, нечесаное животное, куда?.. Чего ты ждешь, что ты смотришь на доктора? Я и без него тебе предскажу березовую лихорадку за твои глупости. Проклятый народ! — продолжал Бернгард, провожая Друмме взором презрения. — Скорее медведя выучишь плясать, чем эстонца держаться по-людски. Еще-таки в замке они туда и сюда, а в городе — из рук вон; особенно с тех пор, как здешняя дума дерзнула отрубить голову рыцарю Икскулю за то, что он в стенах ревельских повесил часа на два своего вассала.

— Признаться, я не думал, чтобы у ратсгеров ваших стало довольно ума, чтоб выдумать, и довольно решимости, чтоб выполнить такой закон.

— Не мое ремесло рассуждать, глупо это или умно; я знаю только, что оно бесполезно. Ну что мне закон, когда я палашом могу отразить обвинение или смыть кровью свой же проступок! Притом без золотых очков у закона глаз нет; повешенный молчит, а живой сам петли боится [Прошу читателя вспомнить о феодальных правах. — Примеч. автора.]. Поэтому-то мы отправляем вассалов своих точно так же, как вы больных, — безответно. За здоровье рыцарей меча и рыцарей ланцета! Каково винцо, доктор?..

— Гораздо лучше ваших обычаев. Еще слово, барон: для чего же вы иногда прибегаете к суду в своих обидах?

— О, конечно не по уважению к законам, а оттого, что сила

не берет управиться иначе. Оттого-то и я замарал пальцы чернилами в деле с Унгерном.

— И, по всей вероятности, напрасно.

— Все-таки вероятность лучше невозможности. Да полно об этом; я терпеть не могу рассуждать головою, а не руками, и всякий раз, когда мне случится подумать, у меня так болит голова, будто с двух стоп русского меду. Сыграем-ка лучше партию-другую в пилькентафель: [Род бильярда. — Примеч. автора.] это разгуляет твою заморскую ученость и повеселит мое рыцарское сердце.

— И даст движение, очень полезное для здоровья. Об этой игре смело можно сказать с Горацием: utile dulci [Полезное с приятным — лат.].

— Пощади, сделай милость, пощади меня от этого язычества; со мною ты смело можешь вешать его на гвоздик, потому что изо всей латыни я только помню и люблю слово vale [Прощай — лат.].

Так говоря, они вышли из залы.

II

> На радуге воображенья
> Воздушный замок строит он;
> Его любви лелет сон...
> Но бьет минута пробужденья!

Угадываю любопытство многих моих читателей, но о яблоке познания добра и зла, но о яблоке родословном, именем Минны украшенном, — и спешу удовлетворить его, во-первых, потому, что я хочу нравиться моим читателям, во-вторых: не таюсь — люблю поговорить о прекрасных, хотя не умею говорить с ними. Послушайте.

Минна, единственная дочь рыцаря Буртнека, была прелестнейшая девушка. В ее время Ливония более нынешнего изобиловала красотами, но на светлокудрых сих красавицах лежала печать бесстрастия. В тени своих девичьих они расцветали, как пышные тюльпаны, блестя, но не благоухая. Удаленные не обычаем, но привычкою от мужчин, потому что им нечего было говорить друг другу, их занятием были одни пересуды; все их тщеславие ограничивалось нарядами, все честолюбие не стремилось выше верхнего конца за столом или красного стула на вечеринках. Сердце было у них пятое колесо в колеснице; ум — такая монета, которую никто не мог оценить, ни разменять; а потому эпохи жизни своей они считали от балу до балу и приятные воспоминания поверяли по расходной книжке. Таковы были почти все красавицы ливонские, но не такова была Минна. Природа, по словам отца ее, не тростниковый клинок одела в такие красивые ножны. Это "не знаю — что-то милое" одушевляло черты ее лица, давало величавость ее поступи, ловкость приемам, сладость речам. Из голубых ее очей, из-под длинных ресниц, скользили взоры... но какие взоры! От них вспыхнул бы и лед. Коротко сказать, Минна была из числа тех красавиц, которые поражают красотою и вместе пленяют прелестью. Она рано потеряла мать, но мать-природа о ней заботилась. Чтение не просветило ее, но книга света была перед нею, и какое-то понятие, заменяющее девицам опытность, спасло невинную от приманок богатства и обольщения лести. Минна скоро приметила, что ее не понимали, что ее любили не так, как хотелось ее возвышенному сердцу, осужденному биться без ответа; и это невольно уединенное чувство вовлекло ее в мечтательность. Воображение Минны вырывалось из скучного круга разряженных кукол, из шумных бесед рыцарских и рисовало ей светлейшие картины счастия; ее сердце вздыхало о каком-то неясном, но прелестном идеале; а сердце в восемнадцать лет — порох, одна смелая искра — и прощай спокойствие.

Между тем как барон с доктором спорят, кто из них в лучшем ударе, сбивая городки пилькентафеля, Минна в ближайшей комнате готовила наряды к завтрему. В углу за занавесом, вокруг длинного стола, сидели ц что-то шили три эстонские девушки с бисерными повязками на голове, с серебряными бляхами на груди. Старая тетушка Минны дремала в другом углу под тению крылатого чепчика, устав бранить новые моды и неуменье племянницы по ее одеваться. Перед Минною стоял белокурый статный юноша, сын одного из богатейших купцов в Ревеле: он принес ей вчера заказанную богатую цепочку. Синий бархатный шпензер его вышит был золотою битью; частые сквозные пуговицы висели, как ягоды, по полам, золотая бахрома украшала цветные отвороты замшевых сапожков, и только недостаток шпор показывал, что он не рыцарь; хотя смелая осанка и умное лицо его давали ему над многими из них преимущество.

— Так вам нравится лиловый цвет, любезный Эдвин? — сказала Минна, повертываясь перед зеркалом. — И вы думаете, что это платье будет мне к лицу?

Прилагательное любезный и тогда уже не было лестным, относясь к низшему; оно и Эдвину напоминало о его состоянии, но сладостно было для его сердца. Однако ж он молчал, погруженный в мечтательное любование красотою Минны.

— Пробудитесь, Эдвин, — сказала она вполовину тронутым, вполовину ласковым голосом.

— Так, я грезил, фрейлейн Минна; простите меня или, лучше, самую себя в том вините. От звука вашего голоса теряешь ум прежде, чем слова дойдут до него.

— Мы, кажется, говорили о цветах, а не о звуках, Эдвин!

— Еще раз виноват, фрейлейн Минна, — я и забыл, что дамы более любят пестроту, чем гармонию. На вопрос ваш, впрочем, буду отвечать тоже вопросом... Какой наряд не пристанет к стройному вашему стану, какой цвет, какое украшение может возвысить или изменить прелестное ваше лицо?

Эдвин договорил это приветствие трепещущим голосом, но был доволен, что сказал его, конечно, более читателя, которого я прошу, хоть для меня, простить моего героя: во-первых, потому, что он не читал ни одного французского словаря комплиментов, а во-вторых, стоял пред прекрасною девушкою, к которой был очень неравнодушен. Ах! кто из нас не казался порой учеником пред светскими красавицами? кто не говорил им неловких похвал? Бог знает почему: когда разыграется сердце, остроумие прячется так далеко, что его не выманишь ни мольбами, ни угрозами. И что пи говори, я не верю многословной любви в романах.

— Лесть — поддельное золото, Эдвин; я не беру ее на свой счет, — сказала Минпа.

— Лесть, но не искренность, Минна! Не то ли же самое я сказал вам, в чем уверяет вас ваше верное зеркало, в чем (вы видите, что я умею говорить правду) вы и сами не сомневаетесь?

— Поэтому вы считаете меня тщеславною, самолюбивою?

— Я знаю только, что скромность не мешает ни зрению, ни слуху... Завтра тысячи голосов скажут вам в миллион раз более моего.

— Кто завтра вздумает обо мне, когда сюда съехались все красавицы, которыми славится Ливония и блестит Ревель!

— И недаром блестит, фрейлейн Минна. Особенно теперь мы вправе гордиться: первая из них украсит завтрашний турнир своим присутствием и одушевит всех своим взором.

— Кто же эта первая? — спросила Минна нетвердым

голосом. — И для всех или только для вас она кажется такою? Не подкуплены ли глаза ваши сердцем?..

— Я думаю наоборот, фрейлейн Минна: глаза ее очаровали мое сердце.

— Вы рассказываете про свои чувства, а мне бы хотелось знать ее имя, — сказала Минна холоднее. — Могу ли услышать его, ие трогая вашей скромности?

— Ах, Минна, вы тронули нежную струну!.. Со всем тем я бы решился сказать, кто она, если б не одно любопытство участвовало в вашем вопросе.

Между тем он так нежно глядел на Минну, что, казалось, щеки ее зажглись от пламени его взоров. Краснея, она опустила свои и молчала, зато сердце говорило тем громче. Эдвин был развязен, пылок, умей, Минна — чувствительна и прелестна. Он умел и мечтать и чувствовать, а рыцари ливонские могли только смешить и редко-редко забавлять. Она любила — он возбуждал мысли высокие, говорил с жаром, если не с красноречием, и увлекал, если не убеждал. Разъезжая два года по Европе, он навык приличиям светским и образованностию, ловкостью далеко превосходил рыцарей Ливонии, которые росли на охоте, а мужали в разбоях, рыцарей, неприветливых с дамами, гордых ко всем, заносчивых между собою, предпочитающих напиваться за здоровье красавиц в своем кругу, чем проводить время в их беседе. Они думали пленить Минну рассказами о своей любви, своей верности, Эдвин говорил ей о ней самой. Те считали головы убитых ими зверей и неприятелей, он напоминал о плененных ею сердцах; они заглядывались на ее алмазные серьги, он любовался ее очами. Следствие угадать нетрудно, ибо состояния выдуманы не для любовников и любовь, как иной цвет на бесплодном утесе, растет и в безнадежности. Лавка отца Эд-винова была первая по городу, и, как на беду, против окон Буртнекова дома. Там находились все дорогие ткани, все искусственные изделия, жемчуг и ценные камни. Девушки того века любили рядиться не менее наших столичных, и лавка прекрасного Эдвина всегда была полна посетителями. Нужно ли сказывать, что Минна ходила туда часто? И хотя лавка сия служила для Ревеля вместо нашего английского магазина (то есть местом свидания молодежи), ее влекла туда не одна страсть к уборам, не одно желание всем нравиться там удерживало. То надобно прикупить бархату, то переделать по-новому ожерелье, то распаялось кольцо, то из-за моря привезли что-то чудное. И каждый раз приветливый Эдвин спешил к ним навстречу, развертывал перед тетушкой штофы, сверкал племяннице алмазами и — глазами. Рассказывал ей про чужбину, слушал ее с восхищением; и обыкновенно горький вздох развевал его блестящие замки, и он со слезами на глазах провожал взорами свою любезную, не сводил их с ее окна и в молчании изнывал, как былинка. Тяжко любить без надежды на счастие, тяжело без надежды взаимности; но беспримерно тяжелее видеть себя любимым и не сметь словом любви вызвать признания, жаждать его, как отрады небесной, и бежать, как преступления чести; не иметь права на ревность и таять от страха измены; винить свой холод в ее огорчениях, множить собственные муки то упреками против любви, то против долга!.. Тогда-то страсти из кипящего сердца черными парами налетают на разум и ядовитое отчаяние вгрызается в душу!.. О други, други! Пожалейте того, кто любил подобным образом.

— И вы могли сказать, что одно любопытство внушило мне вопрос мой, — наконец произнесла Минна, подняв голубые очи свои с таким нежно-укорительным взором, что суровое выражение лица Эдвиыова смешалось в одно мгновение с умилительным, голос замер, сердце как будто пронзилось, но это ощущение было сладостно, как первый вздох наяву после страшного сна. Души их слились в один выразительный, но невыразимый взгляд.

Минна пришла в себя.

— Итак, любезный Эдвин, если б вы были рыцарем, какой цвет избрали бы вы на завтрашний турнир?

— Навеки, навсегда, фрейлейн Минна, я бы избрал цвет первой красавицы; цвет, составленный из небесно-голубого и украшенья земли — розового; я бы избрал, — продолжал он пламенно, схватив ее руку, — прелестный, несравненный лиловый цвет, ваш цвет, Минна!

Рука Минны пылала и трепетала; голова ее невольно склонилась на плечо Эдвиново...

— Ах! зачем вы не рыцарь! — прошептала она. Воздушный замок Эдвина разлетелся.

— Ах! зачем я не рыцарь! — вскричал он вне себя. — Зачем я злосчастен своим благополучием!

И в одно время на руке Минны напечатлелись жаркий поцелуй восторга и охладевшая слеза безнадежности.

— Минна, Минна! — закричал отец из другой комнаты.

— Минна! — повторила впросонках ее тетушка.

В любви, добыче и утрате
Мои права — в моем булате.

Кто не читывал рыцарских романов, кто не знает обычая избирать для раздачи наград на турнирах красавицу, которой давали титло царицы любви и красоты? Разве в чем другом, а в тщеславии лифляндские рыцари не уступали никаким в свете и всегда — худо ли, хорошо ль — передразнивали этикет германский. Турниру без царицы быть не можно — это аксиома: вот и сошлись избранные судьи турнира в риттергауз. Поставили, как водится, на стол чернильницу и бутылки, перебрали все писанные и устные предания о способе избрания, пошумели, поспорили, кого избрать, и когда от кружения козьей ноги [Кубки в виде ноги дикой козы были в большой моде у ревельских рыцарей — в честь Ревеля, которого имя производят они от слова Ree-fall — падение серны, — примеч. автора.] у них закружились головы и отнялись ноги, они согласились (к чести их вкуса или вина, право, не знаю) избрать Минну фон Буртнек царицею.

Минна, слыша зов отца своего, оправила волосы и, подняв фрез, чтобы скрыть в нем пылание щек своих, вышла в залу.

За нею последовал Эдвин.

— Благодари господ совета за честь, милая Минна. Ты избрана на завтра царицею... — сказал барон, потирая от удовольствия руки. — Благодари; я за себя и за тебя дал слово...

Один из герольдов в вышитом гербами далматике преклонил колено и подал ей на бархатной подушке золотую из трефов коронку, и смущенная нечаянностию Минна взяла ее, лепеча что-то в ответ на пышно-бестолковое приветствие герольдов.

— Я не поздравляю вас, — тихо сказал Эдвин, положа руку на сердце, — вы и без короны владели сердцами.

Минна покраснела и молчала.

Герольды встретились в дверях с рыцарем Доннерба-цем, одним из самых страшных бойцов и самых ревностных искателей Минны.

— Поздравляю барона и целую ручку у царицы моей, — сказал он, неловко кланяясь и звеня за каждым словом шпорами, будто напоминая тем (и только тем), что он рыцарь... — Соколом моим, фрейлейн Минна, клянусь, что завтра за каждую искру ваших глазок так полетят искры от лат, что небу станет жарко. Вы увидите, как я перед вами отличусь; конь у меня загляденье: пляшет по нитке и курцгалопом на талере вольты делает. Сделайте милость, фрейлейн Минна, позвольте мне надеть лиловый шарф, — у меня уж и чепрак лиловый заказан.

— Много чести... благодарю вас за внимание... но я так часто меняю цвета свои, что вы безошибочно можете опоясаться радугою.

— И быть полосатым шутом, — тихо примолвил доктор.

— Знатная мысль! — воскликнул Доннербац, хлопая в ладоши. — Вот, что называется, соглашаться, не сказав "да". Зато лиловую полосу я сделаю шире остальных вместе.

— Милости прошу присесть, господа, — говорил Бурт-нек Доннербацу и Эдвину, которого он ласкал по сердцу и по золоту. — Вас, рыцарь, на сегодняшний вечер я жалую министром ее красивого величества — моей дочери; растолкуйте ей должность царскую, а ты, милый Эдвин, постарайся, чтобы царица не забыла нас, простых людей. Мне надо поговорить о деле.

Молодежь уселась в одном углу близ тетушки без речей, а доктор и Буртнек в другом присели к столику.

— Добро пожаловать, старая кукушка, — сказал барон входящему Фрейлиху, рассылыцику гермейстера, — добро пожаловать, если твое явление не предвещает худа!

— И, батюшка, ваша высокобаронская милость! Что вздумали, — отвечал коротенький рассыльщик, закладывая перчатки за украшенный бляхою пояс и бич за раструб сапога. — Я ведь как деревянная кукушка, что над часами в ратуше, так же часто и так же верно вещую на прибыль, как и на убыль.

— Что же нового, Фрейлих?

— Чему быть новому на этом старом свете, г. барон? — продолжал словоохотливый немец, развязывая сумку. — У меня даже для завтрашнего праздника и повой шапки нет, даром что старую износил я, усердно кланяясь господам рыцарям.

— Не только нам, ты и всем стенам хмельной кланяешься. Однако вот тебе два крейцера в обмен за труды.

— Благодарю покорно, благородный рыцарь. За каждый крестик на этих монетах я положу по десяти за вашу душу.

— Не лучше ли выпить за мое здоровье? — сказал, усмехаясь, барон, принимая бумаги. — Конечно, повестки от гермейстера?

— Приказы, благородный рыцарь.

— Приказы?.. Да что он смеет мне приказывать?..

— Где нам это знать, г. барон, — стать ли нам соваться не в свое дело! На печати стоит часовой; да, впрочем, если б письмо было прозрачнее киршвассеру, я, безграмотный, и тогда бы узнал не больше теперешнего.

— Правда, правда, — ворчал про себя Буртнек, — ты столько же можешь судить о содержании писем, как моя легавая собака о вкусе перепелки, которую приносит. Ступай себе, Фрейлих.

(Читает.)

— "Ба... ба... барону... Бур... Бур..." Провал возьми неучтивость сочинителя и почерк писца; это так связно, как венгерская цифровка; по крайней мере титул-то мой мог бы он написать большими ломаными буквами! [Fraktur-Buchstaben. — Примеч. автора.]

— О! конечно, — сказал, не слушая его, рыцарь Доннербац.

— Без сомнения, — прибавила из другого угла тетушка, пересчитывая на иглы петли полосатого чулка, который она вязала.

— Это еще учтивее, — примолвил с усмешкою доктор, — письмо написано ломаным языком.

— У тебя оп очень гибок на споры, — возразил Буртнек, — посмотрим-ка его рысь на деле... прочти, пожалуй... У меня глаза слабы, не могу разобрать: буквы мелки, как маковые зернышки, и меня недаром берет дремота с одной строчки.

— Дай бог, чтобы вы могли спокойно заснуть от них, — сказал доктор, пробегая бумагу глазами. — От гер-мейстера Ливонского ордена Рейхарда фон Бруггенея пре... при...

— Возьми очки, — сказал барон.

— Возьмите терпенье... — возразил доктор. — Ваши титулы так темны и долги, как сентябрьская ночь.

— Далее, далее?

— Не далее, а назад, барон! Мы, словно пилигримы по обещанию, ступаем три шага вперед, а два обратно. Итак: "Гермейстер Бруггеней, благородному рыцарю Ливонского ордена рыцарей креста барону Эммануилу Христофору Конраду... фон Буртнеку, урожденному..."

— Ты рехнулся, доктор...

— Виноват, зачитался. Я уж так привык писать рецепты спесивым вашим барыням, что у меня беспрестанно звенят в ухе их титулы. Поверите ли, что фрейгерша Книпс-Кнопс при смерти не хотела принять лекарства за то, что я не выставил на рецепте: для урожденной такой-то...

— Какая мне надобность до ее рожденья и смерти и твоей смертной охоты приплетать свои сказки к чужому делу! Ни

95

дать ни взять, ты словно мой конюх Дитрих, который любил, бывало, вплетать ленточки в гриву моей лошади, когда уже трубят сбор...

— Вы взобрались на своего конька, барон, а ведь пеший конному не товарищ. Впрочем, мы близки к концу. Приказ, кажется, дан в придачу титулам; он и весь в четырех словах: "исправьте ваш мост через болото Вайде, что на большой дороге в Дерпт".

— Пусть он сам его перемащивает своим пергамином, а мне, право, не для чего; в ту сторону я никогда в гости не езжу.

— Не ездите, так и незачем. Жаль только бедных путешественников по нужде, они не журавли: не перелетят чрез болото.

— Это уж их дело, а не мое.

— Но ведь большая дорога — вещь мирская; а как она идет через ваше владение...

— Поэтому я имею право делать в нем, что мне угодно, а тем более ничего не делать.

— Это значит, что где многие делают все, что хотят, там все терпят то, чего не хотят.

— Другую, другую, доктор...

— Разве третью, — сказал Лонциус, паливая стопу.

— Я говорю про бумагу, — с досадой произнес Бурт-нек.

— А я думал, про стопу, — отвечал Лонциус с притворным простосердечием, снимая со свечи.

(Читает.)

— "Гермейстер..." и тому подобное... "По жалобе рыцаря барона фон Буртнека на фрейгера Унгерна о земле, прилежащей к замку Альтгофену и смежной с соседствен-ными угодьями сказанного Унгерна, якобы захваченной им у первого бесправно и беззаконно, наездом и вооруженною рукою и насилием и грабежом, с угрозами повторения оных впредь, я с фогтами и командорами Ордена, рассмотрев сие дело, нашли..." Ошибка против грамматики! — вскричал доктор, останавливаясь.

— Скажи лучше, против правды, — возразил Бурт-нек. — Гермейстер только праздничает с фогтами, а судит и рядит своей головой...

— "...рассмотрев, нашел, по справкам и показаниям свидетелей, что сказанная земля (опись на обороте) была прежде захвачена у отца фрейгера Унгерна в разные времена и различными неправдами; а потому объявляем всем и каждому, что фрейгер Унгерн был вправе употребить для возвращения собственности силу, не видя удовлетворения на полюбовные сделки и многократные свои требования, и что мы признаем его законным владельцем сказанного участка; а рыцарю барону фон Буртнеку приказываем немедленно и беспрекословно уступить Унгерну Милькенталь со всеми выгонами, прогонами, загонами, луговыми и лесными дачами, нивами и покосами, стоячими и живыми водами, со всеми угодьями и привольями без изъятия и положить новую границу от ручья Куремсе до озерка Пигуса, до заводи, где коней купают, оттуда налево мимо красной сосны, что молнией обожжена, до Юмаловой пожни, а оттуда на перестрел к повой Пойгиной бане, а оттуда..."

— Оттуда пусть он убирается к черту! — вскричал барон, вскакнув со стула... и гнев его, поджигаемый каждым словом, наконец лопнул, как фейерверочный бурак, и бранные шутихи полетели во все стороны... — Вот правосудие! Вот законы!.. Когда я был силен и удал, когда мои шпоры звенели громче других на пирушках и палаш мой реже целовался с ножнами, тогда ни одна параграфская душа не смела показать ко мне носа и все эти толстые фогты фон так кланялись через улицу. Бывало, хоть на епископской полосе воткну свое копье вместо граннѣгв столба, никто и пикнуть не смеет, — а теперь, смотри, пожалуй! Эти ходячие чернильницы, эти черепокожыые писаря вздумали притиснуть границу к самому рву замка, так что Унгерн, того гляди, будет с меня требовать платы за тень башен, которая ляжет на его землю, за каждый стакан воды из ручья, — и какой воды!

— Без воды обойтиться можно, — возразил доктор, возвышдя голос, чтобы заставить барона дослушать определение. — "Вследствие чего нарядится вскоре чиновник для введения помянутого фрейгера Унгериа во владение..."

— Пусть только явится ко мне... Пусть только приедет... Я его под бичами заставлю вертеться кубарем... я его попрошу отведать спорной воды в озере!..

— "И тогда, по обычаю собрав из соседних деревень обоих противников здоровых мальчиков, высечь их на каждом заметном месте новой разграничьи, чтобы они ее памятовали и в могущих случиться впредь спорах могли служить очевидными свидетелями..."

— Этому не бывать... шпорами клянусь, не бывать!.. Всякий знает, что я для правого дела не пожалел бы вассалов своих... но в этом случае разве я злодей, чтобы согласиться обратить их спины памятною книжкою для безголовых судей?..

— А что скажет на это гермейстер?

— То, чего я не послушаюсь... Что мне дорожить его

благосклонностью, его флюгерною дружбой? Я хочу лучше иметь перед собою двух открытых врагов, чем за спиной одного такого приятеля! Уыгерну же не видать обетованной земли, как вчерашнего дня; коли на то пошло, не поживится он ею без боя, даже для цветочного горшка. Буквы не солдаты, а у меня для встречи незваного гостя найдется живой частокол с железными маковками и пе одна пара сильных рук указать ему дорогу восвояси.

Так восклицал раздраженный барон, топая ногами, и громче и громче раздавался голос его, до того, что стаканы и кубки, стоящие в старинном шкафу, зазвенели друг об друга.

Старуху тетушку ураган сей застал на половине зевка и превратил его в знак удивления. Рыцарь Доннербац, который для комплимента пил за здоровье Минны, не донес кубка до губ, и кубок, склонясь на полдороге, точил понемножку на пол драгоценную влагу. Только Эдвин и Минна встали, движимые участием.

Добрый Лонциус, сбросив с лица шутливое выражение, беспокойно слушал барона и следил взорами его движения.

— Да, да, — продолжал Буртнек, — я докажу и Ун-герну и гермейстеру... что Буртнек прожил и умрет не без друзей.

— Честию клянусь, — вскричал Эдвин от души. — Вы их имеете, Буртнек!.. Мое золото — ваше.

— Располагайте, — сказал, пошатываясь, Донпербац, — мною каждый день до обеда, а удальцами моими всегда.

— Благодарю... сердечно благодарю... — отвечал умиленный барон, подавая им руки. — Но утро мудренее вечера, и мы завтра потолкуем об деле... Боже мой!.. Завтра турнир, и Унгерн, наверно, по-прежнему сорвет награду, и моя дочь должна будет увенчать моего злодея!.. Проклятое слово... отказаться нельзя, а вытерпеть этого я не могу... Я не переживу насмешек грабителя над этими седыми волосами, и где же? Перед целым Ревелем, перед всем дворянством и рыцарством? Друзья!.. Друг Доннербац! ты один можешь спасти старика от позора; ты силен и огромен и сломишь Унгериа как тростинку. Одна только лень мешала тебе померяться с ним доселе... Но теперь... Послушай, Доннербац, я знаю, что моя Минна тебе нравится... но лишь победитель Унгерна будет ее мужем... Вот моя рука, мое рыцарское слово, что друг или недруг, кто бы ни выбил Унгерна из седла, — я отдаю ему мою дочь и свою вечную признательность.

— Руку и слово, барон, — вскричал радостно Доннербац, ударяя рукою в руку, — и пусть ведьмы всех цветов сделают из меня своего конька, если в Унгерне оставлю я хоть каплю души, как в этом кубке, если не так же сомну его!

С сим словом серебряный кубок, смятый в комок, полетел на пол.

— Батюшка, милый батюшка! — воскликнула испуганная Минна.

— Минна... Я не люблю повторений и противоречия. Мой приказ должен быть твоею волею, а моя воля — твоим желаньем: что сказано, то свято. Победитель Унгерна будет тебе хорошим мужем и мне добрым защитником.

Минна, бледнея, опустилась на стул. Сверкая взорами, стоял Эдвин посреди комнаты; грудь его волновалась, правая рука будто стискивала рукоять меча, и вдруг, как лев, он гордо встряхнул кудрями... и скрылся.

— Куда, куда, любезный Эдвин? — кричал вслед ему Буртнек; но ответа не было. — Чудак!.. а славный малый, — примолвил он, — скажи слово, и Эдвин отдает все без росту и закладу.

— Молодец, — повторил Доннербац, — даром что не рыцарь, а его не проведешь на зубах конских.

— Преумница, — прибавил доктор, — хоть и спорит со мной о жизненной эссенции, зато одной веры, что мир родился из яйца...

"Прекрасный юноша, бесценный человек!" — думала полумертвая Минна, но она не сказала этого вслух.

IV

...I write in haste, and if a stain
Be on this sheet 'its not what it appears,
My eyeballs burn and throb, but have no tears.
Byron

[Я пишу второпях, и если на этой странице встретится пятно, то это не то, что кажется: мои глаза горят и трепещут, но в них нет слез. Байрон (англ.).]

Как бешеный вбежал Эдвин домой.

Плащ слетел на пол. Двери спальни от удара ноги разлетелись вдребезги, и он с сердцем вырвал свечу из рук старшего служителя...

— Кончено... Решено... — говорил он, скрежеща зубами. —

Турнир и Минна — люди, люди!.. Поклонники предрассудков!.. О, для чего не могу я стать с копьем у ее порога и вызвать на бой каждого дерзкого, кто захочет ее руки! Герман! я еду, — вскричал он слуге своему.

— Куда? — спросил тот с изумлением.

— Кто смеет спрашивать куда? Я еду, и этого довольно; ветер хорош; кораблей много: готовься.

Жарка первая любовь юноши; зато как горька первая потеря!

Долго сидел Эдвин, облокотясь на стол и закрыв обеими руками горящее лицо. В его груди буревали страсти, и, наконец, они излились в беспорядочном письме; вот оно:

"Для меня все решилось. Пишу к вам оттого, что говорить с вами завтра я бы не мог, а писать после турнира мне не должно, — тогда уже рука ваша принадлежать будет другому; другой... Безумец я, безумец! Из какой надежды, по какому праву смел ты возвысить свои взоры на лучший цвет Ливонии!.. Или ты думал, что пылкое, верное сердце стоит рыцарского герба? Ты думал... Нет, я ничего не думал, я мог только чувствовать, только любить. Минутный сон счастья! Я дорого плачу за тебя наяву... Вы знаете ли, прелестная Минна, что такое яд ревности, испытали ли вы муки безнадежной, отчаянной любви? Молю бога, чтобы вы никогда ее не чувствовали!.. Отчаяние давно ли посетило меня, и кажется, все часы, все дни, потерянные в рассеянности, промелькнувшие в восторге, склубились теперь в минуты, в бесконечные минуты!.. За каждым биением сердца, для вас только бьющегося, тысячи досадных мыслей одна по другой, одна другой чернее, успевают уже терзать мою душу, и каждая капля крови медленно вливает отраву в мои жилы. Чувствую, что я пишу вздор... Простите моему безумию и дерзости, что я пишу к вам, добрая, милая Минна; или нет, прошу вас, умоляю вас, рассердитесь на меня, излейте на виновного справедливый гнев свой: тогда мне легче будет оставить вас, разлучиться с обожаемою Минною, бежать той родины, где мне запрещено заслужить мечом любезную, которой взаимность заслужил я сердцем. Будьте гневны и неумолимы, иначе кроткий взор небесных очей ваших обратит в дым мою решимость, еще один взор, как сегодня... и я причарован, — и что тогда? Мое мщение может быть столь же чрезмерно, как безмерна моя страсть. Спасите меня своим негодованием, несравненная! Я только дождусь турнира, лишь узнаю счастливца, которому выпадет мое счастие, и в ту же минуту корабль умчит меня, куда повеет ветер, и тем лучше, чем далее... Буду скитаться по свету, чтобы забыться, не для того, чтобы забыть вас... Нет! я бы не мог исполнить этого, хотя бы желал. Воспоминания и горе прежней любви будут мне отрадою... буду жить ими, покуда от них не умру. Будьте счастливы, милая Минна, и верьте сердечному, хотя не рыцарскому слову, что никто искреннее меня не может пожелать вам этого, как никто не мог любить чище и пламеннее. Прощайте, Миина! Более ничего ни от меня, ни обо мне вы не услышите.

Эдвин".

Холодный ветер взвивал кудрями Удвина, который, прислонясь к косяку отворенного окна, в горькой задумчивости глядел на окна Минны. Сквозь стекла и занавес мерцал там луч тусклой лампады, и воображение населяло темноту призраками воспоминаний; но они тянулись как погребальное шествие. Два раза поднимал Эдвин руку, чтобы перекинуть прощальное письмо, и медлил в нерешимости... Наконец, замирая сердцем, метнул он через улицу яблоко, к которому было привязано письмо, и оно с звоном разбитого стекла упало на пол Минниной спальни.

V

"Amour aux dames, honneur aux braves!"
[Любовь — дамам, почет — храбрецам! (фр.)]
Летит как вихорь, как огонь
Пред недвижимым строем;
И пышет златогривый конь
Под будущим героем.

Это было в мае месяце; яркое солнце катилось к полудню в прозрачном эфире, и только вдали сребристооблачной бахромой касался воде полог небосклона. Светлые спицы колоколен ревельских горели по заливу, и серые бойницы Вышгорода, опершись на утес, казалось, росли в небо и, будто опрокинутые, вонзались в глубь зеркальных вод. Резвые голуби, возбужденные шумом и звоном колоколов, кружились над крутыми кровлями; все было оживлено, все дышало радостию, все праздновало возвращение весны, воскресение природы.

С зарею Ланг и Брейтштрассе — две дороги, ведущие к Домплацу в Вышгороде, — заперлись толпами народа. Эстонцы и немецкие рукодельники, слуги и мещане спешили занять место, чтобы посмотреть на турнир рыцарский; однако ж немногие добились этой чести. Небольшая площадь едва давала простор поединщикам, а вкруг домов сделаны были места для людей почетных. Все окна были отворены, уложены подушками, увешаны коврами. Ленты и разноцветные ткани веяли отовсюду; пестрота домов, нарядов и украшений представляла глазам странное, но приятное зрелище. Наконец, за час до полудня, трубы зазвучали по городу, и в одну минуту окна закипели зрительницами, амфитеатр наполнился лучшими купцами и старыми рыцарями.

Под балдахином сидел гермейстер, в белой бархатной мантии с черным на левом плече крестом, в полукафтанье с разрезами, унизанными застежками, в сапогах, на которые спускались от колен кружевные напуски. Золотом шитый воротник рубашки городками лежал на железном оплечье, которое носили тогда рыцари, чтобы и в домашнем платье видно было их звание. Подбой платья, раструбов сапогов и перчаток был малинового цвета. Золотая цепь с орденским крестом показывала его достоинства, и два пера гордо возвышались над его головою, как он над головами прочих. На рукояти меча висели гранатовые четки, как будто эмблемою сочетания духовной и военной власти, ибо тогда сила епископов была уже уничтожена. По левую его руку сидела царица праздника, Минна, в токе, в лиловом платье со сборами, с золотыми кружевами, в косынке, вышитой шелками, унизанной жемчугом, и крупные кудри рассыпались по плечам ее, перевитые с дымковым покрывалом. Робко поводила она взорами, и томная грусть видна была на ее лице, как будто однодневная царица красоты чувствовала, что служит живым изображеньем кратковременного владычества прелести!

Между тем как зрители чинно усаживались по лавкам, споря за почетность мест более, чем за их удобность, Лонциус и Эдвин стояли у въезда, откуда им видна была вся окружность, и от доброты сердца перебирали соседей и соседок. Часто душевное горе, раздраженное общим весельем, в котором не можем участвовать, изливается горькими насмешками; это же самое случилось и с Эдвином: желчь его испарялась злословием, и, как водится в подобных обстоятельствах, колким, но редко остроумным.

— Мне жаль бедную Минну, — сказал доктор, которому все казалось в забавном виде. — Гермейстер ваш, который так величается гербами своими, право очень похожими на

102

булочную вывеску, боится потерять свою симметрическую посадку, а ей не с кем пересудить соседок: заметить, что у той-то худо накрахмален воротник, что у того-то растрепаны перья или чересчур нафабрены усы. Какое противоречие — гермейстер и Минна!

— Тут не противоречие, а доказательство, что радость и скука — самые близкие соседи, — отвечал Эдвин. — Но, доктор, вы просили меня показать вам кое-кого из женщин и мужчин ревельских, — следуйте же своими взглядами за моими. Вот эта разряженная дама, например, очень похожая на корабельную статуйку, — жена ратсгера Клауса; она, говорят, в самом деле ворочает рулем нашей думы и не раз сажала наш курс на мель. Подле нее примерная чета: бургомистр Фегезак с дражайшей своей половиной; они горят одною страстью — к стеклу, то есть он к стакану, а она к зеркалу. Эта карманная дамочка, которая, говоря без умолку, вешается на шею толстому своему мужу, будто колокольчик на шею к волу, — дворянка Зегефельс. Он, сказывают, взял маленькую жену для того, чтобы она не достала водить его за нос, зато теперь ушам больно достается. Кстати об ушах... Тот молодчик, кажется, прячет их длину в высокий фрез свой, — это ландрат Эзелькранц; за ним сидит певица фрейлейн Лилиендорф; знатоки говорят, что голос ее есть смешение соловьиного с совиным; а воздушная соседка ее, у которой лицо и платье расцвело радугою, — баронесса Герцфиш. Ей бы давно пора с нашего неба. Далее видна любовница командора Цангейма... Не дивитесь, что она сидит выше его жены: это у нас не редкость. Там две сестрицы...

— Полно, полно, Эдвин, о женщинах. Я знаю, что о скромных сказать нечего, о хорошеньких не для чего говорить, а прочие мне наскучили. Теперь очередь до господ. Кому, например, принадлежит эта головка, лежащая на огромном испанском фрезе, как на блюде яблоко?

— Всем, кому угодно, доктор!.. Он отдает ее на подержание за сходную цену. Это промотавшийся дворянин Люфт; он сочиняет надгробные надписи и свадебные песни, проекты рыцарям для впадения в землю неприятелей и для свидания с женами приятелей; смотрит в зубы лошадям, сводит купцов и лечит охотничьих собак... Это самая светлая голова изо всего Ревеля.

— Недаром же вокруг нее коленкоровое сияние. Но кто этот в пух разубранный рыцарь... с соколом на руке, обвешанный лентами и пуговицами, как свадебный конь?

— Это мученик и образец щегольства... Фогт фон Тулейн... В гардеробе своем он, кажется, не советовался с указом

Плеттенберга: [Гер. Плеттенберг в 1503 году издал, для удержания роскоши, указ, в коем предписал простоту в платье и уборах всех сословий; но это осталось без действия. — Примеч. автора.] шейная цепочка его весит ровно в тридцать фунтов, и посмотрите, в какие перстни закованы его пальцы! Он имеет вес между рыцарями.

— Ну, а тот, с бекасиною фигурою, низенький?

— И низкий человек? Это продажная душа, вицбетрейбер Рабешнтраль. Но вот въезжают и рыцари. В голове их командор Везенберга Гарткнох: он прост как страус, которого перьями так хвалится; подле него на готической лошади галопирует дерптский фогт Цвибель; сквозь его прозрачность [Seine Durchlaucht. Его светлость, его прозрачность — немецкий титул. — Примеч. автора.] можно видеть звезды на небе и на щите его, только не в голове. Сзади их толстый фрейгер Фрессер на такой тощей лошади, что на костях можно шляпу повесить и принять ее за тень седока... Он заложил женино ожерелье, чтобы сделать своему коню серебряные подковы... Далее...

Эдвин бы не кончил биографической своей сатиры, если бы рыцарь Буртнек не разлучил его с доктором, позвав того к себе.

Рыцари, при звуке труб и литавр, по двое въезжали за решетку, крутили тяжелых коней своих, кланялись дамам, склоняли копья перед гермейстером. Кирасы их не отличались приятностью рисунка; щиты и нашлемники и длинные попоны коней украшены были такими геральдическими птицами, зверями и травами, что свели бы с ума всех натуралистов мира. Но все это блистание лат, пестрота перьев и шарфов, шитье чепраков и попон, ржание коней, бренчание сбруи и плески и разнообразие кругом — все изумляло странностию, было дико, но пленительно.

И вот герольды прочли уставы турнира, и рыцари выскакали вон, оставя место для бою. Снова звучит труба, и уже копья ломаются на груди противников, и выбитые рыцари ползают в пыли от тяжести лат более, чем от силы ударов. Часто своевольные кони разносят их, и копья поражают воздух; часто, стукнувшись лбами, они путаются в сбруе другого и, как петухи, ловят промах врага. Вот уже рижский рыцарь Гротенгельм дважды остался победителем и взял в приз золотой шарф из рук царицы красоты. Трубы прогремели ему туш,

— народ приветствовал кликами. Тогда только выехал гордый Унгерн, который будто презирал легкие победы и ждал, чтобы другой увенчался ими для украшения его триумфа. Они слетелись, сшиблись, и Гротенгельм покатился через голову с копьем своим. Забавнее всего был удар копья Ун-гернова: он повернул шлем Гротенгельма налево кругом, и тот, вскочив на йоги, долго не мог из него высвободиться, задыхаясь и ничего не видя. Смех и рукоплескания полетели со всех сторон. Унгерн остался, ожидая противников.

Бросив повода и опершись на копье, величаво стоял он среди площади. Трубы гремели, герольды вызывали охотников, но сила рыцаря ужасала, — никто не являлся.

Все дамы, все зрители восклицали: "Отдать Унгерну награду, отдать лучшему, храбрейшему!"

— Отворите! — закричал неизвестный рыцарь, приближаясь, — и в то же мгновение, не дожидаясь, покуда отворят решетку, он сжал в шпорах коня и стрелой перелетел через нее.

Хвост разом осаженного коня лег на землю, по рыцарь не шевельнулся в седле, только перья со шлема раскатились по плечам и снова вспрянули от удара. Минуту стоял он как вкопанный, слегка поигрывая поводами, как будто желая осмотреться и дать разглядеть себя, и потом тихо, манежным шагом поехал кругом ристалища, приветствуя собрание склонением головы. Наличник его был опущен, щит без герба, латы вороненые с золотою насечкою. Огненный цветом и ходом конь его храпел и фыркал и весь был на ветре, как будто ступал по облаку пыли, взвеваемой его ногами.

— Какой статный мужчина! — сказала, прищуриваясь, фрейлейн Луиза фон Клокен брату своему, когда неизвестный проезжал мимо.

— Какой жеребец! — воскликнул ее брат, — во всех статях, — даже и хвост трубою. Это картина — не конь. Крестец — хоть спи на нем, ноги тоньше, нежели у италиянца Бренчелли... и пусть меня расстреляют горохом, если он танцует не лучше фогта Тулейна... только что не говорит.

— Эту привилегию имеют только ослы, — с досадою подхватил Тулейн, который по случаю сидел сзади.

— Это я вижу теперь, — смеючись отвечал фон Клокен. — Но кто этот неизвестный удалец?

— Это Доннербац! — отвечали многие голоса.

— Неужели он так скоро успел просушить свою голову? Я оставил его за шестою бутылкою венгерского на завтраке у ратсгера Лида.

Между тем рыцарь подъехал к гермейстеру, склонил копье, низко-низко поклонился Минне — и вдруг поднял на дыбы коня своего, метнул его вправо и во весь опор поскакал к Унгерну. Все ахнули, боясь удара, но оп сразу и так близко осадил коня, что мундштук звукнул о мундштук...

— Что это значит? — с досадою произнес Унгерн, изумленный такою дерзостью.

— Если рыцарь хочет взять у меня урок в геральдике, — насмешливо отвечал неизвестный, — то брошенная перчатка значит вызов на бой.

— Рыцарь, я уже давно этою указкою выездил шпоры, и от ней не один терял стремена!

— Унгерн! мы съехались не хвалиться подвигами, а их совершать. Я вызываю тебя на смертный поединок.

— Ха! ха! ха! Ты меня вызываешь на смертный бой... Нет, брат, это уж чересчур потешно!

— Чему ты смеешься, гордец? Я тебя не щекотал еще копьем своим; берегись, чтобы за твой смех по тебе не заплакали.

— Ах ты, безымянный хвастун! Ты стоишь быть стоптан подковами моего коня.

— Наглец и пустослов! Поднимай перчатку или убирайся вон из турнира.

— Я выгоню тебя вон из света, безумец! — вскричал раздраженный Унгерн, вонзая копье в перчатку противника. — И также воткну на копье твою голову.

— Пощупай лучше, крепко ли своя привинчена. На жизнь и смерть, Унгерн!

— Это твой приговор... Поклонись в последний раз петуху на олаевской колокольне, — вы уж больше не свидитесь...

— А ты приготовь поздравительную речь сатане...

— Посмотрим, какого цвета кровь, двигающая этот дерзкий язык!

— Поглядим, какая подкладка у этого надутого сердца, — говорили рыцари, разъезжаясь.

И вот герольды разделили им пополам свет и ветер, сравняли копья, и труба приложена к устам для вести битвы. Привстав, склонясь вперед, все чуть дышат, чуть поводят глазами. Сердца дам бьются от страха, сердца мужчин от любопытства; взоры всех изощрены вниманием. Унгерн сбирает, горячит коня своего, чтобы сорвать с места мгновенно; садится в седло, крутит копьем. Незнакомец стоит недвижно, солнце не играет по латам, ни волос гривы его коня не шевелится...

Труба гремит.

Вихрем понеслись противники друг на друга — раз, два, и

копьев как не было, но удар был столь силен, что незнакомец зашатался, упал на шею коня, и перья шлема смешались с султаном конским, и бегун понес его кругом ристалища. Громкие плески огласили воздух, дамы завеяли платками в одобрение Унгерна.

Таковы-то люди, таковы-то женщины: они всегда на стороне победителя.

— Славно, славно, земляк! — кричали ему ревельцы. — Ты так крепко сидишь в седле, будто вылит из одного куска с лошадью.

— Едва ли это неправда, — примолвил Лонциус Буртнеку, который ни жив ни мертв ждал развязки боя.

— Теперь он знает, каково рвать незабудки с копья Унгернова, — прибавил другой.

— Я чай, у него в глазах сверкают такие звезды, что и во сне не увидишь, — сказал третий.

— Распечатай его наличник! — кричали многие.

Но рыцарь очнулся, и насмешки возбудили в нем новые силы. Так дымится и кипит вода от капли кислоты, — так вспыхивает умирающее пламя от немногих зерен пороху.

Снова, с новыми копьями, устремились рыцари навстречу: один с уверенностью в победе, другой с злобою мщения... Сразились, и Унгерн пал.

Разгорячен, спрыгнул с коня незнакомец и, наступив ногой на грудь полумертвого Унгерна, простертого в пыли, поднял его оплечье острием меча, направил меч в грудь и оперся на него.

— Ну, Унгерн, кто победитель?

— Судьба, — отвечал тот едва внятно.

— И смерть, если ты не сознаешься; кто победил тебя?

— Ты, ты! — отвечал Унгерн, скрежеща зубами.

— Этого мало. Ты отнял неправдою землю у Буртнека. Откажись от ней, или через минуту тебе довольно будет и той земли, которую теперь закрываешь телом. Да или нет?..

— Я на все согласен!

— Слышите ли, герольды и рыцари! Я лишь на этом условии дарю ему жизнь.

Подобно электрическому удару, восторг обуял зрителей, доселе безмолвных, то от страха за Унгерна, то из участия к незнакомцу.

— Слава великодушному, награда и честь победителю! — раздалось в громе рукоплесканий. — Ему, ему награду! — восклицали все.

— Неизвестный рыцарь выиграл золотой кубок! — решили судьи турнира, и герольды провозгласили то.

Величаво кланяясь на все стороны, приблизился рыцарь к возвышению, где сидел гермейстер с царицею красоты; поклонился им и в безмолвии оперся на меч.

— Благородный рыцарь, — сказал гермейстер Бруггеней, стоя, — ты, оказал свою силу, свое искусство и великодушие; покажи нам победное лицо свое для принятия награды!

— Уважаемый гермейстер! важные причины запрещают мне удовлетворить ваше любопытство.

— Таковы уставы турнира.

— В таком случае я отказываюсь от прав своих и сердечно благодарю судей за честь, которою не могу воспользоваться.

Сказав это, неизвестный с поклоном отворотился от гермейстера...

— Храбрый паладин! — сказала тогда трепещущая судьбы своей Минна, наполняя кубок вином венгерским. — Неужели откажетесь вы ответствовать на мой привет за здоровье победителя?.. Как царица праздника, я требую повиновения, как дама,, прошу вас...

Она отпила и поднесла кубок к незнакомцу.

— Нет, нет! — говорил тот, отводя рукою бокал; видно было, что страсти сражались в нем, — он колебался. — Минна! — воскликнул он наконец, хватая кубок, — да будет!.. Я выпил бы смерть из чаши, которой коснулись вы устами... Вожди и рыцари! За здравие и счастье царицы красоты!

При громе труб незнакомец поднял наличник...

VI

Не встанешь ты из векового праха,
Ты не блеснешь под знаменем креста.
Тяжелый меч наследников Рорбаха,
Ливонии прекрасной красота.

Н. Языков

[Рорбах был первым магистром Ордена лифляндских меченосцев (Schwert-Briider). — Примеч. автора.]

Происшествие, которое представляю теперь, было в 1538

году, то есть лет пятнадцать спустя после введения лютеранской веры.

Орден крестоносцев ливонских недавно потерял тогда главу свою в прусском Ордене, преданном Сигизмунду, и уже дряхлел в грозном одиночестве. Долгий мир с Россиею ржавил меч, страшный для ней в руке Плеттенберга. Рыцари, вдавшись в роскошь, только и знали, что полевать да праздничать, и лишь редкие стычки с новогородскими наездниками и варягами шведскими поддерживали в них дух воинственный. Впрочем, если они не наследовали мужества предков, зато гордость их росла с каждым годом выше и выше. Дух того века разделил самые металлы на благородные и неблагородные; мудрено ли ж, что, уверяя других, рыцари и сами, от чистой души, уверились, что они сделаны по крайней мере из благородной фарфоровой глины. Надо примолвить, что дворянство, образовавшееся тогда из владельцев земель, много тому способствовало. Оно доискивалось слиться с рыцарством, следовательно, возбуждало в оном желание исключительно удержать за собою выгоды, которые, бог знает почему, называло правами, и нравственно унизить новых соперников. Между тем купцы, вообще класс самый деятельный, честный и полезный изо всех обитателей Ливонии, льстимые легкостию стать дворянами через покупку недвижимостей или подстрекаемые затмить дворян пышностию, кидались в роскошь. Дворяне, чтобы не уступить им и сравниться с рыцарями, истощали недавно приобретенные поместья. Рыцари, в борьбе с ними обоими, закладывали замки, разоряли вконец своих вассалов... и гибельное следствие такого неестественного надмения сословий было неизбежно и недалеко. Раздор царствовал повсюду; слабые подкапывали сильных, а богатые им завидовали. Военно-торговое общество Черноголовых (Schwarzen-Haupter), как градское ополчение Ревеля, пользовалось почти рыцарскими преимуществами, следовательно, было ненавидимо рыцарями. Час перелома близился: Ливония походила на пустыню, — но города и замки ее блистали яркими красками изобилия, как осенний лист перед паденьем. Везде гремели пиры; турниры сзывали всю молодежь, всех красавиц воедино, и Орден шумно отживал свою славу, богатство и самое бытие. На чем бишь мы остановились?

VII

*Что будет, то будет, что будет,
то будет, а будет то, что бог даст.*

Богдан Хмельницкий

Медленно открыл незнакомый рыцарь бледное лицо свое и пал без чувств к ногам изумленной Минны, пал от изнеможения и первого удара.

— Эдвин! — воскликнула Минна.

— Купец! — закричали дамы и рыцари, и ропотное волнение разлилось по собранию.

— Такая наглость стоит наказания... Эта обида заслуживает месть! — раздавалось отовсюду, и рыцари, дворяне, шварценгейптеры хлынули на ристалище.

— Выбросьте вон, прибейте, убейте этого самозванца! — кричали рыцари.

— Он не наш.

— Он будет наш! — возражали шварценгейптеры, стеснясь в кружок около бесчувственного Эдвина. — Мы не дадим тронуть его волоском...

— Кто не даст? Кто не позволит? Кто? Не по нашей ли милости впущены вы в круг рыцарский? — шумели дворяне.

— Не из милости, а по праву.

— Кто дал права, тот может и взять их.

— Вы их продали нам, а не дарили. Мы такие же господа, как и вы, в Ревеле, который не раз уже выкупали своим золотом и спасали своею кровью.

— Старые песни, старые сказки!.. Храбрость ваша качается на весовой стрелке, а честь, как обстриженный червонец, очень упала в цене...

— Гром и буря! Мы напечатаем на лбах ваших такие монеты, что век не износите штемпеля...

— Аршинники, разбойники! — летело навстречу друг другу, и обе стороны пышали боем, когда венденский фогт фон Дельвиг вскочил на перила и громовым голосом говорил:

— Дворяне и рыцари! вот следствие пашей доброты! Когда бы не позволили мы шварценгейптерам и первым гражданам мешаться с нами, этот купчишка не стоптал бы нашего собрата и преимуществ Ордена, не обидел бы в лице Унгерна нас всех. Но пусть прошлое будет нам уроком для переду. Да будет же отныне и навсегда запрещено всем без изъятия, не носящим звания рыцаря или дворянина, въезжать за турнирную решетку.

— Да будет, да будет, — загремели дворяне и рыцари, и герольды под звуком труб возгласили, что никто, кроме дворян и рыцарей, не может отныне ломать с ними копья в турнире.

— Так мы сломим их в битве! — зашумели обиженные таким исключением шварценгейптеры, обнажая мечи.

— А! коли так, бейте черноголовых! — закричали рыцари.

— Рубите пустоголовых! — восклицали шварценгейптеры, кидаясь к ним навстречу, и вмиг мечи запрыгали по латам и бой завязался.

Вопли женщин, клятвы противников, громы оружия огласили воздух. Теснота умножала тревогу, конные и пешие, латники и невооруженные, бойцы и миротворцы смешались, и все орудия от рук до копий были в деле. Обиженное самолюбие и неуклонная гордость подстрекали сражающихся, вино и гнев ослепляли всех, ожесточение росло. Напрасно гермейстер просил, уговаривал, повелевал; напрасно, крича и топая ногами, бросил свой жезл, даже шляпу и мантию на ристалище в знак закрытия турнира, — никто не слушал, никто не замечал его. Наконец усталость сделала то, чего не могли совершить ни моления жен, ни приказы старших. Обе стороны склонились на увещания доброго бургомистра Фегезака, и противники разошлись, грозя друг другу мечами и взорами. Опустелое побоище усеяно было перьями и шпорами, рыцарскими и дамскими украшениями. К счастью, теснота помешала дальнему убийству, ибо сражение превратилось в борьбу; говорят, немногие заплатили жизнию за эту игрушку.

Эдвин все еще лежал в смертном обмороке от сильного ушиба и бури чувств. Подле него на коленях стояла прелестная Минна, забыв весь мир для любезного и ничему не внимая, кроме чуть слышного биения его пульса; Лонциус, ухаживая на Эдвином, уговаривал беснующегося Буртнека, который всем тогда известным светом клялся, что он не отдаст Эдвину дочери, хотя он и остался победителем.

— Но ваше слово, барон, ваше рыцарское слово!

— Но мои предки, г. доктор, мои предки! Лучше не сдержать слова, чтобы поддержать имя. Коротко сказать, Эдвин очень высоко задумал; я вовек не выдам Минны за человека без славного имени.

— Зато с доброю славою.

— За человека, у которого родословная в счетной книге, у которого нет герба.

— У него их тысячи, барон, и все на золотом поле.

— Хоть весь он рассыпься червонцами, — я не соглашусь раздвоить [Ecarteler — геральдическое выражение. — Примеч. автора.] свой щит с вывескою.

— Вспомните, барон, что Эдвин кровью выручил вам отнятое Унгерном, неужели за великодушие заплатите вы неблагодарностию?

— Добродетель — не титул...

— Мы производим его в командоры шварценгейптеров! — гордо возразили старшины сего сословия. — Он заслужил это достоинство храбростию.

— Слышите ли?.. — сказал доктор. — Это почти рыцарское достоинство!

— Батюшка, — вскричала, наконец, Минна, будто вдохновенная, — он оживает, мой Эдвин оживает. Простите, — продолжала она, обливая грудь отца горькими слезами, — я люблю Эдвина, я не могу жить без него... В руке моей вольны вы, но мое сердце навечно принадлежит Эдвину.

Казалось, она истощила все силы души и тела, чтобы выговорить слова сии, и, сказав их, как лилия, поникла головою и без чувств опустилась на плечо отца.

Это тронуло Буртнека более всех доводов. В гербе его не было сердца, но оно билось в груди отеческой. С нежною заботливостью поддерживая дочь левою рукою, он веял над ней перьями шляпы, хотел поцелуем призвать в нее жизнь, и даже слеза блеснула на непривычной к тому реснице.

Между тем добрый Лонциус наступал на него сильнее и сильнее:

— Он богат, прекрасен, командор и храбр; это пресечет злые языки... Неужели вы хотите уморить дочь и лишить счастья друга, изменив слову? Притом же любовь дочери вашей известна всему городу...

— Дай мне подумать хоть день, хоть час...

— Вы никогда не выдумаете лучше того, что говорит вам сердце... Итак, Эдвин зять ваш?

— Зять и сын... Эдвин и Минна, милые дети мои, пробудитесь для новой жизни!

Светел и радостен скакал с турнира Эдвин подле колесницы невесты своей, не сводя с нее глаз и поминутно целуя ее руку.

Спускаясь с Блоксберга, им встретился Доннербац в полном вооружении и с копьем в руке...

— Куда едешь, любезный Доннербац? — спросил Буртнек.

— На турнир, — отвечал тот, протирая глаза.

— Ты проспал его... Поедем-ка лучше ко мне на свадьбу, — с усмешкою сказал Эдвин.

— На твою свадьбу, — неужели с фрейлейн Минною?.. Не сон ли это?

— Дай бог не просыпаться от такого счастливого сна!

Шумно промчался поезд мимо, — и Доннербац долго стоял на улице с отверстым ртом от удивления.

ИЗМЕННИК

(Повесть)

...Never pray more; abandon all remorse;
On horrors head horrors accumulate:
Do deeds to make heav'n weep, all earth amaz'd
For nothing canst thou to damnation add,
Greater than that.

Shakespeare

[...Больше не молись; отбрось все угрызения совести; на голову ужасов нагромозди еще ужасы: пусть твои поступки заставят рыдать небо и изумляться всю землю, ибо ничто другое не приведет тебя скорее к проклятью, чем это. Шекспир (англ.).]

I

"О родина, святая родина! Какое на свете сердце не встрепенется при виде твоем? Какая ледяная душа не растает от веянья твоего воздуха?"

Так думал Владимир Ситцкий, с грустною радостию озирая с коня нивы, и пажити, и рощи переславские, свидетелей его детства, и любопытным взором, как будто желая испытать память свою, искал и предугадывал он мелькающие из-за лесу главы обителей. Правда, они не казались теперь ему, как прежде, огромными; окрестность не была уже бесконечна; но она была по-прежнему светла, все по-старому приветна. Он выехал, наконец, на озеро Плещево и стал, пораженный красотою природы, чувствами давно забытыми и новыми.

Тихо, как сон его детства, лежало перед ним озеро в изумрудных рамах своих, отражая вечернее небо, и снежные стены обителей, и сумрачный город, и чуть оперенные майскою зеленью рощи. Ладьи рыбарей, мнилось, летели в шаровидном небе, и утомленные чайки дремали на развешенных сетях или, чуть зыблемые, на влаге хрустальной. Весенние жаворонки провожали солнце с поднебесья и сверкали там последними его лучами, сливая звонкое свое пение с гремленьем тысячи ручьев, збегающих в озеро.

Как пыль сражения улегается под дождем, смывающим кровь с лица земли, улеглись страсти в душе Владимира. Память буйной молодости, дворское честолюбие, жажда битвы и славы и все, все уступило место чувству, близкому к раскаянию. Он слез с коня, припал к воде, которою часто плескался в отрочестве, в которой теперь, как в святочном зеркале, мелькало ему прошедшее, жадно пил ее, — и спокойствие вливалось в него струей вместе с прохладой! Со вздохом сказал Владимир:

— Они не терпят нечистого в своем лоне и с гневом выбрасывают его на берег [Доселе идет поверье, что Плещево при погоде выкатывает всякую брошенную в него вещь. Вероятная тому причина есть пологое и сферовидное его дно. (Примеч. автора.)]. Пусть же берега твои сохранят меня от гонения моих злодеев, от бури жизни и всего более от меня самого, как твои воды спасали некогда предков от ярости татар! [Жители Переславля, большею частию рыболовы, спасались, во время неоднократного нашествия татар, на лодках, выезжая с лучшим имуществом на средину озера. (Примеч. автора.)]

Полный надеждою взор Владимира стремился к стенам Переславля. Там уже не было его родителей; но добрая память стерегла их могилы и сердечное добро пожаловать ждало их наследника у порогов друзей. Долго еще лежал Владимир на свежей мураве, улелеянный мечтами под крылом родимого, неба, и сон росою упал на утомленные члены путника — сон, какого давно не знала кипучая душа его.

II

Лениво подымалися, утренние туманы с тихого Трубежа [На реке Трубеже, впадающей в Плещево, расположен Переславль-Залесский. (Примеч. автора.)], и летнее солнце невидимо вскатывалось над ними. На валу Переславля часовой ратник, опершись на копье, глядел на работу плотника, поправлявшего деревянный сруб крепостной стены.

— Это бревно никуда не годится, — сказал он плотнику, — в нем сгнила сердцевина.

— Так-то и с нашею Русью, Петрович, — ответствовал плотник, вонзая топор носком в дерево и присев на венец, — Москва, сердце ее, испорчено, а мы терпим. Она кличет к себе из Польши царей, а мы подавай войско то за них, то против них драться! Поляки пируют в Москве; вор Сапега обложил Троицу, а от нее далеко ли и до нас! Прогневали мы господа неправдой; коротается наш век бедами; кто скажет, что мое добро, моя голова будут у меня завтра?.. В плохие мы живем годы, Петрович; за царя Бориса не так было.

— Нашел чем хвалиться! Нашему брату ратнику не удалось при нем разу сходить на добычу. Теперь иное дело; дай только дождаться сюда литовцев; мы порастрясем их карманы.

— Какие у польской голытьбы карманы, когда у ней надеть нечего.

— Зато много грабленого золота. Бездельникам этим надо на нос зарубить, чтобы они не грабили божиих храмов, не обдирали бы риз со святых икон.

— Такое добро, земляк, никому впрок не пойдет.

— Кто живет день до вечера, тому какая забота, скоро ль подрастут рога у молодого месяца. Мне только душно сидеть сиднем за стенами, когда самые монахи дерутся. Я очень завидую товарищам, которые идут с нашим воеводою на подмогу к Троице [Воевода переславский Иван Васильевич Волынский был с своею дружиною для помоги Троицкой лавре в 1609 году. См. сказание об осаде Тр.-Серг. лавры, стр. 221. (Примеч. автора.)].

— Кто же здесь останется воеводой?

— Кому быть, кроме старшего князя Ситцкого... Ему, кажись, на роду написано повелевать, — что твой орел, когда взглянет!

— Правда, земляк, правда. Ростом, и дородством, и поступью — всем взял. Я сам нехотя хватаюсь за шапку, когда с ним встречаюсь. Одно беда: про него ходят недобрые слухи. Зачем он братался с поляками? Зачем не видали его в рядах Шуйского? Худо, коли он не хотел заступиться за правое дело, а еще хуже, коли его в дело не приняли.

— Брат, не всякому слуху верь! Теперь и правда и клевета изверились пуще жидовского золота.

— Пусть оно так. Да ведь на наших-то глазах он даром живет здесь три года! Что делать удалому в глуши, когда Москва в плену, а святая Русь у погибели от самозваных царей и друзей незваных; когда измена и разбой рыщут из края в край; когда враги палят нивы и города, бесславят братьев и жен — навек позорят имя русское?

— Ты разве не слыхал, что ему больно полюбилась Елена Ивановна, дочь воеводы?

— Да он-то пришел ли ей по нраву? Княжой дворецкий проговаривает, что барин в такую смуту не станет играть свадьбы, а уж коли быть не быть сговору, так разве с князь

116

Михаилом, меньшим братом Ситцкого. Вот душа — можно сказать, что ангельская. Красив, как утренняя звездочка, и от брата, как небо от земли, отличен. Кроток, сердце на устах, и ко всем приветлив, зато и любим всеми, от бояр до простолюдинов. В черный год не сидел он за печкой, а бился и проливал кровь за царя, и коли призван сюда, не ластится к красавицам, а смышляет, как защитить наш родимый Переславль. Дай-то бог, чтобы князь Михаила оставили у нас засадным воеводою!

Так судили о двух Ситцких многие умные горожане; но если Михаил привлекал к себе любовь добротою души, а уважение — своими заслугами и прямизною нрава, то Владимир исторгал у всех невольное внимание. Природа отметила чем-то необыкновенным его черты и речи. Его имени не спрашивали дважды. Взоры Владимира, облеченные в какую-то вещественность, ничтожили равно и улыбку любви, и привет участия, и вопрос любопытства. Они не проникали, но пронзали душу. Он не бегал людей, но удалял их от себя. В хороводах с красавицами очи его, подобно кремню, сыпали искры и не загорались сами. Даже вино теряло над ним свою силу: ни лишнего слова, ни доверчивой ласки не вырывалось из неизменной груди Владимира. Правда, порой и его лицо разгоралось заревом душевного пожара, но это не были страсти людей; они неведомы были тем, кто замечал их, как образ заоблачной молнии, от которой виден блеск и не слышно грома.

Кто знает, любовь или гнев волновали его душу, когда лицо его то пылало кровью, то вновь тускнело, как булат? Кто знает, гордость ли воздымала так высоко его брови, презрение ли двигало уста? Высокие ль думы или тяжкое преступление провело морщины на челе? Иногда взор его сверкал огнем, но потухал столь мгновенно, что наблюдатель оставался в сомнении, видел ли он то или то ему показалось. Его жизнь, его страсти, его замыслы оставались неразрешенного загадкою.

III

Душная ночь налегла на холмы переславские; небо слилось в громовую тучу; смирно озеро в берегах своих. Изредка луч безмолвной зарницы вспыхивает и гаснет в темной глубине вод, обозначая в небосклоне главы церквей и башни города. При синих блестках ее видны тяжелые облака, без

Но кто же тот юноша, что в бурю и полночь не ищет, а бежит крова? Взоры его с яростью обращаются к Переславлю, лицо пылает гневом и злобой. От быстрого хода черные кудри путника развеваются и длинные в серебряной оправе пистолеты, за пояс заткнутые, гремят о рукоять меча. Для чего ж не спит он, когда все живое наслаждается покоем? Неужели грызения совести о прежнем злодействе или покушенье на новое подняло его с ложа?.. Но вот уже он, бросив прибрежную тропинку, далеко в бору дремучем. Привычной стопой пробегает поляны — и глубже в лес, и лес от часу диче и чаще. Сухие иглы хрустят под ногами; иссохшие ветви цепляются в волосы; тлеющие пни заграждают путь; но путник с сердцем ломает и рвет упрямые сучья, смело прыгает через рогатые трупы сосен, и все уступает дерзкому, и он близок уже к заповедному холму.

Там, повествовало суеверное предание, более века тому назад убит был молниею колдун, когда он с помощию ада вынимал заговоренный клад. Без веры изжил он век, без раскаянья сгиб, без молитвы погребли его, но земля с ужасом приняла в свои недра неотпетого грешника; с тех пор адские духи стали слетаться пад могилой их любимца. Каждую полночь, по словам удалых охотников, слышны там плеск крыл, хохот и свисты. Синие огоньки летают по воздуху, мелькают ужасные привидения, и волшебник с кровавыми устами бродит кругом и манит заблудшего путника. У смельчаков навертывались холодные слезы от ужаса, на посиделках, от сих шепотных рассказов; девушки вздрагивали при малейшем скрыпе окошицы, при нечаянном треске лучины, и дети с трепетом жались к груди матерей. Давно заглохла тропа на холм могильный, и ни топор дровосека, ни стрела звероловца, ни взор, ни ветер не проникали в эту дебрь, загражденную страхом.

И вот уже проник он до поляны, венчающей холм; уже занес ногу, чтобы ступить на нее, когда долетел до него благовест, зовущий монахов ко всенощной. Холодный пот проступил на челе отчаянного: медь прозвучала ему совестью. Он вспомнил, как радостен был для него благовест Христовой заутрени в подобный час полуночи... Все прежнее обновилось: беспечность прежней невинности и вера отцов, теплая вера юности, теперь им забытая. Тогда душа его была как голубь — теперь стала чернее ворона... Но мимолетны благие мысли в сердцах, закаленных в буйстве и гордости, в сердцах, вечно укоряющих судьбу, а не себя — и мщение, ненависть, ревность закипели вновь сильней прежнего.

— Нет, не мне ворочаться! — вскричал Владимир, ступая на поляну. — Тому ли страшиться ада, у кого ад в душе?

При озарении молний он видит обрушенный и мохом покрытый крест; на траве, будто истоптанной палящими стопами, лежал чей-то череп. Где-где между седых полуистлевших елей трепетала робкая осина — дерево казни предателя.

— Пора, — сказал Владимир и стал творить суеверные заклинания, трижды обратившись против солнца и за каждым разом повторяя призвание злого духа.

— Явись мне, искуситель рода человеческого, — восклицал он, — стань передо мной лицом к лицу; я не кроюсь за кругами, начертанными мертвою рукой; [Все описываемые здесь обряды принадлежат еще доселе к суевериям простого народа. (Примеч. автора.)] я без боязни увижу тебя, как предаюсь тебе без завета. Приди на помощь того, кто служил аду, служа себе самому; дай, хотя на час, поторжествовать над теми, кого ненавижу, и повладеть теми, кого люблю! Будь товарищем моих замыслов, чтобы вечно, вечно быть моим властелином; явись — я поклонник твой, за страшную, за ужасную плату!.. Я отрекаюсь всего, до сих пор мне святого и драгоценного; как этот череп, попираю ногами все человеческое; как этот пояс, разрываю связь с родством... Враг всего высокого и благородного, явись! Тебя призывает человек, который бы мог быть ангелом и который хочет стать злым духом, который меняет райское спокойствие на власть ада — продает вечность за миг... Явись, явись!

Дикий отголосок вторил его кликам опять и опять, и притихший бор, казалось, с ужасом внимал голосу отступника. Подул ветерок, листья залепетали — и у грешника занялся дух. Он откинул рукою кудри с чела, чтобы прохладить его свежестью; по ветер палил его лицо, словно дыхание ада. Снова все тихо. Но вот загорелся огонек в чаще леса; он ближе и ближе с шорохом ветвей... Взор и слух призывателя настороже, и дыбом волос его, и леденеет в нем сердце; по вот двоится огонь — и щелкание зубов уверяет его, что то светят глаза хищного волка. С каждым мигом растет нетерпение юноши, и, наконец, бешенство овладело им.

— Ты нейдешь, робкий злотворитель! Ты боишься грозы небес; тебя пугает голос бесстрашного, как пение петуха. Ты кажешься только детям и старухам, смущаешь только мирных отшельников, беседуешь с одними полоумными чародейками! Вооружен адскою злобою, ты не скинул с себя людской трусости. Или не думаешь ли, что с жертвою нет договора, что

119

рано или поздно я твой? Нет, нет! я еще могу вырвать из когтей твоих свою душу; в ней довольно силы, чтобы, назло тебе, я мог изумить добродетелью добрых людей, как я радовал злых духов своими замыслами. Еще ли нет?.. Небо и ад меня отринули!

В отчаянии, со скрежетом зубов, повергся он на землю. Гроза выла, сквозь ливень реяли молнии, и, наконец, дикий хохот раздался над его головою.

IV

Холодный трепет проник в кости Владимира от прикосновения чьей-то руки, упавшей к нему на плечо. Сердце его от прилива крови будто хотело разорвать грудь, но оп гордо приподнял голову, и, при блесках молний, открывающих небо и землю, изумленный взор его встретился с насмешливым взором приятеля его, Ивана Хворостинина, который в венгерском доломане стоял перед ним. Щеголя, со времен самозванца еще, носили тогда польское и венгерское одеяние.

— Безумец ты, Владимир, — говорил он ему сквозь смех, — неужели в наш век, когда люди перехитрили дьявола, ты хочешь обмануть его! Поздно, приятель, поздно. Черти уже не верят кровавым распискам и душевным закладам; да и что за прибыль бесу в душах наших теперь, коли даром проглотит нас ад пастью могилы. Я не узнаю тебя, князь, — ты ли это? Тебе ли верить в чертей, когда ты не веровал в божью правду?

— Так, Хворостинин, — я заслужил, чтобы сумасброды упрекали меня в безумии. Брани меня, смейся надо мною; я стыжусь даже тьмы, скрывающей стыд мой. Какого ада искал я вне себя, когда могу удружить недругам своим адом! У меня есть сила в теле и месть в душе; на свете есть еще огонь и железо.

— Есть и виселицы, Владимир. Смутное время и безземельное твое княжество не спасут зажигателя и убийцу от этой качели.

— Кто противостанет мне? Что меня остановит?

— Каждая пуля. Полно, князь, мерять силы своим гневом. Будь ты сам Полкан-богатырь, но горсть пороху — и ты прах.

— Низкая выдумка! Ты равняешь храброго с трусом, сильного с слабым; тобой побеждают без чести, от тебя гибнут без славы. Но у меня есть товарищи, друзья. Они станут за меня...

— Они бы спрятались за тебя в битве, но не пойдут за тобою

в ссору. Послушай, Владимир, ты, кажется, довольно презираешь людей, чтобы разгадать, для чего к тебе вешались на шею многие земляки наши. Они думали видеть в тебе будущего воеводу и зятя богатого Волынского; обманулись, — и когда я выходил из Переславля, то уже слышал, как честили тебя горожане, как шумели брату твоему их заздравные клики. Думаешь, это не правда?

— Какая клевета черней этой правды? Да, я брошен в снедь бессильной злобе своей. Для чего мое негодование не дышит бурею! Для чего проклятия мои не могут летать и сжигать молниею; для чего этой рукой не могу я разорвать свод неба и обрушить его на головы врагов моих!..

— Славно, славно, князь! Ты беснуешься, будто кликуша [Так называют в просторечии одержимых бесом. (Примеч. автора.)] перед Херувимскою. Однако же мне, право, смешны вы, горячие головы. Вообразили себе, что целый свет должен глядеть вам в глаза и что природа для вас вертится на курьей ножке! К чему служат все эти заклинания и проклинания? Как ты ни горячись, а это не высушит наши платья; поедем-ка лучше поискать ночлега. Одна приязнь к тебе выманила меня следом за тобою в эту ночь, когда добрый хозяин не выгонит собаки за ворота, когда волки рады погреться на псарне. Ух! холод, и дождь, и гром, и ветер, будто светопреставленье. Едем, Владимир, кони за лесом...

— Нет, я хочу умереть здесь...

— Умереть, чтобы дать другим жить на просторе? Не лучше ль уморить кой-кого, чтобы самому пожить вволю?

Владимир не слышал его.

— Князь, я темный человек, но могу тебе пригодиться в некоторое времечко, и это время теперь: отчины твои промотаны, твоя слава двулична. В Москве ты имеешь врагов, а здесь друзей не нажил. Прекрасная Елена твоя полюбила другого, и с ее рукой воеводская булава отдана младшему твоему брату... Чего ж тебе ждать здесь? Каких еще обид доискиваться? Ситцкий, я тянул с тобой одну лямку и чарку; я знаю, я ценю тебя; я вижу, как высоко стоишь ты над другими умом и как низко брошен судьбою. Я грыз зубы, когда князь Иван поверил неопытному юноше город и засаду. Вот хваленое беспристрастие! Да и где нынче найдешь правду на Руси? Сердце разрывается с досады за всех, а за тебя всех более. Родина отвергла, презрела тебя, — чего ж медлить? Волынский уже не воротится, а литовцы в пятидесяти верстах, под начальством удалого Лисовского, который с русскими и казаками идет к Сапеге. Нам не первоучинка дружиться с panami dobrodziejami [Паны-добродотели (польск.)], и Лисовский примет тебя — чуб до земли... и через два дни Переславль наш, и Елена твоя, и пошла потеха! Опять удалая жизнь, наезды, добыча. Опять звон сабель и кубков; снова гром и дым, пепел, кровь — и песни красных девушек. Князь, решайся!

С содроганием, расширив глаза, слушал Владимир слова предателя. Сомнительно прикоснулся он к груди его, чтобы увериться, человек ли говорил такие речи.

— Злодей! — наконец вскричал он, — ты, ты-то и есть нечистый дух... Русский ли предлагал русскому изменить отчизне, предать свою родину!

— Не сегодня, так завтра она и без нас погибнет, а мы, не спасши ее, потеряем себя даром. Да и одни ли мы предадимся полякам? А ведь на людях и смерть красна.

— Но презрение добрых людей! но проклятия потомства!

— Потомки если не оправдают, то извинят нас обстоятельствами; а из людского мнения не шубу шить; да и где эти добрые люди? Кто ныне прав, кто виноват? Одни бьются за Шуйского, другие целуют крест Владиславу; кто же и нам не велит кричать громче всякого: "За матушку за Россию, за царя за Димитрия!"

— Нет, нет!

— Нет?.. Так оставайся же в пыли, хвастливое дитя, — я не хочу долее терять слов с человеком, который мечтает перевернуть свет и не может переломить вздорного предрассудка; который дышит братоубийством и страшится измены; который все хочет и ничего не смеет!.. Поди, кланяйся тем, которые за счастье должны бы считать подержать твое стремя; грызи украдкою, как мышь, каблуки презирающих тебя врагов; ступай на вести к своему меньшому брату, жди подачки с его стола... добивайся в дружки к той, которой ты можешь быть мужем; осыпай молодых приветливо хмелем, когда бы ты хотел задавить их под проклятиями; считай чужие поцелуи, нянчи будущих детей братниных...

— Этого я не стерплю никогда!..

— Ты не стерпишь? И, брат Владимир, — терпение славная вещь... с ним и с покровительством брата ты можешь под старость выслужить даже угол в богадельне. Прощай, Ситцкий, спасибо за урок. Ты показал мне, что пустые сердца звучат громко, что есть заячьи сердца в грудях орлиных...

Бешенство, ревность, месть пылали в Ситцком; они одолевали совесть. Взошло солнце, и, по сказкам ранних косцов, они видели двух незнакомых всадников, закутанных в охабни, которые торопливо ехали по Владимирской дороге.

V

Зарево от пылающего монастыря Даниила Столпника бросало кровавый отблеск на озеро, и берега его вторили кликам военным. Лисовский облег уже Переславль, уже отбил вылазку Михаила Ситцкого. Стычка только что кончилась, выстрелы смолкли; но облако дыма и пыли неслось еще над стенами города, где мелькали огни и оружия, слышались приказы, стук топоров и плач жен. Другая картина представлялась под стенами: ниспадающая ночь мешала видеть объем стана осаждающих; но как они не слишком боялись недальнострельных орудий города, то очень близко притиснули свои передовые отводы к тенистому рву. Со стен сквозь мрак видно было, что всадники расседлывают коней, иные вываживают их, напевая песни; другие, насвистывая, поят их у озера. Пешие отирают брони и строят шалаши из ветвей. Там делят корм, там — добычу. Треща, разгораются огоньки и здесь, и тут, и повсюду; котлы бьют пеной, и вот собираются воины в артели; вот пошли шутки и хохот, крик и пенье. Никто не жалеет о павшем, никто не думает о себе — все беззаботно веселятся после и перед битвой. Они пируют на свадьбе смерти, как на именинах у друга.

Чудна и пестра была смесь народов, составлявших хоругвь Лисовского. Польская шляхта, своевольно наехавшая на Русь, служить себе, без воли сейма и против воли короля. Они гордо похаживают, крутя усы и отбрасывая назад рукава своих контушей, клянясь и хвастая ежеминутно. Казаки косо поглядывают на союзников, лениво дымя трубками, и часто сабли их крестятся с польскими, хотя к их знаменам, для добычи и славы, привязали они переметную дружбу свою. Полудикие литовцы, приведенные панами на разбой и на убой, бесстрашно сидят или спят вкруг огней. Наконец изменники русские; иные из привычки к мятежу и бездомью, другие алкая корысти, третьи из надежды воротить грабежом у них отнятое передались к гультяям польским. Роскошь и бедность вместе разительно виделись в стане. Инде ходил часовой с заржавленным бердышом, в рубище, но в золоченом шишаке; другой в бархатном кафтане, но полубос; здесь поят коня серебряным ковшом, а там на дорогом скакуне лежит вместо седла циновка. Штофный занавес, вздетый на копье, завешивает из бурки, сделанную ставку какого-нибудь хорунжего, который нежится на медвежьей полости, склоня голову на седло. Здесь бобровое одеяло кинуто на грязной соломе. Все это было странно и дико, но все кипело жизнью и силою. Везде говор и ржание коней, звук и блеск оружий во мраке.

Перед ставкою у огня лежал на ковре Лисовский и с ним двое изменников, Хворостинин и Ситцкий. Крепкий склад и суровое, загорелое лицо показывали в Лисовском обстрелянного воина, а быстрые глаза и думные на челе морщины — опытного вождя. Беззаботная голова Хворостинин уже спал беспробудно, утомленный сечею и вином, как это видно было по окровавленной сабле его и опрокинутому в головах кубку.

— Пей, товарищ, пей, — говорил Владимиру наездник Лисовский, напенивая стопы. — Смой усталость битвы, освежи твое грустное сердце радостными слезами винограда! Посмотри, как кипит и в жемчужистой пене скрывает румянец свой это некупленное вино. Оно дышит какою-то благовонного прохладой; оно недаром таило свой жар в ледниках дворцовских, чтобы отводить тоску царей... Товарищ! пей, оно и твою утолит!

— Нет, Лисовский, нет. Злодейка тоска всплывает наверх, и вино подливает пламень в кровь, и без того кипучую. Я видел, как это вино лилось морем на столах Годунова и Димитрия. Я видел вблизи их обоих, — и верь: оно не смывало кручины с чела, стиснутого венцом и... есть неизлечимые раны, есть неусыпающие мысли, которых никто, ничто в свете не в силах вырвать из размученной ими души!

Так говорил Владимир в тоске глубокой и непритворной. Уста его, еще покрытые пылью, трепетали, и на лицо, обрызганное кровью, проступало мучение души.

Тронутый Лисовский задумчиво пил из стопы своей; соучастие отозвалось в жестоком его сердце. Так-то и в самых неприступных башнях есть тайники сокровенные, но проходимые. Правда, не вдруг сошлись эти два характера: властолюбие вождя взрывало Ситцкого; вождю не нравилась в Ситцком непокорность. Но в первом страсти сердца, умеренные войною и честолюбием, любили припоминать в другом свою когда-то неукротимую волю; а Ситцкого пленяла откровенность поляка. В верности русских изменников уверился Лисовский на деле; они русскою кровью смыли с себя имя русских, а Владимиру нужно было высказать свои чувства тому, кто мог бы их почувствовать. Притом оба они были пламенны; наречие обоих, как восточная ткань, пестрело какими-то чудными цветами, — и вот Лисовский, гроза России, славный потом в Германии наездничеством за веру, сдружился с изменником, который навел его на свою родину. Не знаю, искренна или корыстна была дружба сия, но они стали неразлучны. Так два нагорных потока, встретясь, кипят и спорят, и с ревом, неодоленные оба, сливают волны свои, и несутся одною дорогой.

Молча подал Лисовский руку Владимиру и крепко, выразительно сжал ее.

— Лисовский, — сказал тогда Владимир, — вижу, что вопрос, внушенный дружбою, летает на устах твоих, — я предупрежу его. Да и для чего не облегчить мне сердца, раздавленного тайною скорбию! Наружность винит меня более, чем обвинит признанье, и ты можешь понять меня! Слушай!

Здесь повила меня жизнь, но путевое седло было моей колыбелью, и я как сквозь сон помню себя в стане военном, и гром, и кровь, и пламя кругом меня. Это, как узнал я после, было при взятии шведами городка Падиса в Чудской земле. Там сидел бесстрашный старец Данило Чихачев [Это точно случилось в 1580 году. Спасся только один Михаил Ситцкий. См. "Ист. гос. Росс", том IX, стр. 315. (Примеч. автора.)] и, отвергнув переговоры, пал последний на трупах своих ратников, на вверенной ему стене. Отец мой, бывший там подвоеводчиком, раненый, избежав побоища, спас меня и мать мою. Это кровавое зрелище потрясло мою трехлетнюю душу и впечатлело в ней буйные, неутолимые страсти. Отца я не помню, — он умер вскоре после похода, а мать забыла меня для меньшого брата. Как буря по степи пронеслась моя молодость, и даже в детстве я не знал иной радости, кроме покоя. Я чуждался своих сверстников, мне казались жалкими их игрушки; моею забавою было то, что и самых юношей пугало: бешеные кони, звериная ловля, и мрак ночей, и непогодное озеро. Я наслаждался опасностями, и мое первое презренье было к тем, кто их боялся. Скоро порода и красота призвали меня в рынды к двору Феодора, и я равнодушно оставил за собой эту родину: тогда райская птичка — надежда летела передо мной и манила вперед своими блестящими крыльями. Сначала сияние двора ослепило меня, — но тем черней показалась чернота его после. Я увидел во всех обман и во всех подозренье, зеркальные лица и ничем не подвижные сердца, лесть, которой никто не верил и каждый требовал, умничанье безумия и чванство ничтожества! Я чувствовал, как уменьшалась душа моя в кругу людей, которых греет улыбка любимцев более, чем заемная шуба [Тогда при дворе для праздников и приемов выдавались боярам дворцовские богатые шубы и кафтаны. (Примеч. автора.)], которые не могут жить без низостей, ни к чему не нужных! С каждым днем опостывал мне двор... Я вырывался из душных палат кремлевских, чтоб подышать отзывным мне ветром и бурею, чтобы выместить на зверях, свою ненависть к людям. Однако ж, по какой-то пагубной привычке, я не мог жить вовсе без людей, с которыми не мог ужиться. Такова-то цепь общества: снять ее мы не в силах, а разорвать не решимся. Наступил на престол и Годунов, годы влеклись, и только изредка моя душа порывалась к чему-то сильному, к чему-то грозному, — и, наконец, труба мятежа пробудила ее. Как ворон, встрепенулся я, послышав кровь, и радостно полетел к Новугороду-Северскому [Под Новгородом-Северским встретил самозванец неожиданный и сильный отпор, покуда воевода Басманов, сей отважный изменник, не передался на его сторону (1604, в ноябре). (Примеч. автора.)]. С кем и за что сражаться — не было мне нужды; лишь бы губить и разрушать. Эта забава стала мне целью, эта цель — моею наградой. Душа освежалась в пылу битвы; я оживал тою жизнию, что отнимал у других, — но кто лучше Лисовского может оценить наслаждение отваги и упоенье победы.

Ты знаешь, это длилось недолго; наши московские сидни признали Димитрия, и я со вздохом опустил меч и, увлеченный всеми, въехал в свите нового царя в столицу. Нечего было делать — пришлось нянчить царских соколов, чтобы заполевать, при случае, воеводство. Я сошел в круг людей, презираемых мною, но необходимых мне, чтобы из него возвыситься. Лишняя горсть золотой пыли в глаза, лишняя дюжина блесток на платье, венгерское вино и арабские лошади — и легкомысленные твои соотечественники стали моими приятелями. Вместе рыскали мы по улицам Москвы, топтали народ и увозили красавиц. Это напоминало мне жизнь наездническую; в буйстве я дышал веселее; я уже был накануне исполнения моих желаний, — но кто бывал в будущем! На одной пирушке молодой Оссолинский обидел меня, и вельможная голова слетела в прах. Я бежал, бежал не смерти, а позора, и родина приняла меня под кров свой, — но как? Подобно дереву, которое манит в сень свою путника на отдохновенье и наводит на него громовую стрелу!

Въезжая сюда, я как будто вновь народился. Воспоминанием прежней невинности усыпилось мое мятежное сердце, как дитя колыбельною песнею. Здесь все было так тихо и приветливо!.. Родителей моих уже не было на свете, но я нашел в воеводе Волынском, опекуне моем, второго отца; у него-то познакомился я с прелестною его дочерью Еленой и... признаюсь тебе, Лисовский, полюбил ее душой; неведомое мне чувство какого-то небесного покоя пролилось в грудь ее взорами. Сердце мое стало как переполненная сладким напитком чаша, любовь к ней проливалась на все меня окружающее. Я узнал тогда радость доброты и потребность дружества; весь божий свет стал для меня красен впервые. Как сладко потекли мои дни, как тихи и чисты были сны мои! Теперь я только помню, что это было; но понять, но почувствовать это снова я уже не могу. Чего бы не сделал, чего бы не отдал я, чтоб воротить себе эту внимательную рассеянность при милой, эту нетерпеливую тоску без нее, эту безжелчную досаду за безделицы, этот восторг за ласки! Три года протекли как одно майское утро; она росла и развивалась в глазах моих, и я забыл для нее битву и славу и поляков и русских. Димитрия свергли вслед за моим бегством. Его замыслы, власть и жизнь рассеяны были вместе с его прахом пушечным выстрелом... И это было настоящее изображение его царствования: гром и дым — и прах на ветре!.. Прочие московские дела ты знаешь... Но я не хотел тогда знать — и желал бы позабыть; я сидел здесь, очарованный ею, и как прелестна тогда была она! Как искренна была со мною!.. С какою нежною заботливостию спешила рассеять грусть мою, с какою детскою резвостию веселилась, когда я был весел. Лисовский! трудно поверить и тяжело, стыдно вспомнить, как я, гордый и неуклонный, был тогда искателен перед нею; сколько похвал и угодничества расточал ей; как по целым часам, не сводя с нее взоров, впивал ими обаяние красоты; только о ней думал наяву, только об ней грезил во сне... Да... я не знаю средины и границ в страстях моих: ненавижу до неистовства, люблю до упоенья! Но не всем на счастье создана любовь. Смотри, как павшая роса оживляет былье, но она снедает ржавчиною булат моей сабли, — и, как эта персидская сабля, долженствовала моя любовь рассечь все препоны или разбиться вдребезги. Моя душа, полная страсти, подобилась громовой туче, блистающей лучами солнца; но одно противное облако, одна искра — и кто осмелится играть с перуном!.. Это мгновенье настало. Меньшой брат мой, Михаил, приехал, за полгода, сюда, и скоро я не мог не возненавидеть того, которого должен был любить. Я молчал... он таился, по уже взаимная их любовь перестала быть тайною, и я узнал муки ревности, я спознался с адом злобы. Свежие щеки, томные глаза, красные речи Михаила полонили ее сердце, — да и какое женское сердце не выбирает друга по себе?.. Оно бессильно отвечать, их ум не может понять сильной любви нашей. Они охотно внимают странным речам страсти, как иноземной песне, ласкающей слух и не понятной душе! Только лепетаньем, только детскими игрушками привлечено их внимание.

Но не одну любовь Елены похитил у меня Михаил, любовь, с которой слит был покой души, стало быть счастие жизни! Нет! Он вонзил мне в грудь двойное острие. Волынский удалялся; мне по старшинству и по опыту следовало принять воеводство. Лучшие граждане обещали избрать меня, если б даже и Волынский воспротивился. Все было готово... Я решился пересилить силу, думал несомненно получить если не взаимность, то руку Елены; сватаюсь... и что ж? Я вдруг узнаю, что происками брата ему достается моя суженая, и ей в приданое — воеводство... И в целом городе ни один голос за меня не послышался. Как лютый зверь, тогда вспрыгалось мое сердце; не знаю, как не сошел я с ума от бешенства. Остальное тебе известно. Люди, ад, все изменило мне — и я твой товарищ. И ты видел, каково мстил я коварным! Одной мести жажду я... У меня нет другого чувства; я уже сорвал с сердца терновый венок любови. Но клянусь всем, что было для меня свято, что теперь для меня дорого: Елена, живая или мертвая, будет в моих объятиях. Хочу насмеяться ее мучениями, когда она презрела мои, хочу, чтобы она век не смыла своими слезами кровь своего возлюбленного. Называй это ребячеством, прихотью, раздражением мелкого самолюбия и честолюбия; смейся над этим как хочешь — но она будет моя. В том моя цель, в том мое желание... да и не лучше ли слушаться своей воли, чем век повиноваться чужой! А брата... злодея брата... Слышал ли ты ответ мой на его письмо, недавно ко мне на стреле перекинутое! "Источу из тебя кровь, — отвечал я ему, — чтобы разорвать последние узы, которые нас соединяют, а меня гнетут; пеплом пожара посыплю главу Переславля, который меня отвергнул, — и если суждено мне погибнуть, то и врагов повлеку с собой в бездну!.."

Скоро сон сомкнул очи Лисовского и уста Владимира. Но страшными сновидениями перерывалась его тяжелая дремота. Тише и тише кипела кровь, воспаленная гневом... Волнение уходилось, и предрассветный ветерок обвеял свежестью его чувства. И вот чудится Владимиру шелест шагов; кто-то, наклонившись над ним, шепчет в ухо: "Владимир!.." — и он, трепеща, полусонный, хватается за пистолет и, поднявшись на руку, стремит изумленные взоры на пришельца; перед ним молодой казак стоит в сиянии месяца... нерешительно снимает он шапку свою, и длинные волосы распадаются по плечам, замирающий знакомый голос повторяет: "Владимир!" Это — Елена!

— Не дивись, Владимир, — говорила она, — что, откинув девичью робость и стыдливость, я пришла к тебе сквозь все опасности. Долго любя тебя как брата и теперь любя брата твоего более себя, я была поражена твоей нежданною переменой; меня измучила мысль, что я тому виною; я решилась за то дерзнуть на все, пожертвовать собою для спасения родины, для спасения твоей славы, твоей души. Так, Владимир!.. Я буду твоею, я постараюсь сделать тебя счастливым, я научусь любить тебя, — но будь же достоин моей любви и уважения всех — покинь это гнездо отступников; твой пример повлечет за собою тысячи русских изменников, твоя храбрость спасет Переславль, твое раскаяние загладит мгновенную измену. Сам бог прощает кающемуся грешнику, и благословение на земле и спасение в небе — ждут тебя. Брат отдает тебе все, что ты хочешь; я — все, что могу... Как награды, как милости прошу: возвратись! Сжалься над моими слезами... умились моими молениями!

— Нет! ангельская душа! — вскричал тронутый Владимир, — я не продаю ни добрых, ни злых дел моих; ты останешься невестою Михаила — и я снова слуга родине! Елена, ты победила меня, — идем!..

И вдруг сердце пронзающий звук трубы загремел в стане — и Владимир проснулся!.. Лисовский уже в броне стоял перед ним и будил его.

— Пора, Ситцкий, пора! — говорил он. — Заря занимается, и все готово: ты поведешь казаков на приступ от озера, я с лодками нагряну от Трубежа... Огонь в стены — и город наш!

— Неужели это был сон?! — вскричал, озираясь, обманутый мечтою Владимир. — Сон, злобный сон! Так-то все доброе, все прекрасное в свете — один рассказ, одно пустое сновидение; только во сне готовы люди на великое и благородное. Пусть же судьба влечет меня к злодейству — я опережу ее, и чем невозвратнее мне дорога, тем беспощаднее буду! На коней, вперед! Горе осажденным!

Свет чуть брезжил. Толпы двинулись молча и не стреляя; но роковое пали! с вала было смертным приговором для многих. Как чугунные змеи, таясь в траве, пушки вдруг разинули пасть свою, небо вспыхнуло, и град смерти, свистя, запрыгал между рядами. "Скорей, скорей, — раздалось отовсюду, — сходи ко рву, бросай вязни, рви и руби частоколы!" Поляки устремились вперед по набросанной в ров гребле; но стенные дробовики не умолкали, ядра пронизывали ряды наступающих, и вода поглощала скользящих и раненых. Толпа остановилась.

— Вперед, за мной! — воскликнул Владимир и, надвинув на брови шлем, кинулся к другому берегу. С гиком и воплем посыпали за ним казаки, и он уже впереди всех, с саблею в зубах, с пистолетом в руке, уже на лестнице... Отряхая с себя камни и стрелы, уже схватясь за зубец, ступил он на стену,

— Стой! — загремело ему в слух. Пушечный выстрел осветил ратника, с которым столкнулся он грудь к груди, — и что ж? Над ним сверкала сабля Михайлова. Ужасное мгновение! Бледным от ярости, мелькнули им взоры друг друга, и смеркло все... Невольный трепет проник обоих. "Он изменник" — была первая мысль; но "он твой брат" — было первое чувство Михаила, и сабля замерла в руке. "Это враг мой", — мелькнуло в голове Владимира, — и пистолетный выстрел предупредил ниспадающую саблю. Проколотый сам двумя копьями, упал он на труп умерщвленного им брата.

"Измена! Победа!" — раздалось от Трубежа, и затем клики грабежа и насилия огласили воздух.

Ночью двое поляков бродили по стене, ища на трупах добычи; они остановились над одним, чтобы снять с него дорогую испанскую кольчугу. Между тем целый день мук истощил силы Ситцкого; время катилось через него колесом пытки. Огнем палило солнце его раны и жаждою уста; слепни пили кровь его, а он не мог ни звуком, пи движением облегчить своих страданий. Исхлынувшая сквозь раны кровь уступила место совести в сердце. "Злодей, — говорила она, — ты пожертвовал всем своей прихоти, — и что ты теперь? Терзайся! Это еще легкий задаток вечных мук на том свете... Слышишь ли эти вопли? Это тебя отпевают проклятиями, и многие столетия распадутся в прах, покуда не сгибнет память предателя, заклейменная позором". Между тем пламя болезни спорило с смертным холодом о добыче, — и ужасная минута, которой жаждал и страшился желать Владимир, приблизилась. Чувства смешались и прекратились... Тяжелый вздох как будто хотел разорвать сердце...

— Это он, — сказал поляк своему товарищу, вглядываясь при свете луны в лицо умирающего, — это Ситцкий. Не зарыть ли нам его честно, Казимир? Он был отважный молодец; наш Лисовский уважал его.

— Уважал! Можно ли уважать изменника! Если почитать

людей за одну отвагу, так поэтому все равно умирать на виселице с разбойником! Нет, брось его на расщипку воронам. Земля не примет того, кто ее предал!

— Стащим с него долой контуш, — он позорит польское платье!

— Нет, Ян, я ни за что не дотронусь до платья, обрызганного братнею кровью.

— О, не припоминай! Этот злодей в моих глазах застрелил брата... А тело его невесты нашли теперь в реке. От страха ли, от горя ль утопилась она или ее утопили — это неизвестно; но она хоть счастлива тем, что не видит бед своей отчизны... Да вот, гляди, лежит и брат его. Помоги мне, Казимир, вытащить из-под этого Каина его тело. Завидна смерть за родину, и честно будет погребенье храброму от храбрых!

Как голос трубы Страшного суда, пробудил сей разговор полумертвого Владимира. С содроганием открыл он глаза, затекшие кровью, — и первое, что представилось его взору, было бледное, укоряющее лицо убитого им брата, на груди которого лежал он... С этим взором выкатился свет из очей изменника.

ИСПЫТАНИЕ

ПОСВЯЩАЕТСЯ АРДАЛИОНУ МИХАЙЛОВИЧУ АНДРЕЕВУ

I

...В благовонном дыме трубок. Как звезда, несется кубок, Влажной искрою горя Жемчуга и янтаря; В нем, играя и светлея, Дышит пламень Прометея, Как бессмертная заря!

Невдалеке от Киева, в день зимнего Николы, многие офицеры *ского гусарского полка праздновали на именинах у одного из любимых эскадронных командиров своих, князя Николая Петровича Гремина. Шумный обед уже кончился, но шампанское не уставало литься и питься. Однако же, как ни веселы были гости, как ни искрения их беседа, разговор начинал томиться, и смех, эта Клеопатрина жемчужина, растаял в бокалах. Запас уездных новостей истощился; лестные мечты о будущих вакансиях к производству, любопытные споры о построениях, похвальба конями и даже всевозможные тосты, в изобретении коих воображение гусара, конечно, может спорить с любым калейдоскопом, — все наскучило своей чередою. Остряки досадовали, что их не слушают, а весельчаки, что их не смешат. Язык, на который, право не знаю почему, скорее всего действует закон тяготения, заметно упорствовал подниматься к нёбу; восклицания и вздохи и табачные пуфы становились реже и реже, по мере того как величественные зевки, подобно электрической искре, перелетали с уст на уста...

Я мог бы при сей верной оказии, подражая милым писателям русских новостей, описать все подробности офицерской квартиры до синего пороха, как будто к сдаче аренды; но зная, что такие микроскопические красоты не по всем глазам, я разрешаю моих читателей от волнования табачного дыма, от брыканья стаканов и шпор, от гомеровского описания дверей, исстрелянных пистолетными пулями, и стен, исчерченных заветными стихами и вензелями, от висящих на стене мундштуков и ташки, от нагорелых свеч и длинной тени усов. Когда же я говорю про усы, то разумею под этим обыкновенные человеческие, а не китовые усы, о которых, если вам угодно знать пообстоятельнее, вы можете прочесть славного китолова Скорезби. Впрочем, да не помыслят поклонники усов, будто я бросаю их из неуважения; сохрани меня Аввакум! Я сам считаю усы благороднейшим украшением всех теплокровных и хладнокровных животных, начиная от трехбунчужного паши до осетра.

Но вспомните, что мы оставили гостей не простясь, а это не слишком учтиво. Без нас уже половина из них, не подстрекаемая великим двигателем сердец — банком, склонила головы свои на край стола, между тем как остальные, более крепкие или более воздержные, спорили еще сидя: что красивее, троерядный или пятирядный ментик? Вдруг звон колокольчика и топот злой тройки заглушил их прения. Сани шаркнули под окном, и майор Стрелинский уже стоял перед ними.

— Здравствуй, здравствуй! — летело к нему со всех сторон.

— Прощайте, друзья мои! — отвечал он. — Отпуск у меня в кармане, кони у крыльца, и ретивое на берегах невских; я заехал сюда на минуту; поздравить милого именинника и выпить прощальную чашу. Сто лет счастия! — воскликнул он, обращаясь к князю, с бокалом шампанского, и дружески сжимая его руку. — Сто лет!

— Милости просим на погребенье, — отвечал, усмехаясь, Гремин, — и я уверен, что ты заключишь старинную дружбу нашу похвальным словом над моею могилою!

— Похвальным словом? Нет! это слишком обыкновенно. Да и зачем хвалить того, кого не за что бранить? Впрочем, как ни упорен язык мой на панегирики, твое желание одушевляет меня казарменным красноречием. Не хочу, однако ж, проникать в будущее — нет, я произнесу только надгробное слово этим живым и чуть живым покойникам, за столом и под столом уснувшим. Начинаю с тебя, милый корнет Посвистов! Ибо в царстве мертвых и последние могут быть первыми. Да покоится твое романтическое воображение, которое, будучи орошено ромом, пылало как плум-пудинг! Тебе недоставало только рифм, чтобы сделаться поэтом, которого бы никто не понял, и грамматики, чтоб быть прозаиком, которого бы никто не читал. Сам Зевес ниспослал на тебя сон в отраду ушей всех ближних!.. Мир и тебе, храбрый ротмистр Ольстредин: ты никогда не опаздывал на звон сабель и стаканов. Ты, который так затягиваешься, что не можешь сесть, и, натянувшись, не в силах встать! Да покоится же твое туловище, покуда звук трубы не призовет тебя к страшному расчету: "справа по три и по три направо кругом!" Мир и твоим усам, наш доморощенный Жомини, у которого армии летали, как журавли, и крепости лопали, как бутылки с кислыми щами! Системы не спасли твою операционную линию... ты пал, ты страшно пал, как Люцифер или Наполеоп, с верного конца в преисподнюю подстолья!..

Долгий покой и тебе, кларнетист бемольной памяти Бренчинский, который даже собаку свою выучил лаять по нотам. Бывало, ты одним духом отдувал любой акт из "Фрейшица"; а теперь одна аппликатура V.C.P. со звездочкой низвергла тебя, как прорванную волынку. И тебе, лорд Байрон мазурки Стрепетов, круживший головы дам неутомимостию ног своих в вальсе, так что ни одна не покидала тебя без сердечного биения — от усталости; ты вечно был в разладе с музыкою, — зато вечно доволен сам собою. Мир сердцу твоему, честолюбец Пятачков! хотя ты и во сне хочешь перехрапеть своих товарищей, и тебе, друг Сусликов! Что глядишь на меня, будто собираешься рассуждать? И, наконец, все вы, о которых так же трудно что-нибудь сказать, как вам что-нибудь выдумать, покойтеся на лаврах своих до радостного утра, — да будет крепок ваш сон и легко пробуждение!

— Аминь! — сказал Гремин, смеючись. — Тебе, однако ж, пришлось бы, в награду за речь эту, променять не одну пару пуль или иззубрить не одну саблю, если б господа могли все слышать.

— Тогда я не счел бы их мертвецами и не сказывал бы надгробной проповеди. Впрочем, с теми, кто не принимает шутку за шутку, я готов расплатиться и свинцового монетою.

— Полно, полно, любезный мой Дон-Кишот; мы между Друзьями. Не спеши прощаться: мне нужно дать тебе поручения в Петербург, немного поважнее покупки ветишкетов и помады. Через четверть часа колокольчик будет уже звенеть в ушах твоих вместо голоса друга. Они вышли в другую комнату.

— Послушай, Валериан! — сказал ему Гремин. — Ты, я думаю, помнишь ту черноглазую даму, с золотыми колосьями на голове, которая свела с ума всю молодежь на бале у французского посланника, три года тому назад, когда мы оба служили еще в гвардии?

— Я скорее забуду, с которой стороны садиться на лошадь, — вспыхнув, отвечал Стрелинский, — она целые две ночи снилась мне, и я в честь ее проиграл кучу денег на трефовой даме, которая сроду мне не рутировала. Однако ж страсть моя, как прилично благородному гусару, выкипела в неделю, и с тех пор... но далее: ты был влюблен в нее?

— Был и есмь. Подвиги мои наяву простирались далее твоих сновидений. Мне отвечали взаимностью, меня ввели в дом ее мужа...

— Так она замужем?

— По несчастию, да. Расчетливость родных приковала ее к живому трупу, к ветхому надгробию человеческого и графского

134

достоинства. Надо было покориться судьбе и питаться искрами взглядов и дымом надежды. По между тем как мы вздыхали, семидесятилетний супруг кашлял да кашлял, — и, наконец, врачи присоветовали ему ехать за границу, надеясь, вероятно, минеральными водами выцедить из его кошелька побольше золота.

— Да здравствуют воды! Я готов почти помириться за это с водой, хотя календарский знак Водолея на столе вечно кидает меня в лихорадку. Поздравляю, поздравляю, mon cher Nicolas; [Дорогой Николай (фр.)] разумеется, дела твои пошли как нельзя лучше!..

— Вложи в ножны свои поздравления. Старик взял ее с собою.

— С собой? Ах он чудо-юдо! Таскать по кислым ключам молодую жену, чтобы золотить ему пилюли, вместо того чтобы, оставя ее в столице, украсить свое родословное дерево золотыми яблоками. Это умертвительное неуменье жить в свете!

— Скажи лучше, упрямство умереть кстати. Он воображал, постепенно разрушаясь, что обновит себя переменою мест. При разлуке мы были неутешны и поменялись, как водится, кольцами и обетами неизменной верности. С первой станции она писала ко мне дважды; с третьего ночлега еще одно письмо; с границы поручила одному встречному знакомцу мне кланяться, и с тех пор ни от ней, ни об ней никакого известия; словно в воду канула!

— Ужели ж ты не писал к ней? Любовь без глупостей на письме и на деле

— все равно что развод без музыки. Бумага все терпит.

— Да я-то не терплю бумаги. Притом, куда бы мне адресовать свои брандскугельные послания? Ветер — плохой проводник для нежности, а животный магнетизм не открыл мне места ее процветания. Потом иные заботы по службе и своим делам не давали мне досугу заняться сердцем. Признаюсь тебе, я уж стал было позабывать мою прекрасную Алину. Время залечивает даже ядовитые раны ненависти; мудрено ли ж ему выдымить фосфорное пламя любви? Но вчерашняя почта освежила вдруг мою страсть и надежды. Репетилов, в числе столичных новостей, пишет мне, что Алина возвратилась из-за границы в Петербург — мила, как сердце, и умна, как свет; что она сверкает звездой на модном горизонте, что уже дамы, несмотря на соперничество, переняли у ней какой-то чудесный манер ридикюля, а мужчины выучились пришепетывать страх как приятно; одним словом, что, начиная от нижнего этажа модных магазинов до ветреного чердака стихокропателей, они привела у них в движение все иглы, языки и перья.

— Тем хуже для тебя, любезный Николай! Память прежней привязанности никогда не бывала в числе карманных добродетелей у баловниц большого света.

— В этом-то все и дело, любезнейший! Отлучка полкового командира привязала меня к службе; а между тем как я здесь сижу сиднем, она, может, изменяет мне. Сомнение для меня тяжеле самой неблагоприятной известности, хуже висельной отсрочки. Послушай, Валериан! я тебя знаю давно и люблю так же давно, как знаю. Коротко и просто: испытай верность Алины. Ты молод и богат, ты мил и ловок, — одним словом, никто лучше тебя не умеет проиграть деньги по расчету и выиграть сердце безумною пылкостию. Дай слово — и с богом.

— Возьми назад свое и убирайся к черту! Подумал ли ты, что этим неуместным любопытством ты ставишь силок другу и подруге, с опасностию потерять обоих? Ты знаешь, для меня довольно аршина лент и пары золотых серег, чтоб влюбиться по уши, и поручаешь исследовать прекрасную женщину, как будто б она была соляной обломок Лотовой жены, а я профессор Стокгольмского университета!

— По этому-то самому, милый Валериан, я больше полагаюсь на твою возгораемость и сгораемость, чем на хладнокровие другого. Три дня ты будешь от ней без ума, а через три дня или она станет от тебя без памяти, или своей верностию приведет тебя самого в память. В первом случае я раскланяюсь с своими надеждами — не без сожаления, но без гнева. Ведь не один я бывал в сладком заблуждении, не один останусь и в любезных дураках. Но в другом — тем сладостнее, тем вернее будет обладание любимым сердцем. Мила неопытная любовь, Валериан, но любовь испытанная — бесценна!

— Видно, нет на свете такой глупости, которую умные люди не освятили своим примером. Любовь есть дар, а не долг, и тот, кто испытывает ее, ее не стоит. Ради бога, Николай, не делай дружбы моей оселком!

— Я именем дружбы нашей прошу тебя исполнить эту просьбу. Если Алина предпочтет тебя, очень рад за тебя, а за себя вдвое; но если ж она непоколебимо ко мне привязана, я уверен, что ты, и полюбив ее, не разлюбишь друга.

— Можешь ли ты в этом сомневаться? Но подумай...

— Все обдумано и передумано; я неотменно хочу этого, а ты, несомненно, это можешь. В подобных делах друг твой —

настоящий новгородец: прям и упрям. Да или нет, Стрелинский?

— Да! Слово это очень коротко, но мне так же трудно было выпустить его из сердца, как последний рубль из кармана в полудороге. Впрочем, я утешаю себя тем, что ты и я, как очень легко статься может, опоздали и найдем одуванчик вместо цветка. Тут еще есть бездельное обстоятельство; уверен ли ты, что супруг ее убрался в Елисейские?

— Ничего не знаю. Репетилов ни полслова об этом. Однако ж, хотя бы жизнь его была застрахована самим Арендтом, природа должна взять свое, и последний песок его часов не замедлит высыпаться!

— Браво, браво, мой Альнаскар! Это несравненно, это неподражаемо! Мы запродали шубу, не спросясь медведя. Опыт наш начинает привлекать меня, — за него надо взяться из одной чудесности. Я твой.

— Постой, постой, ветреник! Ты еще не спросил у меня фамилии нашей героини. Графиня Алина Александровна Звездич. Помни же!

— А если забуду, то, наверно, по рассказам твоим, могу о ней осведомиться в первом журнале или в первой модной лавке. Что еще?

— Ничего, кроме моего почтения твоей тетушке и сестрице. Она, говорят, вышла из монастыря?

— И мила как ангел, пишут мне родственники. Друзья расстались.

Между тем гостей развели и развезли. Все утихло, и тем грустнее стало Гремину одиночество после шумного праздника. Платон уверял, что человек есть двуногое животное без перьев; другие физиологи отличали его тем, что он может пить и любить когда вздумается; но ощипанный петух мог ли бы стать человеком или человек в перьях перестал ли бы быть им? Конечно, нет. Получил ли бы медведь патент на человеческое достоинство за то, что любит напиваться во всякое время? Конечно, нет. В наш дымный век я определил бы человека гораздо отличительнее, сказав, что он есть "животное курящее, animal fumens". И в самом деле, кто ныне не курит? Где не процветает табачная торговля, начиная от мыса Доброй Надежды до залива Отчаяния, от Китайской стены до Нового моста в Париже и от моего до Чукотского носа? Пустясь в определения, я не остановлюсь на одном: у меня страсть к философии, как у Санхо Пансы к пословицам. "Мыслю — следственно, существую", — сказал Декарт. "Курю — следственно, думаю", — говорю я. Гремин курил и думал.

Мысли его невольно кружились над камнем преткновения для рода человеческого — над супружеством. Есть возраст, в который какая-то усталость овладевает душою. Волокитства наскучивают, кочевая, бездомовная жизнь становится тяжка, пустые знакомства — несносны; взор ищет отдохновения, а сердце — подруги, и как сладостно оно бьется, когда мечтает, что ее нашло!.. Воображение рисует новые картины семейственного счастия; тени скрадены, шероховатости скрыты — c'est un bonheur a perte de vue! [Это счастье необозримое! (фр.)] Мечты — это животное-растение, взбегающее в сердце и цветущее в голове, — летали вместе с дымом около Гремина и, как он, вились, разнообразились и исчезали! За ними и холодное сомнение, за ними и желчная ревность проникли в душу. "Доверить испытание двадцатилетней светской женщины пылкому другу, — думал он, нахмурясь, — есть великая неосторожность, самая странная самонадеянность, высочайшее безумие!"

— Какой я глупец! — вскричал он, вскочив с кушетки, так громко, что легавая собака его залаяла, спросонков. — Эй, пошлите ко мне писаря Васильева!

Писарь Васильев явился.

— Приготовь просьбу в отпуск.

— Слушаю, ваше высокоблагородие, — отвечал писарь и уже отставил было ногу, чтоб поворотиться налево кругом, когда весьма естественный вопрос для кого? перевернул его обратно.

— На чье имя прикажете писать, ваше высокоблагородие?

— Разумеется, на мое! Что ж ты вытаращил глаза, как мерзлая щука! Напиши в просьбе самые уважительные пункты: раздел наследства или смерть какого-нибудь родственника, хоть свадьбу, хоть еще что-нибудь глупее этого... Мне непременно надо быть в Петербурге. Командование полком можно сдать старшему по мне. Скажи ординарцу, чтоб был готов везти пакеты в штаб-квартиру, а сам чуть свет принеси их ко мне для подписки. Ступай.

Кто разгадает сердце человеческое? Кто изучит его воздушные перемены? Гремин, тот самый Гремин, который за час перед этим был бы огорчен как нельзя более отказом Стрелинского на чудный вызов свой, теперь едва не в отчаянии от того, что друг согласился на его просьбу. Придавая возможность и существенность воздушным своим замкам, он как будто забыл, что есть на свете другие люди, кроме их троих, и что судьба очень мало заботится, согласны ли ее приговоры с нашими замыслами,

138

"Стрелинский проведет недели две в Москве, — думал он, — и я скорее его прикачу в Петербург. Статься может, я уж встречу его счастливцем, и свадебный билет разрешит друга от излишней обязанности... Как мила, как богата графиня!!" В этих утешительных мыслях заснул наш подполковник, и зимнее солнце осветило ординарца его уже на полдороге к бригадному командиру с просьбою об увольнении в отпуск.

II

If I have any fault, it is digression.

Byron

[Если я в чем-нибудь виноват, то только в отступлениях.
Байрон (англ.)]

Святки больше всех других праздников сохранили на себе печать старины, даже и в Финской Пальмире нашей, в Петербурге. Один из друзей наших въезжал в него сквозь Московскую заставу в самый рождественский сочельник, и когда ему представилась пестрая, живая панорама столичной деятельности, в его памяти обновились все радостные и забавные воспоминания детства. Между тем как дымящаяся тройка шагом пробиралась между тысячами возов и пешеходов, а ухарский извозчик, заломив шапку набекрень, стоя возглашал: "Пади, пади!" на обе стороны, он с улыбкою перебирал все степени различных возрастов, сословий и образованности, по мере того как они развивались перед его глазами. Вещественные образы пробуждали в душе его давно забытые обычаи, давно простывшие знакомства и множество приключений буйной своей молодости в разных кругах общества.

В самом деле, какое разнообразие забот в различных этажах домов, в отдельных частях города, во всех классах народа! Сенная площадь, думал Стрелинский, проезжая через нее, в этот день наиболее достойна внимания наблюдательной кисти Гогарта, заключая в себе все съестные припасы, долженствующие исчезнуть завтра, и на камчатных скатертях вельможи и на обнаженном столе простолюдика и покупщиков их. Воздух, земля и вода сносят сюда несчетные жертвы праздничной плотоядности человека. Огромные замороженные стерляди, белуги и осетры, растянувшись на розвальнях, кажется, зевают от скуки в чуждой им стихии и в непривычном обществе. Ощипанные гуси, забыв капитольскую гордость, словно выглядывают из возов, ожидая покупщика, чтобы у него погреться на вертеле. Рябчики и тетерева с зеленеющими елками в носиках тысячами слетелись из олонецких и новогородских лесов, чтобы отведать столичного гостеприимства, и уже указательный перст гастронома назначает им почетное место на столе своем. Целые племена свиней всех поколений, на всех четырех ногах и с загнутыми хвостиками, впервые послушные дисциплине, стройными рядами ждут ключниц и дворецких, чтобы у них, на запятках, совершить смиренный визит на поварню, и, кажется, с гордостию любуясь своею белизною, говорят нам: "Я разительный пример усовершаемости природы; быв до смерти упреком неопрятности, становлюсь теперь эмблемою вкуса и чистоты, заслуживаю лавры на свои окороки, сохраняю платье вашим модникам и зубы вашим красавицам!"

Угол, где продают живность, сильнее манит взоры объедал, но это на счет ушей всех прохожих. Здесь простосердечный баран — эта четвероногая идиллия — выражает жалобным блеяньем тоску по родине. Там визжит угнетенная невинность, или поросенок в мешке. Далее эгоисты телята, помня только пословицу, что своя кожа к телу ближе, не внемлют голосу общей пользы и мычат, оплакивая скорую разлуку с пестрою своею одеждою, которая : достанется или на солдатские ранцы, или, что еще горче, на переплеты глупых книг. Вблизи беспечные курицы разных наций, и хохлатые цесарки, и пегие турчаночки, и раскормленные землячки наши, точь-в-точь словоохотные кумушки, кудахтают, не предвидя беды над головою, критикуют свет, который видят они сквозь щелочки своей корзины, и, кажется, подтрунивают над соседом, индейским петухом, который, поджимая лапки от холоду, громко ропщет на хозяина, что он вывез его в публику без теплых сапогов.

Словом, какое обширное поле для благонамеренного писателя басен! сколько предметов для самой басни, где поросенок нередко учит нравственности, курица — домоводству, лисица — политике или какой-нибудь крот читает диссертацию о добре и зле не хуже доктора философии! Да и одному ли писателю апологов легко подбирать здесь перья? Проницательный взор какого-нибудь пустынника Галерной гавани, или Коломны, или Прядильной улицы мог бы собрать здесь сотни портретов для замысловатых статеек под заглавием

"Нравы" как нельзя лучше. Он бы сейчас угадал в толпе покупщиков и приказного с собольим воротником, покупающего на взяточный рубль гусиные потроха, и безместного бедняка, в шинели, подбитой воздухом и надеждой, когда он, со вздохом лаская правой рукою утку, сжимает в кармане левою последнюю пятирублевую ассигнацию, словно боясь, чтоб она не выпорхнула как воробей; и дворецкого знатного барина, торгующего небрежно целый воз дичины; и содержателя стола какого-то казенного заведения, который ведет безграмотных продавцов в лавочку, расписываться в его книгу в двойной цене за припасы; и артиста французской кухни, раздувающего перья каплуна с важным видом знатока; и русского набожного повара, который с умиленным сердцем, но с красным носом поглядывает на небо, ожидая звезды для обеда; и расчетливую немку в китайчатом капоте, которая ластится к четверти телятины; и повариху-чухонку, покупающую картофель у земляков своих; и, наконец, подле толстого купца, уговаривающего простяка крестьянина "знать совесть", сухощавую жительницу иного мира — Петербургской стороны, которая заложила свои янтари, чтоб купить цикорию, сахарцу и кофейку и волошских орехов, выглядывающих из узелка в небольших свертках.

Площадь кипит. Слитный говор слышится издалека, сквозь который только порой можно отличить слова: "Барин! барин! ко мне! У меня лучше, у меня дешевле, для починку, для вас!" и тому подобное. В улицах толкотня, на тротуарах возня по разбитому в песок снегу; сани снуют взад и вперед, — это праздник смурых извозчиков, так характеристически названных "Ваньками", на которых везут, тащат и волокут тогда все съестное. Все трубы дымятся и окрашивают мраком туманы, висящие над Петрополем. Отовсюду на вас пылят и брызжут. Парикмахерские ученики бегают как угорелые со щипцами и ножницами. На голоса разносчиков являются и исчезают в форточках головы немочек в папильотках. Ремесленники спешат дошивать заказное, между тем как их мастера сводят счеты, из коих едва ли двадцатый будет уплачен. Купцы в лавочках и в гостином дворе брякают счетами, выкладывая годовые барыши. Невский проспект словно горит. Кареты и сани мчатся наперегонку, встречаются, путаются, ломают, давят. Гвардейские офицеры скачут покупать новомодные эполеты, шляпы, аксельбанты, примеривать мундиры и заказывать к Новому году визитные карточки — эти печатные свидетельства, что посетитель радехонек, не застав вас дома. Фрачные, которых военная каста называет обыкновенно "рябчиками", покупают галстухи, модные кольца, часовые цепочки и духи, любуются своими ножками в чулках a jour [Ажурные (фр.)] и повторяют прыжки французских кадрилей. У дам свои заботы, и заботы важнейшие, которым, кажется, посвящено бытие их. Портные, швеи, золотошвейки, модные лавки, английские магазины — все заняты, ко всем надобно заехать. Там шьется платье для бала; там вышивается золотом другое для представления ко двору; там заказана прелестная гирлянда с цветами из "Потерянного рая"; там, говорят, привезли новые перчатки с застежками; там надо купить модные серьги или браслеты, переделать фермуар или диадему, выбрать к лицу парижских лент и перепробовать все восточные духи.

У немцев, составляющих едва ли не треть петербургского населения, канун рождества есть детский праздник. На столе, в углу залы, возвышается деревцо, покрытое покрывалом Изиды. Дети с любопытством заглядывают туда, и уже сердце их приучается биться надеждой и опасением. Наконец наступает вожделенный час вечера. Все семейство собирается вместе. Глава оного торжественно срывает покрывало, и глазам восхищенных детей предстает Weihnachtsbaum [Рождественская елка (нем.)] в полном величии, увенчано лентами, увешано игрушками, красивыми безделками и нравоучительными билетиками для резвых и ленивых, — каждая вещь о надписью кому, и каждому по заслугам. Этот Pour le merite [За заслуги (фр.) (прусский орден)] радует больше и невиннее, чем все награды честолюбия в позднейших возрастах. Вечно люди осуждены гоняться за игрушками; одно детство счастливо ими без раскаяния.

Наконец день рождества Христова светает в тумане, и вы волею и неволею пробуждены крикливым пением школьников, которые, как волхвы, путешествуют с огромною звездою из картона, с разноцветною фольгою, прорезью, подвесками и свечами. Колокола звонят, и после обедни священники со всем причетом объезжают приход для христославства. Обед сего дня есть семейное собрание, и горе тому племяннику, который осмелится не приехать поцеловать ручку у тетушки и отведать гуся на ее столе. Со второго дня начинаются настоящие святки, то есть колядованья, гаданья, литье воску и олова в воду — где красавицы мнят видеть или венец, или гроб, то сани, то цветы с серебряными листьями, — наконец подблюдные песни, беганье за ворота и все старинные обряды язычества. Но увы! —

подблюдные песни остались у одних только купцов, расспросы прохожих об имени и слушанье под окнами — у одних мещан. Средний круг дворянства в столице оставил у себя только факты — заведение не вовсе русское, но весьма приятное; но хорошее, лучшее общество ограничилось одними балами, как будто человек создан только для башмаков. Оно отказалось даже от jeux d'esprit [Остроумие (фр.)], — быть веселым и умным кажется нам слишком обыкновенно, слишком простонародно!

"Помилуйте, господин сочинитель! — слышу я восклицания многих моих читателей. — Вы написали целую главу о Сытном рынке, которая скорее возбудить может аппетит к еде, чем любопытство к чтению".

"В обоих случаях вы не в проигрыше, милостивые государи!"

"Но скажите по крайней мере, кто из двух наших гусарских друзей, Гремин или Стрелинский, приехал в столицу?"

"Это вы не иначе узнаете, как прочитав две или три главы, милостивые государи".

"Признаюсь, странный способ заставить читать себя".

"У каждого барона своя фантазия, у каждого писателя свой рассказ. Впрочем, если вас так мучит любопытство, пошлите кого-нибудь в комендантскую канцелярию заглянуть в список приезжающих".

III

Вы клятву дали? Эта клятва —
Лишь перелетным ветрам жатва.

В числе самых блистательных балов того года был данный князем О*** три дня после рождества. Кареты, сверкая гранеными фонарями как метеоры, влекомые четверками, неслись к рассвещенному подъезду, на котором несчастный швейцар, в павлином своем уборе, попрыгивал с ноги на ногу от русского мороза. Дамы, выпархивали из карет и, сбросив перед зеркалом аванзалы черные обертки свои, являлись подобны майским бабочкам, блистаючи цветами радуги и блестками злата. Скользя, будто воздушные явления, по зеркальному паркету, вслед за разряженными своими матушками и тетушками, как мило отвечали девицы легким склонением головы на вежливые поклоны знакомых кавалеров и улыбкою — на значительные взоры своих приятельниц, между тем как на них наведены все лорнеты, все уста заняты их анализом, но, может быть, пи одно сердце не бьется истинною к ним привязанностию.

Все действия и явления, на которые обыкновенно делится классический бал высшего общества, приходили и проходили своей чередою. Строгие взоры матушек, выученная любезность дочерей, самоуверенное пустословие щеголей во фраках и в мундирах; теснота в зале танцев — и не от танцующих, но от зрителей, — безмолвие в комнате Шахматов, ропот за столами виста и экарте, за коими прошедшее столетие в лицах проигрывало важность свою, а нынешнее — свою веселость; ловля выгодных женихов и невест везде — вот что занимало три четверти общества, между тем как остальные были жертвою тайной зевоты, "не утолимой никаким сном", как говорит Байрон. Забавнее всего было созерцать и следить охотников за браками (mariage-hunters) обоих полов. Рассеянно, небрежно, будто из милости подавая руку молодому офицеру, княжна NN прогуливалась в польском, едва слушая краем уха комплименты новичка; зато как быстро расцветало улыбкою лицо ее, когда подходил к ней адъютант с магическою буквою на эполетах, как приветливо протягивала она : ему руку свою, будто говоря: "Она ваша", поправляя другой длинные свои локоны и длинные свои перчатки, и доселе безмолвные уста ее изливали поток любезностей, подобно Самсонову фонтану в Петергофе, который брызжет только для важных посетителей. Вот и заботливая физиономия Полины У***; она, кажется, только что покинула грифель, но не бросила своей выкладки вероятностей о производстве в чин того и того-то, ни оценки знатности родства и силы протекции того и того-то, ибо протекция в нашем веке стоит наследства. Взор ее не замечает ничего, кроме густых эполетов, кроме звезд, которые блещут ей созвездием брака, и дипломатических бакенбард, в которых фортуна свила себе гнездышко. У мужчин, имеющих за собою породу, или богатство, или чины, или перед собой виды и надежды, те же затеи, подобные же выборы. По виду их скорее заключить можно, что они в биржевой, а не в бальной зале. "Эта девушка прелестна, — думает один, — но отец ее молод, бог знает, сколько проживет он лет и денег. Эта умна и образованна, дядя ее на важном месте, но, говорят, он колеблется, — тут надобно подумать, то есть подождать. Вот эта, правда, не очень красива и очень недалека, зато как одушевлена! чертовски одушевлена тремя тысячами душ, из которых ни одна не тает в ломбарде или двадцатилетнем банке, как большая часть наших приданых. Я невольник ее!" И вот наш искатель, подсев сперва к матушке ее, со вниманием слушает вздоры, — старая, но всегда удачная дипломатика, — потом рассыпается в приветствиях дочери, танцуя, делает влюбленные глазки и облизывается, считая в мыслях ее червонцы.

Бал уже склонялся к концу и многие из корифеев моды, зевая в гостиной на просторе, клялись, что он чрезвычайно весел, как вдруг шум и восклицания: "Маски, маски!" привлек всех беглецов в залу танцев. В самом деле, два блестящих кадриля, один в испанском, другой в венгерском костюмах, заслуживали внимание, равно по богатству, по вкусу уборов и по стройности замаскированных. Обежав кругом залу, каждый из них бросил по загадке знакомым и незнакомым, возбуждая следом спор уверяющих, что это он или не он. Хозяин, радуясь, что случай дал разнообразие его балу, пригласил замаскированных к танцам. Мазурка загремела, и венгерцы, попросив четырех Дам сделать им честь украсить кадриль их, выиграли одобрение ото всех окружающих ловкостию и развязностию движений, новостью и благородством фигур. Наконец послышалась одушевленная живая музыка французского кадриля, и одна из масок, принадлежавшая, казалось, к толпе тех, которые воображают, что они всё сделали для общества, если надели на себя пышный костюм, маска, безмолвно доселе стоявшая у стены, гордо завернувшись в бархатную, расшитую золотом епанчу, вдруг сбросила с себя ее на пол и легкою стопой приблизилась к графине Звездич, окруженной вздыхателями.

— Дозволит ли графиня незнакомцу иметь счастье танцевать с нею? — произнес испанец почтительно, прижав к груди берет свой, украшенный перьями и бриллиантами.

— Очень охотно, прекрасная маска, — вставая, отвечала графиня. — Новые знакомства нередко избавляют нас от скуки старых, и в этом отношении я уже вам обязана, — прибавила она, лукаво поглядывая на оставленную группу. — Впрочем, быть может, мы не совсем незнакомы друг другу?

— Я здесь чужестранец, графиня. Да если бы и не был им, все нашелся бы в большом замешательстве, боясь попасть в категорию старого знакомства и не имея дарований оправдать нового.

Алина вздрогнула от звука голоса и какого-то нежно-укорителыюго тона испанца.

— Вы обвиняете меня слишком поспешно, распространяя на всех слова, сказанные шутя, — отвечала она, — но полноте скрытничать: мне кажется, я могу подсказать вам имя ваше, — продолжала она, стараясь заглянуть под полумаску.

— Я не знал, что графиня в тысяче прелестей и добрых качеств имеет дар ясновидения... Я очень сомневаюсь, чтобы мое имя могло быть напечатано на золотом листе месяца: но во всяком случае позвольте избавить вас от усталости произносить его, — я называюсь дон Алонзо де Гверера е Молина е Фуэнтес е Риэго е Колибрадос...

— Довольно, слишком довольно имен в наказание за мое любопытство, но слишком мало к его удовлетворению. Итак, дон Алонзо, вы меня знаете?

— Какой смертный может похвалиться, что он знает женщину!

Танцы разлучили их, и им во все время не удалось сказать друг другу ничего, кроме самых обыкновенных вещей. Кадриль восхитил всех; игроки бросили карты, домино и шахматы; все стеснилось в любопытный круг около танцующих, и отовсюду слышалось: "Ah, qu'ils sont charmants! Ah, comme c'est beau cab" [Ах, как они милы! Ах, как это красиво! (фр.)] Особенно графиня и кавалер ее казались созданными, чтобы возвысить искусство и красоту один другого. Победа осталась за ними, — они пересияли все сопернические звезды, и любопытство узнать испанца возросло во всех до высшей степени, но более всех в прелестной графине. Провожая ее на место, посреди ропота зависти, одобрения и приветов, испанец снова просил "осчастливить" его на попурри — и снова получил согласие. Попурри и котильон (которые сливаются ныне воедино) — роковые танцы для незнакомых между собою. Я всегда называл их двухчасовою женитьбою, потому что каждая пара испытывает в них все выгоды и невыгоды брачного состояния. Счастлива дама, которой достанется в удел не угрюмый мечтатель, разбирающий в то время последне-прочитанную фразу Окена, и не безумолкный попугай, который на трех языках говорит вам нелепости. Счастлив и кавалер, которому фортуна дарует даму, отражающую все ваше остроумие не одним веером, не одними оледеняющими out, Monsieur, certainement, Monsieur [Да, сударь, конечно, сударь (фр.)]. Зато как осторожны дамы в выборе кавалеров на котильон! Все пружины миниатюрной их политики пущены в игру заране, чтобы заставить себя "ангажировать" тем, кого любят они слушать или хотят заставить слушаться. Слепое счастие, однако же, послужило испанцу: никто за неделю не звал графиню на попурри, а толпа окружающих не смела на попытку, боясь отказа перед глазами соперников и воображая, что она давно уже избрала или избрана. Теперь под громом музыки, под говор соседей, уединен с нею в амбразуре окна, дон Алонзо мог говорить все, что допускает светская любезность, возвышенная правом маски. Разговор перелетал то мотыльком, то пчелой от цветка к цветку, от предмета к предмету. Ум неистощим, когда нас понимают; он сыплет искры, ударяясь о другой. Пара наша довольна была друг другом как нельзя более. Графине порой казалось, что с нею беседовал знакомый и когда-то милый голос. "Это Гремин, — думала она сама с собою, — тут нет никакого сомнения! Что мудреного приехать ему в отпуск". Но вдруг этот голос изменялся, и одна учтивая приветливость следовала, как холодная тень, за выражениями ласки. Со всем тем какая-то невольная доверенность овладела графинею, и разговор неприметно переходил в тон более и более сердечный, как вдруг испанец отвел от Алины доселе вперенные на нее взоры и, небрежно бродя ими по зале, с видом модного злословия, спросил:

— Скажите, графиня, неужели это прыгающее memento mori [Помни о смерти (лат.)] — князь Пронский? Он так часто меняет свои покрои, прически и мнения, что не мудрено ошибиться! Боже мой, как он прыгает! Он чуть-чуть не запутался в люстре.

— Не дивитесь этому, дон Алонзо; разве не видим мы, что и ржавые флюгера скрипят, но вертятся?

— Совершенная правда, графиня. Но флюгера кончают тем, что от ржавчины делаются постоянны, а князь, кажется, с каждым годом легче и легче, так что в сотый день своего рождения, можно надеяться, он, как шампанская пробка, вспрыгнет до потолка. Эта дама в перьях, pendant [Пара (фр.)] князя Пронского, летающая воланом со стороны на сторону, вдова генерала Кретова, графиня?

Наклонение головы уверило испанца, что он не ошибся.

— Посмотрите ж, пожалуйста, как нежно глядит она на кавалера своего, гвардейского прапорщика, между тем как он будто ждет от нее благословения, а не любви. Позвольте еще испытать ваше терпение, графиня: кто этот человек с прагматическими пуговицами и пергаминным лицом, стоящий в рисовальной позиции?

— Это представитель всех предрассудков века Людовика Четырнадцатого, кавалер посольства Сен-Плюше. Как истинный эмигрант, он ничему не выучился и ничего не забыл, но вечно доволен сам собою, а это чего-нибудь да стоит. Но как вам нравится сосед его, наш любезный соотечественник? Он так влюблен в себя, что беспрестанно смотрится в свои пуговицы, где нет зеркал.

— Он бесценен, графиня! Если б доктора согласились общею подпискою воздвигнуть монумент болезням, он мог бы служить идеалом для статуи бога насморка. Но через пару далее его, я почти готов парировать, длинная фигура в белом кирасирском вицмундире — ротмистр фон Драль. Как похож он на статую командора, который в первый раз слез с лошади, чтобы звать Дон-Жуана на ужин!

Дама его, если не ошибаюсь, Елена Раисова? Но она напрасно раздувает опахалом своим внимание в неподвижном рыцаре... Конгревские ракеты ее остроумия лопают в пустыне.

— Вы, дон Алонзо е Фуэнтес е Калибрадос, не более щадите наш пол, как и своих собратий. Должно полагать, вы многое претерпели от женщин?

— И кажется, срок моего испытания не кончился, прекрасная графиня, — отвечал с чувством испанец, устремя на нее сверкающие глаза. Графиня, чтобы избежать сего тона, обратила разговор в прежнюю струю.

— Вы сказываетесь новичком, дон Алонзо, в Петербурге и на бале, и потому я дивлюсь, что до сих пор не спросили меня о двух героях наших увеселений, о Касторе и Поллуксе каждой мазурки, каждого кадриля. Я разумею о графе Вейсенберге, племяннике австрийского фельдмаршала, и маркизе Фиэри, его друге. Они путешествуют, смотрят свет и показывают себя... Неужели вы до сих пор не видали графа Вейсенберга?

— Я ничего не видел, кроме вас!

— Так должны заметить его неотменно. С какими глазами покажетесь вы в свое отечество, не узнав великого человека, научившего нас галопировать! Вот он проходит мимо... молодой человек с усиками в венском фраке... Но вы не туда смотрите, дон Алонзо!

— Ах, тысячу раз прошу прощения, графиня!.. Так это-то милый крокодил, который за каждым dejeuner dansant [Завтрак с танцами (фр.)] глотает по полудюжине сердец и увлекает за собой остальные манежным галопом? Mais il n'est pas mal, vraiment [Но он, право, недурен (фр.)]. Жаль только, что он как будто накрахмален с головы до ног или боится измять косточки своего корсета.

— Вслед за ним вертится маркиз Фиэри.

— Прекрасные бакенбарды! Выразительные глаза! И он смотрит ими так уверительно, как будто говорит: "Любите меня, или смерть!"

— Многие находят его весьма остроумным.

— О, бесконечно остроумным! Все маркизы имеют патент на остроумие до двенадцатого колена. Я уверен, что с запасом модных галстухов и жилетов он не забыл привезти для здешних дам итальянского чичисбеизма и венской любезности!

— И вы не ошиблись, Алонзо! Он очень занимателен в дамском обществе и не считает пол наш какою-нибудь варварийскою республикою!

— Кажется, эта стрела летит в Испанию, графиня?

— Конечно, дон Алонзо! В ваше отечество, в отечество истинного рыцарства, между тем как вы, вместо того чтобы защищать прекрасных, объявляете им войну злословия.

— Если б все женщины были подобны вам, графиня, я не имел бы причины стать их неприятелем.

— Вы, кажется, хотите лестию выкупить наперед какую-нибудь злость против целого нашего пола. Но я на часах против вас, дон Алонзо. Комплименты врага — опасные переметчики.

— Они выдуманы не для вас, графиня; самые затейливые вымыслы, касаясь вас, становятся обыкновенными истинами.

— Я не предполагала, что земля ваша так же легко произращает лесть, как апельсины и лимоны!

— На родине моей, в этом саду прекрасных произрастений, я не научился, однако же, прозябать душою, как большая часть людей холодного здешнего климата. Сердце мое на устах, графиня, и потому мудрено ль, что, пораженный достоинствами или красотою, я не могу таить чувства? Вы можете обвинить мои выражения, но искренность — никогда.

— Вашу искренность, дон Алонзо! Я не имею на нее никакого права, да и можно ли узнать душу, не видав лица, ее зеркала. Человек, который так упорно скрывается под маскою, может сбросить с нею и маскарадные свои качества.

— Признаюсь, графиня, я бы желал, если б мог, с этим костюмом сбросить с сердца воспоминание... более чем воспоминание настоящего. Но позвольте мне хранить маску... может быть, для обета своим товарищам, может быть, в подражание дамам, которые носят вуаль, чтобы возбуждать любопытство, не могши изумлять красотою... может быть, для удаления от вас неприятного сюрприза видеть лицо мое.

— Чем более хотите вы таиться, тем вернее узнаю я вас. Но погодите; я женщина, и вы мне дорого заплатите за свое упрямство.

— Верьте, графиня, я уже плачу за него и... — Вихорь вальса умчал графиню на средину, где законы попурри заставили ее протанцевать соло в pastourelle [Пастушка (фр.)], одной из фигур французских кадрилей.

— Вы мечтаете? — сказала графиня, возвращаясь на место.

— И мечтой моей наяву были — вы. Я любовался вами, прекрасная графиня, когда, склонив очи к земле, будто озаряя порхающие стопы свои, вы, казалось, готовы были улететь в свою родину — в небо!

— О нет, нет, дон Алонзо! Я бы не хотела так неожиданно покинуть землю; мне бы жаль было оставить родных и добрых моих знакомых. Нет, благодарю покорно!.. Взрыв вашего воображения закинул меня слишком высоко. Вы поэт, дон Алонзо!

— Не более как историк, графиня... беспристрастный историк... — возразил испанец, скидывая перчатку с левой руки, потому что в это время танец уже кончился. Невольное ах! вырвалось у графини, когда в глаза ей сверкнул перстень испанца. По нем она узнала Гремина. С сильным волнением сжимая руку маски, она произнесла:

— Историк должен помнить, где и от кого получил он перстень с небольшим изумрудом; он должен помнить, как виноват он перед...

Графиня не успела кончить слова, как отъезжающие маски почти увлекли с собою испанца. Он едва мог у ней попросить позволения явиться на другой день для объяснения загадки.

— Я этого требую, — отвечала графиня. И незнакомец исчез как сон. Котильон и ужин показались ей двумя вечностями. Она была задумчива, рассеянна: отвечала нет, где надобно было говорить да, и мне очень жаль — вместо я очень рада. "Она хочет нас мистифицировать", — говорили между собой модники. "Она, верно, гадает о суженом!" — подумала горничная Параша, когда графиня, приехав домой, опустила тафтяные цветы свои в серебряный умывальник, а бриллиантовые серьги заперла в огромный картон.

Если б кто-нибудь догадался сказать: "Она влюблена", тот бы, я думаю, ближе всех был к истине.

IV

Для нас, от нас, а, право, жаль;
— Ребра Адамова потомки,
Как светло-радужный хрусталь,
Равно пленительны и ломки.

Лучи холодного солнца давно уже играли по алмазным

цветам цельных стекол графини Звездич, но в спальне ее, за тройными завесами, лежал еще таинственный мрак и бог сна веял тихим крылом своим. Ничего нет сладостнее мечтаний утренних. Первая дань усталости заплачена сначала, и душа постепенно берет верх над внушениями тела, по мере того как сон становится тоньше и тоньше. Очи, обращенные внутрь, будто проясняются, видения светлеют, и сцепление идей, образов, приключений сонных становится явственнее, порядочнее, вероятнее. Память не может вполне схватить сих созданий, не оставляющих по себе ни праха, ни тени; но это жизнь сердца... оно еще бьется, оно еще горячо их дыханием, оно свидетель их мгновенного бытия. Такие мечты лелеяли сон Алины, и хотя в них не было ничего определенного, ничего такого, из чего бы можно было выкроить сновидение для романтической поэмы или исторического романа, зато в них было все, чем любит наслаждаться юное воображение. Начальные грезы ее были, однако, менее цветисты, хотя очень забавны. То около нее кружился чудесный вальс, составленный из эполетов, аксельбантов, султанов, шпор и орденов... вся лавка Петелина танцевала казачка. То, казалось, она подавала пилюли покойнику мужу; то снова погружалась в баденские воды, будто в поток забвения... И вдруг стены третьей станции вставали около нее с лубочными своими портретами, на которые глядит она, переписывая давно нам знакомое послание, и вот, кажется ей, один портрет мигает ей очами, улыбается, усы шевелятся; он готов выпрыгнуть из рамок, но она сама кидается к нему навстречу... "Это вы, Гремин!.." — вскрикивает графиня. "Нет, это Блюхер". И снова гремит и мчится котильон, и снова слышатся ноты французского кадриля... Какой-то незнакомец, в испанской мантии на гусарском доломане, приближается к ней и... Но перечесть все вздоры, которые мы видим во сне, значило бы бредить наяву, и потому я скажу только, что часы добивали десять, когда колокольчик графини слился с последним их ударом.

Параша распахнула внутренние ставни, отдернула занавесы и уже несколько минут стояла у ног кровати с раскинутою шалью, но Алина Александровна изволила еще почивать с открытыми глазами, еще на кругу ее полога мечты проходили, подобно фантасмагорическим теням.

— Он приедет, — наконец весело произнесла она, сбрасывая одеяло, — он скоро приедет.

— Кто, ваше сиятельство? — простодушно спросила служанка, помогая ей одеваться.

— Кто?.. — Графиня задумалась. Она чувствовала, что на простой этот вопрос не могла отвечать утвердительно. — Увидим! — отвечала она со вздохом. — Накажи только швейцару, что если приедет молодой гусарский офицер, которого он до сих пор не видал, то просить его наверх без всяких докладов. Всем другим отказывать. Слышишь ли, Параша?

— Слышу, ваше сиятельство; только не понимаю, — прибавила Параша потихоньку.

И сама графиня худо понимала, что с нею сталось. За чашкой чаю и за туалетом она имела довольно времени обдумать о минувшем и настоящем. Она была в большой нерешимости, как встретить человека, который был так близок ей во дни неопытности, когда всякий прыжок сердца кажется любовью, каждый конфектный девиз — изъяснением и первое милое личико — любезным предметом,

— человека, забытого ею так скоро в рассеянии забав и путешествий и к которому вдруг, в один вечер, привязалось сердце ее вновь, со всем пылом новой страсти, со всею свежестью мечты, доселе ею не изведанными! Странность ли его появления, таинственность ли его поступков, воспоминание ли прежнего или беспричинная прихоть, только графиня чувствовала, что это похоже на любовь. Но всего страннее было колебание ее между известностью и сомнением о замаскированном испанце. Она звала его Гремин, а думала о ком-то другом; ей нравилось именно то, чего никогда не замечала она в Гремине; ее пленили новость и разнообразие разговоров и познаний маски, так что она едва не желала знать испанца всегда испанцем, чем увидеть в нем Гремина. Она кончила, однако ж, заключением, что свет и опыт удивительно как развертывают молодых людей и что любезность Гремина достигла теперь полного цвету... "Но я должна со всем тем наказать его, как беспечного поклонника и как недоверчивого хитреца. Вы испытаете, князь, что и я недаром прожила три года на белом свете, с тех пор как и мы жили в Аркадии: я буду с вами холодна — и холодна как мрамор".

— Однако ж который час, Параша?

— Три четверти первого, ваше сиятельство!

"Ваши часы идут заодно с сердцем, подле которого лежат они; любовь — прилипчивая болезнь, ваше сиятельство", — сказал бы я графине, если б я был ее служанкою, но судьба создала меня только покорным слугою прекрасных, и я должен часто молчать, когда мог бы ввернуть словцо очень кстати.

Между тем Параша, окончив свою должность при туалете,

вышла; но графиня все вертелась еще перед трюмо в прелестном утреннем платье и, подобно поэту, который точит и гладит стихи свои, чтобы они по легкости казались прямо упавшими с пера, разбрасывала каштановые кудри по высокому челу с утонченною небрежностию. Крепко забилось сердце ее, послышав скрип колес по морозному снегу и тройное падение подложки у крыльца. В ту же минуту Параша, запыхавшись, вбежала в комнату.

— Приехал, ваше сиятельство! — сказала она.

— Чему же ты обрадовалась? — возразила графиня о притворным равнодушием. — Дай мне платок и скляночку с духами.

Параша безмолвно повиновалась, и графиня принуждена была сама спросить ее, хотя ей очень того не хотелось.

— Разве ты его видела, Параша? — сказала она ласковее, набрасывая шаль на локти.

— Мельком, сударыня; а не нагляделась бы на него; уж можно сказать — молодец. Строен, высок и лицом будто красная девушка. Голубые его глаза больше ваших браслетных яхонтов, ваше сиятельство, а светлые кудри и белокурые усы его вьются колечками.

— Светлые кудри, Параша? Ты, верно, ошиблась: у пего волосы чернее моих!

— Может статься, и ошиблась, ваше сиятельство; он был тогда в шляпе, и я загляделась на прекрасный султан, — так и зыблется до самого воротника!

— А воротник его коричневый, не правда ли, Параша?

— Коричневый, ваше сиятельство... Я не видала гвардейских офицеров с такими воротниками, — однако ж он, верно, гвардеец... У него такая прекрасная карета...

— Это он, — произнесла графиня, не слушая ученых замечаний своей горничной, и решительно протекла все комнаты до гостиной. Но когда должно было ступить туда, бодрость ее оставила, и она долго держалась за позолоченную ручку дверей, припоминая, какое лицо должно ей принять и что говорить. Наконец дверь распахнулась, и графиня, опустя очи, вошла в гостиную, краснея подняла их, — и что же? Перед нею стоял белокурый гусарский офицер, но вовсе не князь Гремин. Быстро сменялись розы и лилии на щеках графини, — она неподвижно глядела на незнакомца... Но он, вероятно более приготовленный к подобной встрече, после обычных поклонов первый прервал молчание:

— Я должен просить у вас прощения, графиня, и за вчерашнюю мистификацию и за странность настоящего визита. Дон Алонзо осмеливается представить вам гусарского майора Валериана Стрелинского, а Валериан Стрелинский дерзает ходатайствовать за испанского гидальго, хотя с большим сомнением насчет действительности обоих и взаимных порук!

Смущение светской женщины — минута. С любезно-шутливым тоном отвечала она:

— Напрасное сомнение, господин майор! Я очарована случаем познакомиться с вами без маски и, конечно, ничего не теряю в вашем превращении.

— Ваши слова для меня оракул, графиня, и, позвольте сказать, на этот раз так же двусмысленны. Ничего не теряете, сказали вы, — но из чего? Из хорошего или дурного мнения обо мне?

Есть люди, умеющие так естественно говорить самые необыкновенные вещи, предлагать самые нескромные вопросы в мире, что в их устах они нисколько не кажутся странными и с первой минуты знакомства располагают всякого к подобной же откровенности. Стрелинский принадлежал к их числу.

— Вы слишком требовательны, майор, — отвечала графиня, улыбаясь. — Теперь вы бы могли усомниться в истине моего ответа, потому только, что он сказан при первом вашем посещении; я храню это удовольствие для позднейшего знакомства.

— Но как осмелюсь я скучать вам повторением визитов, не уверенный в прощении за первый? Вы желали видеть меня без маски, графиня; будьте же снисходительны к моим самородным странностям. Руку на сердце, и скажите искренно: вы не меня ожидали увидеть в дон Алонзе?

— Я не ожидала увидеть вас, Стрелинский! Но вы знаете, что не всегда желают, кого ждут...

— И, позвольте докончить речь вашу, — иногда терпят, кого не ждут, — не так ли, графиня?

— Совершенно не так, Стрелинский. Вы злой переводчик добрых мыслей. Я думала, что утро излечит вас от вчерашней неприязни к женщинам, но теперь вижу, что вы неисправимы.

— Неисправим, что до искренности, графиня. Я солдат, и вечный, неизменный отзыв мой — истина, во всех случаях жизни, в уединении и в шуме света, при последнем, как и при первом свидании, и я не обинуясь скажу вам: я так высоко ценю ваше доброе расположение, что и часовая неизвестность о нем мне будет тягостна.

— Я думаю, Стрелинский, удовольствие, с которым провела

154

я время, танцуя с вами, может служить тому лучшим поручительством.

— Вы так добры, так снисходительны, графиня! Со всем тем я не осмеливаюсь завладеть вполне этим комплиментом за минувший вечер.

— Не вполне, майор? — отвечала графиня шутя и как будто не угадывая, на что метил Стрелинский. — Неужели же вы уделяете из него часть своему испанскому платью? Я уверена, что вчерашний дон Алонзо и в гусарском мундире будет так же весел и любезен, как прежде, и постарается вновь перенести роскошные цветы Гренады под хладное небо нашего отечества.

— Небо везде небо, графиня, хотя не каждый может, не каждый хочет, не каждый умеет наслаждаться им! И не все цветы орошены благотворною росою...

Он замялся, не зная, какой родительный падеж прибрать сюда, но глаза договорили его мысль лучше слов, и, как казалось, прекрасная графиня вовсе не сердилась на это. Даже если верить достоверным историкам (вы знаете, что и Наполеон не казался героем своему камердинеру и Клеопатра была не более как женщина в глазах ее наперсницы), то при слове небо, которому влюбленный майор дал нежное значение звуком голоса, что-то похожее на вздох вырвалось из груди ее.

Потом разговор склонился на летучие новости, которыми испещрена всегда столичная атмосфера. Потом графиня рассказывала маленькие приключения своих путешествий так мило, Валериан слушал так внимательно! А это великое искусство, особенно с женщинами: они требуют, чтобы вы внимали им не только слухом, но и глазами, и скорее простят всякую глупость, когда вы им говорите, нежели рассеянность, когда вы их слушаете. Одним словом, между новыми знакомцами царствовала такая гармония, что можно было закладывать сто против одного: амур был настройщиком этого лада. Они шутили, смеялись, спорили, как будто век жили вместе. И между тем очи обоих вели столь сильный перекрестный огонь, что он не только им, но и сторонним мог казаться потешным. Один мой приятель говаривал, что сердце юноши — лядунка с порохом, сердце женщины — склянка с духами; но как бы то ни было, и то и другое — вещи легковозгораемые, а потому казалось весьма сомнительным, чтобы они могли уцелеть от пламени. Но женщины и в самом пылу не забывают ни приличий, ни безделиц, лежащих на сердце. Приданое Евы — любопытство и оскорбленное самолюбие — подстрекало графиню узнать, каким образом могло кольцо, подаренное Гремину, перейти в руки

Стрелинского. Она не скрывала от себя, как ни досадно то было, что майор по вчерашним словам угадал ее тайну, если тайной что-нибудь ему было прежде, ибо встречу с собой она не считала случайною, и потому, возвратив улитку разговора на маску его, она слегка похвалила его уменье превратить себя из блондина в черноволосого и искусство менять голос по произволу — и пошла прямо к цели.

— Откровенно скажу вам, Стрелинский, — примолвила она, — вы бросили меня в туман загадок и недоумений. Особенно эмалевое кольцо ваше с изумрудом ввело меня в ребяческое заблуждение... Мне показалось, оно не вовсе мне незнакомо.

— Кольцо это, — отвечал Стрелинский, как будто пробуждаясь от сна и подавая его графине, — кольцо это сделано было года два тому назад в подражание кольцу одного из друзей моих, только что приехавшего из Петербурга. Я счел его модным; вкус в отделке и форма мне понравились, и услужливые киевские жиды тотчас сработали что-то подобное. Все это было делом случая, по теперь кольцо мое получило для меня новую цену, как заветное звено лестного вашего знакомства, графиня.

Между тем лицо графини прояснилось... Рассмотрев кольцо, она уверилась, что оно только издали похоже на подаренное ею некогда и не носило на себе знака давно стертой с ее сердца привязанности. Самолюбие ее было утешено, и она, отдавая кольцо Стрелинскому, очень благосклонно возразила ему:

— Вы напрасно приписываете магнитную силу этой безделке. Не она, а любезность ваша причиной знакомства. Посещая почтенную вашу тетушку, мы и без этого случая, конечно бы, узнали друг друга. Кроме того, живучи в одном кругу, вероятно ль, чтоб мы где-нибудь не встретились? Кстати, о балах, Стрелинский, — где вы будете встречать Новый год? Что до меня касается, я уже отозвана за месяц, на ежегодный и единственный бал к княгине Борис. Вы, кажется, родня им?

— Впервые благодарю богов, — я ей племянник. По крайней мере я должен веровать в это по самым чувствительным доказательствам. Она не упускает ни одного случая пожурить меня, сажает за детский стол, когда за большим тесно, и, по-московски, нередко потчует шипучим медком вместо шампанского. Но погода прекрасна, графиня, и, конечно, вы оживите Невский бульвар своим присутствием? — прибавил Стрелинский, вставая.

— Я только в надежде скорого возврата лишаю себя удовольствия вашей беседы, Стрелинский! Я всегда вам рада...

Прошу не принять этого за пустой звук и жаловать ко мне попросту, без чинов. Каждый вторник добрые приятели и подруги посещают меня, и если вам не будет скучно с нами убить время...

— Скажите лучше, оживить время, графиня... Верьте, что если б мне должно было покупать минуты вашей беседы целыми годами жизни, я и тогда счел бы себя счастливым, насладясь, как бабочка, одной весною. Мицкевич говорит, что в мае одно мгновение прелестнее целой недели в осень.

— Не забудьте, что у нас зима! — сказала графиня, улыбаясь, и Стрелинский раскланялся со вздохом.

"Славно сыграно, Валериан!" — могут воскликнуть читатели сходящему с лестницы Стрелинскому; но сам он, ступив в полярный круг отсутствия от милого предмета, совсем не думал расточать себе подобные похвалы: он чувствовал, что испытание за друга становилось ему постороннею вещию; что теперь влюбленному и, может быть, любимому тяжка была бы холодность графини, мучительна разлука с ней и несносна ее перемена; одним словом, что собственное его благополучие зависело от ее взаимности. "Все это пройдет, все это минет, — говорил он сам себе, — я слишком ветрен для постоянной любви". Но это не проходило. "Стоит только избегать случаев видеть се дня три, и сердце мое погаснет, как лампада без масла!" — думал он и, чтобы оправдать такую благоразумную решимость, поскакал с повинною головою к княгине Борис, чтобы не пропустить бала, где будет прелестная и, разумеется, божественная Алина. Любовь щедра на эпитеты и обоготворения; но пройдет время, и, отступники своих идолов, мы первые готовы сокрушить их и громить прежние наши святилища.

В театре, на балах, на музыкальных вечерах, на танцевальных завтраках, на званых обедах, на прогулках и катаньях, без всякого намерения, бог знает как, Алина встречалась с Валерианой; тут нет еще дива, но странно было то, что они почти все время проводили вместе. Из одной учтивости подходил он к ней сначала; но потом — слово за слово, взор за взором — мечтатель забывал свет и время, и только зловещий крик лакея: "Графини Звездич карета!" разрушал его упоение и с превыспренных сводил в прохладные сени. Графиня любила театр, — Валериан хорошо знал и мастерски судил его. Графиня в совершенстве владела арфою, — Стрелинский уверял, что он страстный охотник до музыки, что он dilettanto [Дилетант (ит.)] от султана до шпор, — и потому странно ли, что он так часто являлся в ее ложе или садился подле нее в концертах? Все это было из любви к искусствам, не более.

Немного труднее найти было отговорку слишком частой случайности, благодаря которой ему удавалось подавать руку графине, при переходе из гостиной в столовую, и тонкий наблюдатель мог бы похвалить его глазомер, когда он, будто вовсе не замечая, так расчетливо становился в ряд кавалеров, что ему всегда выпадала на долю рука Алины и, стало быть, место подле нее за столом... Нежная улыбка, ласковое словцо и порой легкое давление милой руки бывали наградою его хитрости.

"L'amour est l'egoisme a deux" [Любовь — это эгоизм вдвоем (фр.)], — сказала мадам Сталь, и весьма справедливо. Стрелинскому лестно было получить от графини преимущество над толпою вздыхателей многоречивых и без речей, когда свивались круги мазурки или французских кадрилей; а графине, с своей стороны, казалось приятно иметь кавалером такого отличного танцора, как Стрелинский. В кругу общества и в тиши уединения они нравились друг другу остроумием и оригинальностию; и, наконец, когда оба они заглядывали в будущее, то, конечно, не могли найти друг для друга лучшей партии. Та и другой с хорошим родством, тот и другая независимы и богаты — случай, удаляющий всякую мысль о корысти; все благоприятствовало обоюдной склонности.

Графиня подружилась с сестрою Стрелинского, Ольгою, дивясь, как до сих пор она не умела оценить всех любезных ее качеств. Валериан удивлялся, с своей стороны, тонкости вкуса графини в выборе знакомых и, подобно блуждающей доселе комете, начал обращаться в кругу их. Нужно ли сказывать, какое солнце покорило его центровлекущей силе своей?

V

Она расцветала, как девственная мечта юности;
была чиста и прелестна,
как земля в первый день творения.

Старинная эпитафия

В домашней жизни Валериан был едва ли не счастливее, чем в свете. Подле сестры своей Ольги отдыхал он сердцем от остроумия модных умниц и от безумия собственной страсти.

Подле нее утихало волнение сомнений, и ревность свивала Коршуновы крылья свои. В самом деле, трудно было и самому мизогину не полюбить это невинно-милое существо. Воспитанная в Смольном монастыре, она, подобно всем подругам своим, купила неведением безделиц общежития спасительное неведение ранних впечатлений порока и безвременного мятежа страстей. Она прелестна была в свете, как образец высокой простоты и детской откровенности. Отрадно было успокоить взор на светлом лице ее, на котором еще ни игра страстей, ни лицемерие приличий не впечатлели следов, не бросили теней. Отрадно было согреть сердце ее веселостию, ибо веселость

— цвет невинности. Б мутном море светских предрассудков, позолоченной испорченности суетного ничтожества — она возвышалась, как зеленеющий свежий островок, где усталый пловец мог найти покой и доверие. Она не могла понять, для чего бы ей стыдиться слез умиления при рассказе о великодушном поступке или румянца негодования, слыша о низостях людских. Не понимала, почему неучтиво сказать человеку в глаза: "ах! как вы добры!" или: "ах! как вы злы!" — если он то заслуживал; не понимала, почему ей неприлично сесть подле умного молодого человека, с которым приятно разговаривать, и почему она обязана слушать нелепости пожилого потому только, что он со звездою. Она нередко смешила вас самыми странными вопросами, но чаще приводила в смущение самыми проницательными. То забавляла незнанием самых обыкновенных вещей, то изумляла новостию мыслей, глубиною чувств и непоколебимостию воли на все прекрасное. Не говорю о прелестях, коими одарила ее природа, не говорю о совершенствах, данных образованием. Она горячо и нежно любила брата, который остался ей единственным другом, единственным покровителем на земле. Веселить, радовать, предупреждать малейшее его желание было сладчайшей заботою Ольги. Она играла для него на пьяно, пела его любимые песни, порхала перед ним, как ласточка, и рассказывала анекдоты своей монастырской жизни, как, например, однажды целый класс перепадал в обморок оттого, что одной показалось, будто она увидела ужасного зверя — мышь! Как они целые три ночи не спали от страху от какой-то птицы, которая "половину была кошка, а половину не знаю чего", укала и сверкала глазами под окошком. Валериан смеялся от чистого сердца, между тем как сестра не вовсе понимала, что так смешного было в ее рассказах.

— Впрочем, — прибавляла она, извиняясь, — я была тогда такая кофейная. Чтобы вполне понять эту фразу, надобно знать, что в Смольном монастыре три возраста воспитанниц отличаются тремя цветами платья: кофейным, голубым и белым, из коих первый присвоен самому младшему, и потому между двумя старшими возрастами название кофейной служит как бы упреком в простоте.

— Дай бог, — возражал тогда Валериан, лаская ее, — чтобы ты всегда осталась кофейного сердцем.

Однажды вечером Ольга фантазировала на фортепиано, между тем как брат, задумавшись, слушал ее, облокотясь о ручку кресел, и вдруг она вспрыгнула весело, схватила Валериана за руку и, быстро глядя ему в глаза, сказала:

— Не правда ли, братец, ты женишься на графине Звездич?

Полуизумлен, полусмущен словами сестры, в которых заключались и неожиданный вопрос и вместе нежная просьба, он долго-долго смотрел на нее, может быть разгадывая ее мысли, может быть собирая свои, и, наконец, отвечал с улыбкою:

— Какой ветер навеял тебе, милая, такую странную мысль?

— Странную мысль, братец? Напротив, мне кажется, самую естественную. Если бог не судил вам родиться братом и сестрою, чтобы делить горе и веселье, то думаю, к этому нет другого пути, кроме женитьбы. Как могли бы иначе соединиться два сердца, которые любят друг друга?

— Но кто тебе сказал, что мы любим друг друга?

— Ах, какой ты лицемер, братец! И перед кем же? Перед сестрою своей! Разве я не люблю тебя? Разве родные не друзья, дарованные небом? Да и почему тебе скрывать свою привязанность к особе, достойной любви?

— Мир, мир, моя проницательная сестрица! Положим, в угоду тебе, что я влюблен в Алину. Но теперь вопрос: любим ли я взаимно?

— В этом я порукой, mon frere [Брат (фр.)], графиня любит тебя, как я сама.

— Я не думаю, чтобы она избрала сестру мою наперсницей своих тайн.

— О нет, братец! Прямо она не говорила мне о том ни слова; но она так часто говорит о тебе, так охотно встречается с тобою, что склонность ее только тебе может казаться тайною. Я мало знаю свет, людей еще менее; но есть вещи, которые угадываю я собственными чувствами.

— Ты просвещеннее, нежели я думал, любезная Ольга.

— Просвещеннее! Это похоже на упрек, братец; вот каковы

160

мужчины! Вы преследуете нас за наше неведение и еще больше гневаетесь за наше познание. Ты несправедлив оттого, что тебе досадно, как могла неопытная монастырка проникнуть в таинства своего скрытного братца. В самом деле, как уметь и как сметь отличить любовь от ненависти!! Нет, mon frere, я скорей имею право сердиться за твою недоверчивость и за то, что ты воображал меня такою простенькою.

— Я точно виноват, я в самом деле несправедлив против тебя, моя милая, добрая Ольга! — сказал с нежностию Валериан, поцеловав ее в чело. — С этих пор между нами нет тайн.

— Это напрасно, Валериан. Я не хочу того знать, что мне знать бесполезно; но может ли быть чуждо душе моей все, что касается до твоего счастия? Признаюсь тебе в Моем ребячестве: я уже не раз строила воздушные замки, соединяя тебя в мечтах с графинею. Как весело, как радостно тогда будет нам!.. Мы поедем жить в деревню, по которой я так давно вздыхаю, во сне и наяву. Мы будем всегда вместе, счастливы тем, что мы вместе, вдалеке от докучливых гостей. Невидимо полетит для нас время, летом с природой, зимой с дружеством, всегда с любовью. Мы будем гулять, кататься в лодке, ездить верхом, — я надеюсь, ты мне позволишь это, братец? Ты купишь для меня хорошенькую лошадь, — не правда ли? Ввечеру мы за чайным столиком шутим, смеемся, потом поем, танцуем. Читаем Вальтер Скотта; иногда и рассуждаем очень серьезно, — ведь нельзя век толковать о безделицах. Иногда к нам будут приезжать соседи-антики и добрые наши знакомые, — верно, и князь Гремин не забудет прежних друзей своих.

— А тебе нравится князь Гремин, Ольга? — спросил Валериан более для избежания решительного ответа, нежели для удовлетворения любопытства.

— Я очень люблю его, братец, и от самого малолетства. Ты так часто ездил с ним в монастырь, он называл меня ma cousine [Кузина (фр.)] и так охотно слушал мое болтанье, что я только перед ним и тобою не краснела говорить. Бывало, я нетерпеливо жду, когда вы приедете: а бывало, и праздник не в праздник, когда вас нету. Я крепко плакала по вас обоих по переводе вашем из Петербурга; признаюсь тебе, братец, в моем ребячестве: я еще до сих пор берегу на память прекрасное куриное перо, вывороненное из султана князя.

— Султаны, душенька, делаются из петушьих перьев.

— Как будто это не все равно, mon frere? Разве петух не брат курицы?

— Так, но не совсем так. Например: ты мне сестра, а не

смешно ли б было, если б кто-нибудь, принимая одну за другого, сказал, что у Ольги прекрасные усы? Однако что далее?

— Чем далее, тем ближе к моему ребячеству. Ты, я думаю, помнишь, братец, с какой снисходительностию расспрашивал князь о моих уроках, о моих занятиях; как ясно поправлял мои заблуждения и, шутя, развивал мои мысли, учил доброму, и так просто, так понятно! Я боялась ошибиться перед ним больше, чем перед своими учителями, — зато мне было так весело, когда он хвалил меня! Больше всего я любила слушать исторические его анекдоты, — он очень мило их рассказывал. Я плакала, слушая о бедствиях Марии Стюарт! Я привыкла ненавидеть коварную Елисавету, хоть ее и называют доброю и премудрою. Я научилась любить Генриха Четвертого, отца и друга своих подданных, за то, что, будучи добрым царем, он не разучился быть добрым человеком. Князь заставил меня восхищаться гением нашего великого Петра, скромного в счастии, неколебимого в беде — и всего более под Прутом, когда он пишет указ сенату не слушать его впредь, если он, принужденный турками, повелит что-нибудь недостойное себя или России. Где найдем мы пример чистейшего самоотвержения, высшей любви к отечеству!! Ах, братец, я очень люблю князя!

— В самом деле, Ольга? — сказал Стрелинский и погрузился в думы, равно об Ольгином, как и своем будущем. "Не будь этого проклятого письма от Репетилова к Гремину, — думал он, — и мы оба могли быть счастливы; я с Алиной, он с Ольгою. Ни мне нельзя желать лучшего зятя, ни ему лучшей жены. Одна только кротость Ольги может умерить вспыльчивость его характера; только с нею нашел бы он покой, о котором напрасно мечтает; светская женщина вечно будет ему виной сомнений и ревности. Теперь совсем иное дело. Я не опасаюсь прежней привязанности Гремина, но его всегдашнего упрямства. Он готов уверить меня и уверить себя, что влюблен до безумия; вот уже два раза я писал к нему, — и нет ответа; это что-нибудь да значит! Но как бы то ни было, я не уступлю Алины другому, даже другу, пи за какие блага, ни от каких бед в мире! Любит или притворяется она, что любит меня, но должна быть моею, несмотря ни на что минувшее, ни на что будущее. Я решился".

162

VI

Так! я мечтатель, я дитя,
Мой замок карты, — но не вы ли
Его построили, шутя,
И, насмехаясь, разорили!

В книге любви всего милей страница ошибок; но всему своя пора. Теперь Алина была уже не та шестнадцатилетняя, неопытная женщина, увлеченная потоком примеров и обольстительною логикою обожателей, которая, обрадована первой связью, как новой игрушкой, и воображая себя героинею романа, писала страстные письма к князю Гремину. С тех пор, однако ж, только в этом могла она упрекать себя, только над этим мог подшучивать Стрелинский, хотя он, движимый ревностию, исшарил землю и воздух, желая узнать что-нибудь похожее на любовь в целой жизни графини. Строгость настоящего ее поведения была примерна в отношении ко всей молодежи, которая вилась около нее. Едва кто-нибудь из них переступал границу шутки, едва произносил одну влюбленную ноту, не только слово, — мыльный дождь нравоучения и град насмешек разражались над головой селадона. Привыкнув за границею обходиться непринужденно с мужчинами, она никогда не дозволяла их вольности превращаться в своеволие, и между тем как ее красота и любезность привлекали всех, ее осторожность держала всех в почтительном отдалении. Стрелинский, правда, составлял исключение, по и он уже не раз испытал на себе, что природа и светская любовь не делают скачков, а потому, как ни уверен был, что его любят взаимно, но роковое слово "люблю!" двадцать раз замирало на устах, прежде чем он его выговорил, как будто с ним он должен был рассыпаться, как клад от амина. И графиня тоже, как и всякая женщина, казалось, испугана этим словом — "люблю вас", как выстрелом, — как будто каждая в нем буква составлена из гремучего серебра! И как ни приготовлена была она к объяснению, как ни уверена была, что это должно случиться, рано или поздно, но вся кровь ее сердца вспыхнула в лице, когда Стрелинский, улучив гибкую минуту, с трепетом открыл любовь свою... Оставляю читателям дорисовать и угадать продолжение этой сцены. Я думаю, каждый со вздохом или с улыбкою может припомнить и поместить в нее отрывки из подобных сцен своей юности и каждый ошибется не много.

Прелестны первые волнения и восторги страсти, когда неизвестность воздвигает частые бури сердца, но еще сладостней покой и доверенность открытой взаимности. Тогда в любви находим мы все радости, все утешения дружбы, самой нежнейшей, самой предупредительной, и если первый месяц брака называют медовым, то первый месяц открытой любви, по всем правам, именовать можно нектарным, — это небосклон после грозы; светлый, но без зноя, прохладный без облаков.

Слившись сердцами, графиня и Стрелинский вкушали негу сего лучшего возраста любви, не отнимая уст от чаши. Прямой, откровенный, благородный характер майора только по наружности казался противоречием с утонченным, светским обращением графини. Как скоро взаимное уважение и сердечная теплота растопили оковы приличий, или, лучше сказать, принужденностей, нежная искренность и беззаветное доверие заступили в ней место недоступности и тонкого злословия. Даже робость, несомненный признак истинной любви, заменила самоуверенность. Совет Валериана сделался ей необходим для самых безделок в выборе нарядов, его одобрение — на каждый шаг в обществе, его добрые мнения — для всех протекших и настоящих случаев жизни. В один-то из подобных часов излияний душевных Алина рука с рукой подле Стрелинского, любуясь выразительными его очами, говорила:

— Валериан! свет может осуждать меня за легкомыслие первых лет моего замужества, но твое сердце меня оправдает. В пятнадцать лет меня посадили за столом подле какого-то старика, которого я запомнила только по чудесной табакерке из какой-то раковины. Ввечеру мне очень важно сказали: "Он твой жених; он будет твоим супругом"; но что такое жених, что такое супруг, мне и не подумали объяснить, и я мало заботилась расспрашивать. Мне очень понравилось быть невестою; как дитя, я радовалась конфетам и нарядам и всем безделкам, которые мне дарили, я готова была расцеловать старого графа, когда он подарил мне прелестные золотые часы, потому что в недавно брошенных мною игрушках были только оловянные. Наконец я стала женою, не перестав быть ребенком, не понимая, что такое обязанности супружества, и, признаюсь, потому только заметила перемену состояния, что меня стали величать "вашим сиятельством". Долго не замечала я, что муж мой мне не пара ни по летам, ни по чувствам. Для визитов мне было все равно, с кем ни сидеть в карете, дома же он слишком занят был своими недугами, а я — своими забавами и гостями. Однако же в семнадцать лет заговорило и сердце... оно стеснилось неведомою грустию, желало чего-то непонятного; это была потребность любить, и я полюбила во всей невинности души. Ты знаешь, кто был предметом этой склонности, и я благодарю провидение, что оно судило мне встретиться с человеком благородным, который не думал, не только не желал употребить во зло мою неопытность. Скорая разлука показала, однако ж, мне, как ошиблась я в своих чувствах. Я приняла за любовь желание нравиться, желание предпочтения от человека, предпочитаемого другими. Тщеславие и охота быть как другие довершили кружение головы; я уверила себя, что страстно люблю князя Гремина потому, что он казался мне достойным такой любви. Может статься, если бы он поддержал такое расположение перепискою, я бы привыкла к этой мечте, будто к чувству, и верность, которую обожала я, как достойная поклонница сентиментализма, могла бы вовсе переменить судьбу мою. Но он, едва мы расстались, оказался весьма невнимателен; я была от того вне себя, называла это холодностию, укоряла в неблагодарности, в измене и забыла его скорее, чем надеялась. За границею, чаще сама с собою, чаще с людьми образованными, я почувствовала необходимость чтения и жажду познаний. Хорошие книги и еще лучшие примеры и советы женщин, умевших сочетать светские качества с высокими правилами, убедили меня, что, и не любя мужа, должно любить долг супружества и что величайшее из несчастий есть потеря собственного уважения. Кочевая жизнь не давала мне даже случая к постоянным знакомствам, и сердце мое только во сне видело счастие; в вихре забав, в кругу искателей я осталась свободна. Муж мой умер, и я целый год траура провела в уединении, с немногими подругами, читая в собственном сердце помощию книг и разгадывая книги по сердцу; это возродило меня. Я постигла тогда умом, что до тех пор заключалось в чувстве; уверилась, что благополучие есть невинность и находится в нас самих. Я не разлюбила ни удовольствий, ни выгод света; по крайней мере я могла бы теперь лишиться их, если не без сожаления, то без ропота. Возвратись в Россию, обязанности к родным и обществу не дали мне времени образумиться... Меня засыпали приветствиями и приглашениями, лестью и любезностию, но я уже предохранена была от этого чада; я знала, что всякая парижская новинка хоть на миг, но всегда увлекает внимание публики, а поклонники в несколько вечеров успели наскучить своими переслащенными фразами, так что я больше чем когда-нибудь почувствовала пустоту сердца. Совершенная бесхарактерность молодых людей наших, "эти образы без лиц" навели на меня неизъяснимую тоску. Я ужаснулась, не найдя русских в России. Простительно еще быть легкомысленным во Франции, где на каждом шагу находишь пищу любопытству, рассеянию, самой лени, где каждая безделка носит на себе печать образованности и даже глупость не лишена остроумия. Но можно представить себе, как несносны слепки парижского мира в России, где можно толковать только о том, чего у нас нет, и где половина общества не понимает, что сама говорит, а другая, что ей говорят; одна — поторопившись выучить привозное, как попугай, другая — опоздав учиться от застарелых предрассудков. В это время я встретилась с тобою, и до сих пор не умею себе объяснить, какой судьбой я так быстро увлеклась сердцем? Признаюсь, обманутая ростом и голосом, я сначала приняла тебя за Гремина; я сгорала любопытством, желая увериться в своей догадке, но скоро к нему примешались чувства нежнейшие. Я верила и не верила, что ты Гремин; не столько воспоминание прошлого, как прелесть новости заманивала меня далее и далее. Я должна была сердиться на князя, но вместо того была благосклонна к новому знакомцу. Я должна была быть осторожнее с незнакомым, и доверялась как старому другу; одним словом, я не знала, что говорила и делала!.. Остальное тебе известно, милый Валериан... И бог тебе судья, если когда-нибудь заставишь меня раскаяться в любви моей!

Валериан был восторжен; ему казалось, гармоническая музыка сфер гремела туш его благополучию, и он, с пылкостию юноши целуя оставленную ему руку, хотел, по гусарской привычке, клясться всем, что есть и чего нет на свете, в неизменности любви своей, но Алина остановила этот порыв достоверности.

— Не клянись, Валериан, — сказала она с нежностию, — клятва почти всегда неразлучна с изменой, — я знаю это на опыте. Я больше верю благородству твоих чувств, нежели поруке звуков, волнуемых и уносимых ветром; мы уже не дети.

С обеих сторон делались приготовления к браку, хотя о нем еще не было прямых условий. Валериану, однако же, они были необходимы: он начертал план для будущей жизни, которая вовсе могла не понравиться графине и который колебался он открыть ей. Между тем как товарищи и приятели считали его только ветреником, заботливым, как прожить свои доходы, он втайне делал все пожертвования для улучшения участи крестьян своих, которые, как большая часть господских, достались ему полуразоренными и полуиспорченными в нравственности. Он скоро убедился, что нельзя чужими руками и наемного головою устроить, просветить, обогатить крестьян своих, и решился уехать в деревню, чтобы упрочить благосостояние нескольких тысяч себе подобных, разоренных барским нерадением, хищностью управителей и собственным невежеством. У него не было недостатка ни в деньгах для обзаведении, ни в доброй воле к исполнению, ни в познаниях сельского хозяйства, приобретению коих посвятил он все досуги свои; недоставало только опытности, но она приходит сама собою; притом, первую песенку не стыдно спеть и зардевшись, говорит пословица. Мысль облегчить, усладить свои будущие заботы любовью милой подруги и согласить долг гражданина с семейственным счастием ласкала Валериана; однако же, несмотря на силу страсти, намерения его были тверды; в важных обстоятельствах жизни он умел владеть собою; но чем непреклоннее была воля его, тем нерешительнее становился он открыть ее Алине. Он чувствовал, какой жертвы требовал, знал, как трудно для молодой, прекрасной и богатой женщины отказаться от света. "Но это будет испытанием ее привязанности, — думал он. — Если ж нет? Нет! Женщина, которая предпочтет мне светскую жизнь, не знает и не стоит истинной любви". Скоро представился и случай к объяснению.

Это было на масленице, после катанья с английских гор. Льдяные горы, милостивые государи, есть выдумка, достойная адской политики, назло всем старым родственницам и ревнивым мужьям, которые ворчат и ахают, но терпят все, покорствуя тиранке моде. В самом деле, кто бы не подивился, что те же самые недоступные девицы, которые не смеют перейти чрез бальную залу без покровительницы, те же самые дамы, которые отказывают опереться на руку учтивого кавалера, когда садятся они в карету, весьма вольно прыгают на колени к молодым людям, долженствующим править на полету аршинными их санками вниз горы и по льду раската. Между тем, чтобы сохранить равновесие, надобно порой поддержать свою прекрасную спутницу — то за стройный стан, то за нежную ручку. Санки летят влево и вправо, воздух свищет... ухаб... сердце замерло, и рука невольно сжимает крепче руку; и матушки дуются, и мужья грызут ногти, и молодежь смеется; но все, отъезжая домой, говорят: "Ah! que c'est amusant" [Ах! как это забавно (фр.)], хоть едва ли половина это думает.

Валериан и графиня, конечно, были в сей половине, потому что возвратились с катанья очень довольны прогулкой и друг другом, и холод, казалось, только возбудил обоих любовников к особенной нежности. Стрелинский избрал этот час к решительному откровению и, предуведомив Алину, что так как дело идет о благополучии их обоих на всю жизнь, то он не хочет прибегать ни к каким околичностям, ни к каким сетям льстивой логики или цветам красноречия, дабы убедить или увлечь ее, но просто изложит свои намерения и просит только одного, чтоб она беспристрастно обсудила их и откровенно сказала на то ответ свой.

— Во-первых, милая Алина, — сказал он, — я решился оставить службу, для исполнения других обязанностей отечеству, которые надеюсь выполнить лучше, прямее и полезнее, нежели обязанности воина в мирное время.

Алина вздохнула и покинула кисточку темляка, которым играла она.

— Но разве ты, друг мой, не можешь служить отечеству по части гражданской или дипломатической? — произнесла она почти просительным голосом.

— Я не довольно приготовлен, чтобы стать полезным как судья; службу в департаментах считаю механическою, а быть дипломатом несовместно ни с моими склонностями, ни с моими правилами. Во-вторых, мы оставим столицу.

Алина молчала.

— В-третьих, — тут Валериан развил пред нею подробный чертеж своих замыслов, для устройства имения, для усовершенствования земледелия и заводов, для образования крестьян своих; показал, как благодетелен будет пример его для всего человечества и для окружных помещиков в особенности. Но когда объявил, что все это требует неусыпного и безотлучного надзора, светлое чело Алины подернулось думою и она опустила руку Валериана.

— И это решительно? — спросила она печально.

— Решительно. Подробности будут зависеть от воли Алины Александровны, но целое остается нерушимым. На краткое время мы будем приезжать в которую-нибудь из столиц, но только на краткое время.

— Мои советы и мнения, следовательно, теперь бесполезны, — сказала Алина, несколько тронутая.

— Но твое согласие необходимо к моему счастию, обожаемая Алина! С тобой каждая минута ознаменована будет для меня новым блаженством, как для всех окружающих нас добрыми делами. Ты будешь ангелом красоты и доброты для меня и для всего, чем я владею. О! не разрушь рая, мною созданного, которым я так долго ласкал свое сердце... Милая, бесценная Алина! я жду приговора. В искреннем ответе твоем моя судьба: могу или нет назвать тебя моею?

— Через три дня ты узнаешь мой решительный ответ,

Валериан; только дай мне слово не говорить со мной, не писать ко мне, не искать случаев со мною встретиться во все это время. Я хочу обдумать все на свободе, удаленная от влияния страстей.

— Жестокая женщина! Три дня — век для влюбленного!

— Жестокий человек! Деревня — вечность для женщины!

С этим словом Алина исчезла.

— Понимаю! — сказал Стрелинский с горькою усмешкою, между тем как холодный пот проступал на его сердце, и тихими стопами вышел из комнаты графини.

VII

Burleigh
Ihr wart es doch, der hinter meinem Rücken
Die Königin nach Fotherinaschloß Zu locken wußte?
Leicester
...Hinter Eurem Rücken?
Wann scheuten meine Taten Eure Stirn?

Schiller.

[Бэрлей
Не вы ли за спиной моей сумели
Направить королеву в Фотрингей?
Лестер
За вашею спиною? Да когда же,
Когда в своих делах я укрывался
От вашего лица?

Шиллер (нем.)]

— Подполковник князь Гремин! — провозгласил слуга, возвещая гостя тетке Стрелинского, которая, сидя одна в гостиной, раскладывала grande-patience [Большой пасьянс (фр.)]. — Прикажете принять-с?

— Милости просим, — отвечала она, снимая очки и расправляя шаль свою.

— Видно, князь недавно в Петербурге? — прибавила она.

— Только вчера с дороги-с. Они хотели видеть Валериана Михайловича; однако ж когда узнали, что вы не выехавши, просили доложиться. — Сказав это, слуга поспешил пригласить приезжего.

Князь Гремин, которого долг службы удержал во фронте, вопреки всех его надежд, и просьб, и желаний, должен был вести полк на другие квартиры, на границу Литвы, и он тем скорее помирился с судьбою, что обязанности по делам хозяйства и занятий строя и новые знакомства в кругу польских дворян давали ему тысячу развлечений и забав. Он бы, вероятно, и вовсе отдумал ехать в отпуск, если бы внезапная смерть одного из дедов в Петербурге не призвала его туда для получения наследства и всех хлопот, с наследствами неразлучных. Пылкий только на день в преследовании замыслов, внушенных прихотью, он не слишком дивился молчанию Стрелинского и очень покоен сердцем приехал в столицу. Но когда на него полились новости о близком браке Валериана с графинею Звездич, он был оглушен и раздражен этим водоворотом. Ревность его пробудилась. Мысль, что он в этой связи играл смешную роль Криспина, привела его в бешенство; удача Стрелинского, которую он величал изменою и коварством, вызвала его на месть. В этих враждебных мыслях поскакал оп в дом прежнего друга, чтобы излить на него всю желчь своего негодования; так-то злонаправленные страсти и худо понятые правила чести превращают самые благородные существа в кровожадных зверей! Не застав дома Валериана, князь, однако же, почел неприличным не засвидетельствовать почтения его тетке, и вот, скрыв досаду свою, как благовоспитанный офицер, пробирался он в гостиную, не брякнув ни саблей, ни шпорами, но в зале он невольно остановился, увидев и услышав Ольгу, которая, ничего не зная о госте и ничему не внимая вокруг себя, пела следующее, аккомпанируя чистый, выразительный голос свой звуками фортепиано:

Скажите мне, зачем пылают розы
Эфирною душою, по весне,
И мотылька на утренние слезы
Манят, зовут приветливо оне?
Скажите мне!

Скажите мне, не звуки ль поцелуя
Дают свою гармонию волне?
И соловей, пленительно тоскуя,
О чем поет во мгле и тишине?
Скажите мне!

Скажите мне, зачем так сердце бьется
И чудное мне видится во сне,
То грусть по мне холодная прольется,

То я горю в томительном огне?
Скажите мне!

Ольга умолкла; но князь еще слушал, и между тем как персты ее перебегали, фантазируя, по клавишам, его взоры точно так же странствовали по всем чертам певицы

Он едва верил глазам своим, чтобы это была та самая Ольга, которую он так любил, как дитя, которую покинул, когда она едва становилась девушкою, и которая теперь предстала ему во всем блеске, в полном цвету очаровательных прелестей! Он любовался и стройным станом ее, и аттическою формою рук, и высоким челом, на коем колебались гроздия русых кудрей, и яхонтовыми ее очами, в коих сквозь дымку мечтательности сверкали искры души, вместе гордой и нежной; ее лицом, на коем разлит был тонкий румянец, как юное утро мая, и невинная беспечность с глубокою чувствительностию; брови ее так выразительно подняты были думою, уста ее так мило сомкнуты улыбкой; казалось, она усмехалась девственным мечтам своим, созданиям пробуждающейся любви; казалось, она ловила взорами отдаленное в очарованный круг фантазии, которая, подобно часовой стрелке, пробегает время и пространство, не удаляясь от средоточия своего сердца... И все было прелестно в ней... и волшебство звуков, проникающих душу, и красноречие безмолвия, пленяющее взор. Это не было уже земное существо для Гремина; это был идеал совершенства. Он тогда только прервал свое созерцательное молчание, когда Ольга, повторяя в задумчивости припев песни, вполголоса произнесла: "Скажите мне!"

— Я могу только то сказать вам, сударыня, — сказал Гремин с чувством, — что вы поете как ангел.

Ольга вспрянула с криком радостного изумления...

— Ах! Боже мой, это вы, князь Николай! Вообразите себе: я сейчас о вас думала, и вы передо мной, как будто мысль моя перенесла вас в столицу! — Яркий румянец вспыхнул розами на щеках Ольги.

— Вот доказательство, что вы можете творить чудеса, Ольга Михайловна! И вы еще не забыли меня?

— Я не так ветрена, князь Николай, чтобы позабыть своего кузена и наставника.

— Считаю себя счастливым, удостоясь внимания особы, столь полной совершенств!

— Скажите, князь: неужели правда есть игрушка, пригодная только малолетним? Вы сами учили меня всегда говорить истину, а теперь, когда я в состоянии ценить ее, говорите мне комплименты. По крайней мере я искренно скажу вам, что мне приятно бывало думать о вас, потому что мысль эта неразлучна с воспоминанием самой счастливой поры моей — жизни в монастыре.

— Мне кажется, сударыня, вы бы скорее могли обвинить обманчивый свет, вселивший вам недоверчивость, скорее скромность свою, чем мою правдивость.

— Полноте ссориться, князь Николай, — и еще в первый раз после долгой разлуки. Я рада вам тем более, что вы приехали как нарочно, помочь нам развеселить братца: он два дня сам не свой; печален, и сердит, и прихотлив, как никогда в жизни. Но тетушка, верно, ждет вас, пойдемте!

Князь был принят как родной. Доброта почтенной тетки Стрелинского и чистосердечная веселость, непринужденное остроумие Ольги очаровали его. Час мелькнул как минута, и негодование его вовсе было утихло, как вдруг голос усатого слуги: "Валериан Михайлович приехал и просит к себе на половину", — бросил всю кровь в голову князя; он раскланялся и поспешил к Валериану.

Валериан с распростертыми объятиями встретил Гремина.

— Только тебя недоставало, милый князь, — вскричал он, — чтобы посмеяться удаче наших предприятий и поздравить меня с роковым успехом!

— Я приехал не поздравлять вас, господин Стрелинский, — отвечал Гремин насмешливо-холодно, отступая, чтобы уклониться от объятий. — Я приехал только поблагодарить вас за ревностное участие в моем деле.

— Вы? Господин Стрелинский? Право, я не понимаю тебя, Гремин!

— Зато я очень хорошо вас понял, слишком хорошо вас узнал, господин майор!

Во всякое другое время Стрелинский никак бы не рассердился на обидную вспыльчивость друга и, вероятно, шутками укротил и пересилил бы гнев его; но теперь, огорченный сам холодностию графини, колеблем сомнениями, поджигаем ревностию, пошел навстречу неприятностей, решась платить насмешкой за насмешку и дерзостью за дерзость.

— От этого-то вы и ошиблись: все что слишком — обманчиво. Не угодно ли присесть, ваше сиятельство! Начало вашего привета похоже на нравоучение, а я не умею спать стоя!

— Я постараюсь сказать вам такие вещи, господин майор, которые лишат вас надолго охоты ко сну.

172

— Очень любопытен знать, что бы такое помешало моему сну, когда меня убаюкивает чистая совесть!

— О! вы невинны, как шестинедельный младенец, как церковная ласточка! Напрасно было бы и осуждать человека, у которого совесть или нема, или принуждена молчать.

— Я не беру на свой счет этих речей, князь; мой язык не имеет причин разногласить с совестию именно потому, что она светлее клинка моей сабли. Скажите лучше по-дружески и без обиняков: чем заслужил я такой гнев ваш?

— По-дружески? Мне, право, странно, что вы, разрывая все узы, все обязанности дружества, опираясь на него, требуете доверия? Впрочем, вы живете ныне в большом свете, где любят давать векселя на имение, которого давно нет.

— Князь! вы огорчаете меня своим неправым обвинением более, чем обидными выражениями. Но будьте хладнокровны и рассмотрите пристальнее, чем виноват я против вас? Вспомните, кто предложил мне испытание, кто неотступно требовал моего согласия, кто принудил взяться за эту роковую порученность? Это были вы, князь, вы сами. Я убеждал вас отказаться от подобного предприятия, я вам предсказывал все, что могло случиться и случилось волею судьбы. Сердцем нельзя владеть по произволу.

— Но должно владеть своими поступками. Так, милостивый государь! Я просил, я убеждал, я заставил вас взяться за это дело; но в качестве друга вы бы могли сами рассудить несообразность такой просьбы и поправить мою ошибку, вместо того чтоб ее увеличивать, ловить на нее свои выгоды и употреблять во зло мое доверие; мы всегда худые судьи в собственных делах, но бесстрастный и беспристрастный взор дружбы долженствовал бы соблюдать мою пользу, а не прихоти.

— Странно, право, что вы делаете для себя монополию из своих правил. Мы худые судьи в своем деле — это чистая правда, и я сам мог увлечься любовью, которую хотел только испытать.

— Вы бы должны были предупредить это или по крайней мере удалиться, заметив опасность для самого себя, но нет, вам угодно было оседлать судьбу для извинения своей двуличности и утешать меня, как зловещая птица, старинною песнею светских друзей: "Я говорил тебе: быть худу! Я тебе предсказывал! Я предупреждал тебя".

— Не забудьте, князь Гремин, что я взялся быть вашим испытателем, но не стряпчим и не строил себе дороги из развалин вавилонского вашего столба к небу.

— Поздравляю вас, господин Стрелинский, с этим небом, но, признаюсь, ему не завидую. Я уже излечился от охоты искать своего счастия в женщине, которой привязанность изменчива, как цвет хамелеона; и в доказательство — вот как ценю я подарки и поминки ее!

С этим словом он бросил в пыл камина письма и перстень графини.

— Нельзя не похвалить вас за такую решимость, князь; немного ранее она была бы еще больше кстати. Графиня забыла вас так же, как и вы ее, очень скоро после разлуки. Все это было — детская прихоть.

— Прошу избавить меня, господин майор, равно от ваших похвал и откровений. Мы не Дафнис и Меналк, чтобы вести словесную войну за вопрос, кого она любит или не любит. Только не радуйтесь и вы своим торжеством... Женщине, изменившей одному, легко изменить и другому и третьему.

— Будьте скромнее на счет графини, Гремин! Я сносил многое за самого себя, но когда вы дерзаете нападать на доброе имя дамы, это выходит и выводит из границ самого уступчивого терпения... Я не ангел.

— Очень верю, господин Стрелинский. Я так же далек от этой мысли, как вы от этого достоинства... Но угрозы ваши мне забавны, господин майор.

— А мне — жалок ваш характер, господин подполковник!

— Нельзя ли узнать, почему вы удостаиваете меня своим сожалением?

— Потому, что вы, ослепленный пустым тщеславием, оскорбленным самолюбием, бесстрастною ревностию, а быть может, и самою мелочною завистью, скачете за тысячу верст для того, чтоб огорчить, обидеть, уязвить человека, который до сих пор любил и уважал вас.

— Вы мне доказываете любовь свою даже и этими речами, господин Стрелинский, что же касается до вашего уважения, я только раскаиваюсь, что прежде ценил его, и теперь оно столько ж для меня занимательно, как ветер в Барабинской степи... Прекрасное дружество! Почти женится, и не написать мне ни строчки, оставить меня в таком неведении, что я узнал о свадьбе вашей от трактирных маркеров!

— Я писал к вам два раза, но, вероятно, переход полка замедлил доставку писем; а что до свадьбы моей, городские слухи опередили правду. Статься может, она никогда не состоится. Я до сих пор не заверен словом в совершенном согласии графини.

— Вы писали! Вы не уверены! Я, право, не ожидал, чтобы вы так скоро выучились прибавлять Ложь к лицемерию!

— Ложь! — вскричал Стрелинский, задыхаясь от гнева. — Ложь! Одна кровь может смыть это слово!

— Почему же и не так! — отвечал князь презрительно, качаясь на стуле.

— Любовь и кровь старинная рифма.

— Это решено... это кончено. Однако ж не испытывайте меня далее, Гремин; не заставьте насказать вам таких вещей, которые не должны быть произносимы между благородными людьми. Когда мы встретимся?

— И встретимся, конечно, впоследние — завтра. Кто бы из нас ни лег, я всегда буду в выигрыше не дышать одним воздухом с тем, кто заплатил мне за всю дружбу такою...

— Удержитесь, князь! Есть слова, за которые не спасут вас ни память прежней приязни, ни кровля гостеприимства.

— Вам очень пристало говорить о приязни, когда вы превратили в желчь о ней воспоминание. А что до прав гостеприимства, я не вымаливаю у них покровительства; моя сабля мне лучший защитник.

— Бросьте пустое хвастовство, князь Гремин; завтра так завтра. Выстрел

— самый остроумный ответ на дерзости.

— А пуля — самая лучшая награда коварству. Завтра вы уверитесь, что я не из той ткани, из которой делаются свадебные подножки, и не бубновый туз, чтобы в меня целить хладнокровно. Мой секундант не замедлит посетить вас сегодня же.

— Очень рад.

Друзья-недруги расстались, пылая гневом.

VIII

Я был отважно хладнокровен;
Но признаюсь, на утре лет
Не весело покинуть свет
И сердца бой не очень ровен,
Когда вопросом: "Быть иль нет?"
Вам заряжают пистолет.

Ольга не могла сомкнуть глаз в течение целой зимней ночи. Как ни мало изведала она свет, но частые рассказы о поединках уже познакомили ее с этим кровавым предрассудком, а необычайная угрюмость и принужденная шутливость брата, весть, что он очень крупно говорил с князем Греминым наедине, и позднее посещение незнакомого офицера возбудили в душе ее все опасения и страхи. Не понимая причины, она видела возможность ссоры между братом и Греминым. Далеко до зари она была уже одета и бродила как тень по тихим и пустым комнатам. Ужасное сомнение волновало грудь ее; она желала и страшилась узнать роковую истину, прислушивалась к каждому шороху, к каждому звуку. Несколько раз на цыпочках прокрадывалась она к братней половине, но там было все мертво и темно. Вдруг конский топот у крыльца привлек все ее внимание; белый султан мелькнул у братней маленькой лестницы, и вещее сердце ее замерло... тяжкое предчувствие оледенило кровь. Она слышала говор в ближней комнате и не смела слушать, — она хотела удалить безнадежную известность, но братская любовь преодолела все. Притаив дыхание, взглянула Ольга в замочную скважину: против самых дверей топилась печка и озаряла комнату багровым полусветом своим. Старый слуга Валериана плавил свинец в железном ковше, стоя перед огнем на коленях, и лил пули — дело, которое прерывал он частыми молитвами и крестами. У стола какой-то артиллерийский офицер обрезывал, гладил и примерял пули к пистолетам. В это время дверь осторожно растворилась, и третье лицо, кавалерист-гвардеец, вошел и прервал на минуту их занятия.

— Bonjour, capitaine [Здравствуйте, капитан (фр.)], — сказал артиллерист входящему. — Все ли у вас готово?

— Я привез с собой две пары: одна Кухенрейтера, другая Лепажа; мы вместе осмотрим их.

— Это наш долг, ротмистр. Пригоняли ли вы пули?

— Пули деланы в Париже и, верно, с особенною точностью.

— О, не надейтесь на это, ротмистр! Мне уж случилось однажды попасть впросак от подобной доверчивости. Вторые пули — я и теперь краснею от воспоминания — не дошли до полствола, и как мы не бились догнать их до места, — все напрасно. Противники принуждены были стреляться седельными пистолетами — величиной едва не с горный единорог, и хорошо, что один попал другому прямо в лоб, где всякая пуля — и менее горошинки и более вишни — производит одинаковое действие. Но посудите, какому нареканию подверглись бы мы, если б эта картечь разбила вдребезги руку или ногу?

176

— Классическая истина! — отвечал кавалерист, улыбаясь.

— У вас полированный порох?

— И самый мелкозернистый.

— Тем хуже; оставьте его дома. Во-первых, для единообразия мы возьмем обыкновенного винтовочного пороха; во-вторых, полированный не всегда быстро вспыхивает, а бывает, что искра и вовсе скользит по нем.

— Как мы сделаемся со шнеллерами?

— Да, да! эти проклятые шнеллеры вечно сбивают мой ум с прицела и не одного доброго человека уложили в долгий ящик. Бедняга Л***ой погиб от шнеллера в глазах моих: у него пистолет выстрелил в землю, и соперник положил его, как рябчика, на барьер. Видел я, как и другой нехотя выстрелил на воздух, когда он мог достать дулом в грудь противника. Не позволить взводить шнеллеров — почти невозможно и всегда бесполезно, потому что неприметное, даже невольное движение пальца может взвести его, и тогда хладнокровный стрелок имеет все выгоды. Позволить же — долго ли потерять выстрел? Шельмы эти оружейники; они, кажется, воображают, что пистолеты выдуманы только для стрелецкого клоба!

— Однако ж не лучше ли запретить взвод шнеллеров? Можно предупредить господ, как обращаться с пружиной, а в остальном положиться на честь. Как вы думаете, почтеннейший?

— Я согласен на все, что может облегчить дуэль; будет ли у нас лекарь, г. ротмистр?

— Я вчерась посетил двоих и был взбешен их корыстолюбием... Они начинали предисловием об ответственности и кончали требованием задатка; я не решился вверить участь поединка подобным торгашам.

— В таком случае я берусь привести с собою доктора, величайшего оригинала, но благороднейшего человека в мире. Мне случалось прямо с постели увозить его на поле, и он решался не колеблясь. "Я очень знаю, господа, — говорил он, навивая бинты на инструмент, — что не могу ни запретить, ни воспрепятствовать вашему безрассудству, и приемлю охотно ваше приглашение. Я рад купить, хотя и собственным риском, облегчение страждущего человечества!" Но что удивительнее всего — он отказался за поездку и леченье от богатого подарка.

— Это делает честь человечеству в медицине. Валериан Михайлович спит еще?

— Он долго писал письма и не более трех часов как уснул. Посоветуйте, сделайте милость, вашему товарищу, чтобы он ничего не ел до поединка. При несчастье пуля может скользнуть и вылететь насквозь, не повредя внутренностей, если они сохранят свою упругость; кроме того, и рука натощак вернее. Позаботились ли вы о четвероместной карете? В двуместной ни помочь раненому, ни положить убитого.

— Я велел нанять карету в дальней части города и выбрать попростев извозчика, чтобы он не догадался и не дал бы знать.

— Вы сделали как нельзя лучше, ротмистр; а то полиция не хуже ворона чует кровь. Теперь об условиях: барьер по-прежнему — на шести шагах.

— На шести. Князь и слышать не хочет о большем расстоянии. Рана только на четном выстреле кончает дуэль, — вспышка и осечка не в число.

— Какие упрямцы! Пускай бы за дело дрались, так и не жаль пороху, а то за женскую прихоть и за свои причуды.

— Много ли мы видели поединков за правое дело? А то все за актрис, за карты, за коней или за порцию мороженого.

— Признаться сказать, все эти дуэли, которых причину трудно или стыдно рассказывать, немного делают нам чести. Итак, ровно в полдень и за Выборгскою заставой?

— В полдень и там. Невдалеке от трактира, на второй версте, где мы съедемся, влево от дороги, есть пустой и довольно светлый ток; в нем мы будем защищены от ветра и сверкания солнца. Я надеюсь, однако, что мы, прежде чем сведем их, испытаем все средства к примирению? Смертной обиды между ними не было, и, может, нам удастся кончить дело извинением.

— Я бы готов был целый год принимать заряды вместо того, чтоб жечь их, если б удалось нам это; но, признаюсь, мало имею надежды на успех. Говорить соперникам о мире, когда они приехали на поле, все равно что давать лекарство мертвецу. Пули твои никуда не годятся! — вскричал нетерпеливо старику слуге артиллерист, бросив пару их на пол. — Они шероховаты и с пузырьками.

— Это от слез, Сергей Петрович! — отвечал слуга, отирая заплаканные глаза. — Я никак не могу удержать их; так и бегут и порой попадают в форму. Да и руки мои дрожат, словно у предателя Иуды. Что скажут добрые люди, когда узнают, что я отлил смертную пулю моему доброму барину, — какой грех ляжет на душу! С каким сердцем встречу барышню Ольгу Михайловну, если бог попустит мне видеть смерть барина! Он один ей вместо отца родного! Ваше высокоблагородие! заставьте за себя молить бога, отведите барина от греха или от беды своей, уговорите, упросите его; мы... все...

178

Старик не мог продолжать от рыданий... Артиллерист, тронутый сим, старался утешить его.

— Полно, полно, старик! Как не стыдно тебе расплакаться как теленку. Ты сам в четырнадцатом году был в делах с барином, ты знаешь, что не все пули бьют и не все раненые умирают, притом мы постараемся и уладить полюбовно.

Ольга не могла слушать долее; голова ее кружилась, колена изменяли. Ужасные подробности поединка рисовали пред нею кровавыми чертами картину братней кончины...

— Раненого или убитого, — повторила она, упадая в кресла, — убитого!

Мысли ее помутились... Страх ледяною рукою своей сдавил сердце.

Есть минуты, есть часы тоски тяжкой, неизъяснимой... Разум тогда, будто пораженный параличом, вдруг прерывает ход свой, но чувство, отравленное полным понятием о величии беды, подобно лавине, рушится на сердце и погребает его в хладе отчаяния, немого, но глубокого, бесчувственно-мучительного! Тогда очи не находят слез, уста — выражений, и тем ужаснее тоска, сосредоточенная в груди, тем едче слезы, каменеющие на сердце, которое, как подземная жила, переполненная пылающею серой, рвется сбросить с себя громаду и, готовое расторгнуться, не может сдвинуть груза, его удушающего, не может отреять палящего вздоха.

Ольга не плакала, ибо не могла плакать, ничего не слышала, ничему не внимала она. На все приглашения, на все вопросы тетки отвечала она отрицательным движением головы и не трогалась с места. Наконец, когда ясный уже луч солнца, проникнув туманы, упал на чело ее, она как будто очнулась от болезненного забытия, подобно Мемновой статуе в пустынях Пальмиры.

— Где братец? — спросила она, вставая.

— Уехал! — было ответом, и она снова погрузилась в мрачное онемение, вперив неподвижные очи в окно. По лицу ее то мелькало нетерпение ожидания, то улыбание надежды умолить брата, но всего чаще, всего мрачнее ложилась тень отчаяния, ибо разум уверял ее, что никакие доводы, никакие чувства не могли совратить Валериана с пути, однажды избранного; притом же она очень хорошо постигала, что судьба поединка зависела всего более от обидчика, то есть князя Гремина. "И он, которого я считала благоразумнейшим существом, он, которого любила, которого воображала братом — брату, жаждет теперь крови и смерти. Ах! как злы люди", — думала она. А между тем часы текли за часами, било

179

одиннадцать, и вся душа Ольги перешла в зрение; как на перст судьбы, глядела она на тихо переступающую стрелку... Еще четверть, еще... И она воскликнула:

— Все погибло! Он не хочет даже проститься с сестрою, он боится быть тронутым моею горестию... Боже великий, подкрепи меня!

Ольга повергелась ниц перед образом, и решимость осенила свыше теплую мольбу ее.

На второй версте по дороге к Парголову, направо, на холме виден простой русский трактир, выкрашенный желтою краскою, — свидетель многих несчастных сцен или веселых примирений зимою. Летом никто из порядочных людей не посещает его, равно за неопрятность, как и потому, что окрестные дачи в это время кипят народом и, следственно, не могут быть поприщем поединков. Вся трактирная челядь высыпала на крыльцо, завидя две кареты и парные сани, пробивающиеся к ним сквозь сугробы снега, блестящего миллионами звезд на солнышке. Это, как можно было угадать, был поезд вовсе не свадебный, поезд наших дуэлистов. Противников развели по разным комнатам. Артиллерист вызвался ехать вперед приготовить место и утоптать смертную тропу. Доктор пригласил другого секунданта сыграть партию в биллиард, и вот соперники наши оставлены были сами себе на раздумье-Валериан был угрюм, но с каким-то удовольствием смотрел на безжизненный снег, покрывающий саваном долину, на траурную зелень елей. Он пламенно и нежно полюбил графиню, и ее холодность, ее легкомыслие сокрушили все его надежды. Он улыбкою встретил мысль о смерти, потому что смерть никому не кажется так утешительна, как обманутой или неудачной любови. "Три дня — и нет ответа... — думал он. — Это самый понятный ответ! Ей жаль лучей своего сиятельства; ей приятнее перецеживать светскую скуку в кругу модных обезьян, чем наслаждение жизнию с мужем-человеком; ей лестнее вселять мечты и желания в других, чем мыслить и чувствовать наедине с другом или с собою. Да будет! Благодарю судьбу, что она заранее спасла меня от легкомысленной женщины. В сладком чаду заблуждений, в очаровании страсти мне бы тяжко было вырваться из объятий счастия. Но теперь я равнодушен к жизни; я презираю свет, в котором любовь — тщеславие, а дружество — прихоть. Но ты, Алина, ты виновна более всех! Необыкновенная смертная, ты увлеклась стадом обыкновенных женщин... Ты одна могла создать мое счастие, ты одна могла ценить мою любовь, и я, не утешен взаимностию, сойду в могилу — и за тебя! Алина! Алина! ты оценишь меня, когда меня потеряешь!" Слезы навернулись на глазах Валериана. Но, право, не знаю, почему ни одна из них не посвящена была сожалению о сестре; таковы все влюбленные; во время своей горячки у них нет ни думы, ни слова, кроме о милой, и, даже умирая, они больше думают о том, как понравятся в гробу своей возлюбленной, нежели о том, как станут плакать о них родные.

Зато, если в одной комнате Ольга была забыта для любви, в другой, по той же самой причине, она была предметом восклицаний и вздохов. Князь Гремин сидел там мрачнее сентябрьского вечера и очень заунывно барабанил пальцами по столу; но или сосновая эта гармоника не могла вполне выразить печальных его мыслей, или сам он был непривычный виртуоз на этом инструменте, только фантазия его походила на погребальный марш, достойный похорон кота мышами. Как ни забавно-жалобна была, однако ж, его музыка, его думы были вовсе не забавны. Когда погас первый пыл негодования, он горько раскаивался в своей дерзкой вспыльчивости; совесть громко укоряла его в обиде старого друга, — и для чего, для кого? Для той, которую уже давно не любил он, для той, которая сама его забыла; не имея другой цели, кроме препятствия в счастии сопернику, из пустого тщеславия! Но всего убедительнее действовала на него логика любезности и красоты Ольги; все силлогизмы его оканчивались и начинались укорительным вопросом: "что скажет на это сестра Валериана?" Ненависть в жизни, если он убьет противника, или презрение после смерти — за вражду непременно долженствовали быть уделом его, а Гремин глубоко чувствовал, как благородный человек и как пламенный мужчина, сколь тяжело было бы ему сносить не только ненависть или презрение, но даже равнодушие Ольги, достойной всякого уважепия "и любви", приговаривало сердце, "и, может быть, неравнодушной к тебе", шептало самолюбие. Но голос предрассудков звучал как труба и заглушал все кроткие, все добрые ощущения.

— Теперь уже поздно раздумывать, — сказал он со вздохом, разрывающим сердце. — Нельзя возвратить сделанного, стыдно переменять решение. Я не хочу быть сказкою города и полка, согласясь мириться под пистолетом. Люди охотнее верят трусости, чем благородным внушениям, и хотя бы еще лестнейшие надежды, еще драгоценнейшее бытие лежали в дуле моем, я и тогда послал бы выстрел Стрелинскому.

— Все готово, князь! — сказал секундант его, распахивая

дверь. — Остается только зарядить пистолеты, и, как водится, мы просим вас при том присутствовать.

Противники вошли с разных сторон, холодно и безмолвно поклонились друг другу, и, между тем как Гремин остановился у стола, на котором готовилась роковая трапеза, Стрелинский подошел к доктору, который без милосердия один-одинехонек гонял шары по биллиарду. Больно душе видеть людей перед поединком, еще больнее быть посредником в оном. Невольно желаешь зла другому, потому что желаешь сохранения своему товарищу, и это чувство проливает на все церемонную принужденность, между тем как все стараются быть необыкновенно веселыми — соперники, чтобы показать свою смелость, а секунданты, чтоб поддержать ее.

Валериан, познакомясь на переезде с доктором-оригиналом, шутя спросил его, обращаясь к прерванному в карете разговору:

— Не отступаетесь ли вы, любезный доктор, от чудесной гипотезы своей, что когда-нибудь люди научатся прививать детям хорошие качества, как коровью оспу, и лечить от страстей, как от прилипчивых болезней?

— Для чего мне быть отступником от своих рассуждений, когда вы не хотите покинуть свои предрассуждения? — отвечал доктор и положил красный в лузу.

— Жаль, право, что я не родился позже веками пятью: очень бы любопытно посмотреть, как станут вылечивать от любви шпанскими мушками или от злости припарками и лигатурами!

— От злости и теперь в простом народе лечат припарками и перевязками, так, как в старину от сумасшествия чахоткою, — только едва ли с успехом. Но почему не предположить, что, при всеобщем усовершении наук, нужнейшая из них не выйдет из настоящего дряхлого своего младенчества? Тогда, Валериан Михайлович, мне бы гораздо приятнее было предупредить вашу раздражительность какими-нибудь сладкими пилюлями, нежели вытаскивать свинцовые из ваших костей.

— То-то будет золотой век для медиков!

— Золотой для медицины, а бессребреный для медиков, которые до сих пор, наравне с крапивным семенем судей, живут на счет глупости, или пороков, или бедствий человеческих!

— Почтенный доктор... — прервал речь его артиллерист, заряжая вторую пару, — решите спор наш: я говорю, что лучше уменьшить заряд по малости расстояния и для верности выстрела, а господин ротмистр желает усилить его, уверяя, что сквозные раны легче к исцелению, — это статья по вашему департаменту.

— Дайте руку, господин пушкарь в превосходной степени. Мы должны быть друзьями и соседями, не только потому, что ваше училище, где научают убивать по правилам, рядом с нашею клиникою, где учат исцелять людей, но и потому, что природа всегда подле яду помещает противуядие. Вы смеетесь, вы говорите, что это два зла вместе, — пусть так. Только увеличьте заряд, если нельзя вовсе его уничтожить. На шести шагах самый слабый выстрел пробьет ребра; и так как трудно, а часто и невозможно вынуть пули, то она и впоследствии может повредить благородные части.

— Высокоблагородные части, — сказал, улыбаясь, Гремин, — мы оба штаб-офицеры; но шутки в сторону, доктор: откуда почитаете вы всего безопаснее вынимать пулю?

— Из дула, — отвечал доктор очень важно. Все засмеялись.

— Не угодно ли будет, князь, снять эполеты? — сказал один из секундантов, укладывая пистолеты в ящик. — Золото — слишком видная цель для противника.

— Вы так строги, любезный посредник мой, что я того и жду приглашения оставить здесь и голову, потому что она еще виднейшая цель...

В это время послышался стук у двери. — Боже мой! — воскликнул артиллерист, закрывая плащом оружие. — Не дадут и подраться покойно! Кто там?

— Ездовой графини Звездич спрашивает майора Стрелинского, — произнес за порогом маркер, точно таким же голосом, как возвещает он "двадцать три и ничего!".

Стрелинский одним прыжком был уже в сенях.

— Вас просит видеть какая-то дама, — сказал Гремину трактирный мальчик, вбегая с другой стороны. Князь вышел, пожимая плечами. Но вообразите его изумление, когда стройная незнакомка отбросила вуаль с лица своего и в ней он узнал Ольгу со всеми прелестями юности, в полном вооружении невинности и собственного достоинства.

— Ольга! — воскликнул он, пораженный еще более, чем удивленный. — Ольга, вы, вы здесь?

— И вы причиной тому, князь Гремин, — отвечала Ольга с гордою твердостию. — Если б я и не знала опасностей моего поступка, то одно изумление ваше открыло бы мне все... Но я все знаю и на все решилась. Пускай свет назовет меня безрассудною искательницею приключений, пускай стану я сказкою столицы, пусть эта минута бросит вечную тень на остаток моей жизни, — но не должна ли я презреть всем для спасения брата, которого хотите вы погубить! Но я не упрекать вас пришла, князь Гремин, но просить, но убеждать, умолять вас: забудьте кровожадную ссору вашу, открытую мне случаем. Заклинаю вас именем бога, которого забываете, именем человечества и разума, которые попираете вы ногами, именем прежней дружбы и вечной любви ко всему, что драгоценно для вас в этой жизни и лестно за могилой! Вы искали поединка, и от вас зависит прекратить его. Князь! Примиритесь с Валерианом! Спасите меня от горького чувства видеть убийцу в брате или от неутолимого плача по нем. Что станется тогда со мной в этом враждебном свете, без друга, без советника и покровителя? Как мало жила я и как несчастна, что дожила до ужасной поры, в которую два существа, уважаемые мной больше всего в мире, готовы растерзать друг друга!

Сначала голос Ольги был тверд и выразителен, но когда речь коснулась до братской привязанности, он стал тише и нежнее, дыхание прерывалось, замирало; тоска высоко вздымала грудь; очи ее, отягченные слезами, наконец пролили их в три ручья, и она, рыдая, опустилась на стул. Князь Гремин, энтузиаст всего высокого и благородного, тронутый до глубины души прекрасным самоотвержением Ольги, стоял в восторге, нем и неподвижен. Он поглощал взорами великодушную примирительницу. Сладостное чувство умиления проникло все его существо; одна искра чистой любви осветила всю его душу. Как молния превращает полюсы компаса, так всемогущие слезы невинности превратили в доброту все семена зла и злобы, в груди таящиеся. Он был уже счастлив, ибо высочайшее счастие есть сознание чужих совершенств, сознание высокого и прекрасного.

Ольга, однако ж, почитая безмолвие князя колебанием или отказом, гордо встала и произнесла, сверкая взором:

— Но знайте, князь Гремин, если речь правды и природы недоступна душам, воспитанным кровавыми предрассудками, то вы не иначе достигнете до брата моего, как сквозь это сердце. Не пожалев славы, я не пожалею жизни.

— Нет, нет! Существо неземное! — воскликнул Гремин, — свою жизнь, хотя бы тысячу раз обновленную, готов теперь пожертвовать я за вас, за Валериана! Ольга! ваше великодушие победило меня!

С этим словом он вошел в залу и громко сказал Валериану:

— Господин майор! я прошу у вас извинения в своей горячности; очень сожалею о том, что вчерась произошло между нами, и если вы довольны этим объяснением, то сочту большою честию возврат вашей дружбы.

Стрелинский, вовсе не ожидая такой развязки, перечитывал весело какое-то письмо, — очень вежливо, однако ж очень охотно протянул руку Гремину.

— Тому легко примирение, — сказал он, — кто сам имеет нужду в прощении, — и друзья обнялись снова друзьями.

— Господа секунданты! скажите по совести, не имеем ли мы в чем-нибудь укорять себя, как благородные люди и офицеры? — сказал Гремин.

— Никогда и никто не усомнится в вашей храбрости, — отвечал гвардеец, обнимая князя.

— Признаваться в своих ошибках есть высшее мужество, — возразил артиллерист, сжимая руку майору.

— Сделав все для света, я прошу у тебя, любезный Стрелинский, для самого себя пяти минут особенного разговора.

Рука об руку с князем вошел Валериан в другую комнату весело и беззаботно, но чело его подернулось, как заревом, когда он увидел там сестру свою!

— Что это значит?! — вскричал он грозно. Но когда сестра с радостным приветом:

— Вы не будете врагами, вы не будете стреляться! — упала к нему на грудь бесчувственна, голос его смягчился...

— Ольга! Ольга! что ты сделала? — произнес он печально. — Невинная, неопытная душа! ты погубила себя!

Тихо опустил он на софу драгоценное бремя, и невольный взор упрека пронзил сердце Гремина; между тем призванный доктор суетился около Ольги.

— Друг! друг! — сказал глубоко тронутый князь, — не уничтожай меня; я сам чувствую, сколько бед накликало мое безрассудство; подумаем лучше, как исправить ошибку. Поездка сестрицы твоей едва ли утаится от клеветы, и бог весть, какими баснями украсит ее свет! Чувствую, что я не стою этого ангела, но чувствую, что без нее нет для меня счастия на земле... И если сердце ее не занято... если... я, как старый друг твой, спрашиваю тебя, Валериан... хочешь ли ты иметь меня зятем?

Стрелинский мрачно взглянул на него...

— Князь! я откровенно скажу тебе, что прежде не желал бы лучшего мужа Ольге, но вчерашняя твоя горячность за графиню заставляет меня сомневаться в счастии сестры!

— Валериан! не разрывай могил минувшего... Кто не был молод! От сего дня я новый человек; прежняя привязанность к сестрице твоей обратилась в страсть неодолимую и неизменную.

— Верю, — сказал Валериан, пожимая руку друга, и указал на сестру, которая начинала приходить в себя. — Милая, добрая Ольга! здесь ты видишь людей, тобой примиренных и благодарных; но, кроме благодарности, здесь есть некто желающий получить награду, заслужив наказание; он уверяет, что любит тебя, клянется в верности... Доканчивайте, князь Гремин!

Гремин с пылкостию и страхом вступил в трудное объяснение.

— Я буду краток, — сказал он, приближаясь к Ольге, — как ни вредно виноватому быть им. Так, Ольга, я дерзаю искать руки вашей, хотя в глубине души сознаюсь, как недостоин я такого блаженства. Не говорю теперь о взаимности, я буду счастлив и тем, если вы меня не ненавидите, и терпеливо стану ждать чувств нежнейших, как награды.

— Теперь я не имею никакой причины ненавидеть вас; я, напротив, обязана вам благодарностию! — возразила Ольга едва внятно.

— Это лишь слабый образчик моей беспредельной покорности; имея образцом такого ангела, какое доброе качество мне недоступно? Ольга! жизнь без вас для меня пустыня, с вами — рай; решите участь мою!

Ответ Ольги можно было прочесть в каждой черте лица, в трепетании каждой жилки; слезы наслаждения стояли в ресницах, румянец счастия пылал на щеках ее... Все сны, все мечты ее разгадались; она была так невинно счастлива, но ей было так ново и страшно это положение; наконец она приклонила милое лицо свое к плечу Валериана и тихо, тихо сказала:

— Братец, отвечай за меня!

— Князь Николай! вручаю тебе лучшую жемчужину моего бытия. Есть бог в небе и совесть в сердце, если ты не сделаешь мою Ольгу счастливою!

Тут положил Валериан руку сестры в руку Гремина, и седьмое небо распахнулось для влюбленного.

— Я сегодня так счастлив, что боюсь, не во сне ли вижу все это; друзья мои! вот письмо от Алины, — примолвил Валериан, отдавая для прочтения письмо Гремину. Гремин читал:

— "За свою недоверчивость, милый Валериан, ты заслужил наказание и получил его, но чего эта шутка стоила моему сердцу! Как можно было сомневаться, что, куда б ни забросила тебя судьба, куда бы ни увлекла воля, в горе и счастии я всегда с тобой неразлучна. Впрочем, эти три дня я посвятила на убеждение моих нравственных и политических опекунов;

теперь все в порядке, и я могу ехать за тобой к полюсу, не только в прекрасную деревню. Сегодня ожидаю неверующего на мир и через два месяца — о сладкая мысль! — я буду уже иметь священное право называться твоею Алиною!"

Поздравления и объятия полетели к счастливцу... Сам доктор, со слезами умиления на глазах, смотрел на небо, скинув ошибкою парик вместо колпака.

— Еще пара таких женщин, — бормотал он, — и я выброшу всех редких букашек за окно! Жаль только, что Ольга заставит меня переправить целую главу о женщинах!

Стрелинский, посадив сестру свою в карету, остановился у дверец.

— Господа! — сказал он, — милости просим ко мне откушать и запить прошедшие безрассудства. Господ же секундантов, благодаря, сверх того, за их участие, прошу сделать нам честь переменить роли секундантов на должность шаферов у меня и жениха сестры моей, князя Гремина!

Он умчался при радостных приветах.

Восхищенный князь, обнимая с радости всех .и каждого, сказал доктору, приглашая его сесть с собою в карету:

— Я надеюсь, и для вас, почтеннейший друг наш, приятнее видеть свадьбу, чем похороны.

— Я не бываю на свадьбах, чтобы не заставить краснеть других, ни на похоронах, чтобы не краснеть самому, — отвечал доктор, садясь в сани.

— Теперь, однако ж, дело идет не о проводах невест или мертвецов в новый для них мир, а только о проводах масленицы. Валериан ждет вас к дружескому обеду.

— Непременно буду, охотно буду, но теперь еще рано, я заеду к себе приписать кое-что к моей диссертации.

— Конечно, о страстях устрицы! — сказал Гремин, улыбаясь.

— Напротив, об удачных глупостях человека, — возразил доктор.

ВЕЧЕР НА КАВКАЗСКИХ ВОДАХ
В 1824 ГОДУ

— Зачем от нас могил ужасный клад
Видения и страхи сторожат?

— Вот Эльбрус, — сказал мне казак-извозчик, указывая плетью налево, когда приближался я к Кисловодску; и в самом деле, Кавказ, дотоле задернутый завесою туманов, открылся передо мною во всей дикой красоте, в грозном своем величии.

Сначала трудно было распознать снега его с грядою белых облаков, на нем лежащих; но вдруг дунул ветер — тучи сдвинулись, склубились и полетели, расторгаясь о зубчатые верхи. Солнце западало. Розовый, неизъяснимо прелестный румянец таял на голубоватых и словно прозрачных льдах горного гребня, и мимолетные пары, расцвеченные всеми отливами радуги, оживляя их игрою теней, придавали еще более очаровательности картине. Я не мог наглядеться, не мог налюбоваться Кавказом; я душой понял тогда, что горы есть поэзия природы. Чувства мои стали чище, думы яснее. Я мог словами поэта сказать тогда:

Там горести, там страсти яд немеет, Там юностью невянущею веет, Забвение, целительной рукой, На сердце льет усладу и покой; Душа слита с возвышенной природой, И дышит грудь бессмертною свободой!

Но заря догорала. Одни за другими гасли вершины гор; только двуглавый Эльборус сиял двумя звездами над океаном туч... наконец и он утоп во мраке. Изредка перепадали крупные капли дождя; ветер вздувал по степи пыльные столбы, и телега моя неслась будто наперегонку с ними.

— Далеко ли? — спросил я извозчика.

— Полверсты, — отвечал он.

В тот же миг сверкнула молния и озарила передо мной новую станицу линейных казаков и дальше домы и домики для приезжих на воды. Спешить мне было не для чего, и я решился провести в Кисловодске день и другой, чтобы удовлетворить любопытству: посмотреть общество и увидеться с знакомыми.

Зоревой барабан гремел и раздавался в окрестности, когда вошел я в залу гостиницы, где за ужинным столом нашел двух добрых моих приятелей. Поменявшись новостями и перебрав по зернышку старину, мне досужнее стало прислушиваться к общему разговору. Ужин кончился, но человек десять романтиков насчет покорности к предписаниям эскулапа не думали покидать стола, и по числу опустошенных бутылок я заключил, что кавказская вода имела для них чудесное свойство — возбуждать жажду к вину.

— Ну что наши московские красавицы? — сказал молодой человек в венгерке, значительно поглядывая на капитана Нижегородского драгунского полка и капитана гвардии, между которыми сидел он. Приятель мой, склонявший мне имена и качества каждого, шепнул, что это матушкин сынок, приехавший сюда из белокаменной лечиться от застоя в карманах.

— Милы, как всегда, — отвечал гвардеец, равнодушно покачиваясь на стуле.

— Скажите — божественны! — с жаром воскликнул усатый драгунский капитан. — Можно ли так сухо говорить о красавицах? Эй, мальчик, — шампанского!

— Позвольте сказать мне по-дружески, любезный капитан, — возразил гвардеец, — вам не мудрено восхищаться ими, после долгих лет, проведенных на бессменной страже или в перестрелках и наездах. Видя женщин, как луну, только на телескопическом расстоянии, всякий примет первую образованную даму, с которою встретится он лицом к лицу, за идеал совершенства; но причина этому не в ней, а в нем. Вы горите, сами и воображаете, что они сияют.

— Тут есть много истины, капитан, но между много и все — целое море. Я не говорю о кавказских татарках, из которых самая красивейшая, по рабским привычкам своим, достойна только закуривать трубки, ни о грузинках, в которых одна глупость может сравняться с красотою. Черкешенки вовсе иное дело, — да мы осуждены любоваться ими как недоступными вершинами Кавказа и видим их едва ль не реже солнечного затмения. Но я сам жил и служил в столицах; видел свет не в подворотню, и образованная женщина хотя здесь для меня и редкость, но никогда не может быть диковинкою.

— Не по хорошу мил, а по милу хорош, — сказал толстый рязанский помещик, улыбаясь, как воображал он, очень лукаво.

— Эта пословица мне не соседка, — отвечал усач. — Я говорю беспристрастно и утверждаю, что на этот раз обе московские красавицы милее здешних петербургских умниц в блузах, с вечными рассказами о погоде и поправками адрес-календаря, помещиц в капотах, которые всякого мужчину принимают, кажется, за амбар для складки отчетов своих о вине, и льне, и ячмене, о садоводстве и скотоводстве, в котором не мудрено им успеть, обращаясь часто со своими супругами! Господа! Здоровье двух прекрасных московок!

Видя, что рыцарь разгорячился, собеседники, уважая добрый его нрав, не сочли за благо подстрекать его еще более противоречиями. Все напенили бокалы и выпили в лад.

— Здоровье прекрасных посетительниц Кавказских вод, на берегах Москвы расцветших! — воскликнул нежный сотрудник дамского журнала, повторяя по-своему предложенное здоровье.

— Этот же тост, в переводе господина Свирелкина с моего бивачного языка на язык светский: кто не пьет — не товарищ!

(Пьют и чокаются.)

— Между нами, капитан, — сказал ему гвардеец, — белокурая или черноволосая сестра вам более нравится?

— Этот же самый вопрос я делаю самому себе двадцать четыре раза в сутки и до сих пор не добьюсь я у своего сердца толку: оно уверяет, что и утренняя и вечерняя заря прелестны. В полдень, любуясь нежными, небесными глазами и пленительною томностью лица блондинки, я бы готов был влезть в ее соломою оплетенный стакан, чтобы коснуться розовых губок и потом растаять в кислой воде; но при свечах или при лунном сиянии пронзительные взоры и пылкий румянец брюнетки зажигают меня как гранату, и я рад кинуться на чеченские шашки, чтобы до нее прорубиться.

— Полноте вздыхать, господин адъютант! Чокнемся лучше да выпьем за здоровье прелестного румянца нашей богини.

Адъютант закраснелся и выпил.

— Именным бы указом запретил красавицам, у которых в лице играет румянец, ездить на воды, — сказал чахоточный прокурор, поправляя в ухе хлопчатую бумагу, — они делают больными здоровых и мешают больным выздоравливать.

— Что так строго, господин прокурор? — возразил артиллерийский ремонтер обвинителю. — Я уверен, что не любовь, а деловые экстракты причины ваших недугов.

— То есть уксус, который выжимали вы из справок, — прибавил москвич.

— Настоящий vinaigre de quatre voleurs! [Уксус из четырех воров (фр.)]

— наддал еще драгунский капитан, недавно проигравший тяжбу и сердитый

— Вам бы надобно было довольствоваться только запахом, а вы хотели выпить все до дна.

— Господа! — отвечал прокурор, поглядывая то направо, то

налево, в нерешимости, рассердиться ему или принять град насмешек за шутку; наконец он рассчитал, что последнее выгоднее. — Господа! — повторил он, — конечно, мне бы следовало довольствоваться одним запахом, но тогда я не имел чести иметь вас высоким примером скромности — вас, которые так счастливы в любви одним гляденьем.

— Браво! браво! — воскликнули многие голоса сквозь смех. — Здоровье больной юстиции!

И бокалы засверкали донышками.

В это время молодой человек, прекрасной наружности, закутанный шалью, который задумчиво сидел против меня и часто с беспокойством поглядывал на часы, встал и подошел к окну. Выразительно было бледное лицо его, и его впалые черные очи, казалось, хотели пронзить темноту и дальность.

— Облака заволакивают месяц, — сказал он вслух, но более обращаясь к самому себе, чем к обществу, — ветер воет, и дождь крапает в окна... Как-то будет добраться до дому! Когда вихорь разносит пары, то при блеске лунном порою белеет Эльборус, спящий в лоне туч перед грозою.

— Покойной ему ночи, — сказал сосед мой, отставной полковник. — Ты, господин доктор трансцендентальной философии, наверно, не будешь встречать так равнодушно бурю, как он в грозном колпаке своем.

— Конечно, нет, любезный дядюшка, — отвечал молодой человек, — потому что я не камень. Кавказу полгоря носить ледяной шлем на гранитном своем черепе, — у него вся адская кухня греет внутренности, и, может статься, природа обложила голову его льдом нарочно для умерения внутренней горячки с землетрясениями; но если бы вздумалось повторить такой опыт надо мною даже и в припадке безумия, — я бы, конечно, отправился в Елисейские поля. Выкупаться в туманах, не только быть промочену дождем, — значит испортить весь курс лечения, а мне, право, не хочется начинать его в третий раз.

Сказав это, молодой человек учтиво поклонился собранию, завернулся в плащ и вышел.

— Вот нынешние молодчики! — сказал полковник, провожая его глазами. — Не понимаю, как можно в двадцать пять лет так нежить себя! Прекрасный малый, а пречудак племянник мой. Порою бегает по целым часам нараспашку или, как угорь, вьется по утренней росе; но когда ему вообразится, что он болен, то чего не накутает на себя для прогулки в самый полдень! Треух на голову, калоши на следки, фланель для поддержания испарений, замшу от сквозного ветра, жилет для приличия, сюртук для красы, шинель для

191

всякого случая сверху, — а сверх шинели — всю природу. Недаром один шутник назвал его египетскою мумиею, набальзамированною романтизмом и испещренною иероглифами странностей, которых не разберет, думаю, ни сам старый черт, не только Шампольон-младший! Простудиться!! Человеку в двадцать пять лет и гренадерских статей простудиться! Я бы заставил его сломать похода два-три зимой, на холодной воде, вприкуску с гнилыми сухарями. Сегодня по пояс в снегу, завтра по колено в грязи и потом, промокши до самого сердца, просушиваться под картечным огнем неприятельским. В цепи или в разъезде вместо отдыха; то преследуя побежденных, то утекая разбитый и, в довершение удовольствий, нося более ран на теле, чем петель на мундире!.. Там забыл бы он, за недосугом, и настоящие болезни, не то что воображаемые.

— Впрочем, кто из нас, — сказал на это гвардейский капитан, чистя перышком зубы, — кто из нас отказывался, после дымных биваков, попировать в богатом замке, покружиться усталыми от похода ногами с милыми чужеземками и заснуть на мягком пуховике? Наслаждайся, покуда можно, — есть девиз русского; но когда приходит время лишений, нужды и опасностей, он так же мало заботится и жалеет о выгодах жизни, как о завтрашнем дне, и под мокрою буркою, в грязи засыпает не хуже праведника, поужинав горстью недоваренного ячменя, устав от боя и похода!

— И то правда! — отвечал полковник, перебирая по четкам памяти все подобное, изведанное собственным опытом.

— Племянник ваш, может быть, имеет другие причины опасения возвращаться домой так поздно, — молвил человек небольшого роста, в зеленом сюртуке, коего таинственная наружность весьма походила на сосуд, в который царь Соломон запечатал множество духов. — Он, приехав позже всех на воды, принужден был напять домик за кладбищем.

— Вот это мило! — возразил полковник. — Молодой человек девятнадцатого столетия и, в придачу того, магистр Дерптского университета станет бояться пройти чрез кладбище! Да нынче дамы нередко назначают там свидания.

— Неужели вы думаете, — насмешливо присовокупил гвардеец, — что племянник полковника боится наступить на ногу какому-нибудь заносчивому покойнику и тот потребует от него благородного удовлетворения?

— Не шутите над мертвыми, капитан, — произнес торжественным голосом человек в зеленом сюртуке. — В природе есть вещи страшные, неразгаданные! Племянник ваш еще не утешился о потере друга, которого схоронил он здесь в прошлом году.

— Военный или рябчик был друг его? — небрежно спросил драгун.

— Никто наверно не знал ни его звания, ни его отчизны, хотя в паспорте он назван был венгерским дворянином. Сказывают, он был странное и непонятное существо. Выговор ни на каком языке не изменял ему, — он на всех европейских говорил как нельзя чище. Жил весьма скромно и между тем сыпал золото бедным. Одевался просто, но одни солитеры его перстней стоили десятков тысяч. Вообще он был нелюдим и молчалив, ни с кем не сближаясь и никому не кланяясь. Однако же некоторые знатные особы говорили всегда с ним и о нем с величайшим уважением. Одним словом, — продолжал таинственный человек, понизив голос, — многие считали его одним из двенадцати кадожей.

— А что это за зверь? — спросил толстый помещик, который, скуча молчанием, как ловчий, стоял настороже с борзыми вопросами, ожидая по себе предмета; но, видя, что ожидания его напрасны, спустил их со смычки в чужую угонку.

— Кадожи? — отвечал сфинкс, опустив нос свой в стакан, как пьющая синица. — Кадожи, как говорят, суть главные блюстители масонских лож, из которых, как, я думаю, известно, шотландская считается за старшую. Не будучи великими магистрами, они важнее всех магистров, потому что лишь им открыта главная общая цель братства. Они могут находиться во всех степенях, но всегда скрытно, всегда никем не знаемы и, сохраняя в руках своих главные средства, путешествуют по свету для наблюдений, для дела и успехов вольных каменщиков.

— Так бы вы и сказали, — примолвил рязанский помещик. — Попросту сказать, он был атеист, то есть фармазон и отчасти волтерианец. Сосед мой прошлого году наслал мне от Макарья целую кипу книг об их вере; поклоняются моське, батюшка!

Никто не мог удержаться от смеху, слыша такое определение масонства. Наконец затихли и отголоски этого выстрела веселости.

— Но каким же образом вы споведали о кадожах? — подозрительно спросил капитан гвардии.

Сфинкс в зеленом сюртуке побледнел, боязливо взглянул на прокурора, потом на дверь, которая скрипела и не отворялась, потом покраснел он, потом щелкнул по серебряной табакерке указательным перстом, отворил ее, нюхнул, что называется, вслух и, ободрившись, отвечал;

— Вы можете быть уверены, капитан, что если б я когда-нибудь принадлежал к обществу масонов, то, конечно бы, не стал рассказывать об их распорядках. Впрочем, я уже известил вас, что и сами масоны не имеют о кадожах верного понятия, и ежели венгерца считали одним из них, то это по одним догадкам, по соображениям и вероятностям. Таинственность его речей, скрытность поступков, его обширный ум, его богатство и связи, уважение к нему людей почетных — вот что служило к тому поводом.

— Удивительная архитектура догадок, — возразил насмешливо гвардеец, — точь-в-точь пирамида, у которой острие служит основанием. Каким же образом эти странствующие привидения, эти всемирные блюстители узнают друг друга внове?

— Говорят, — тихо отвечал рассказчик, — впрочем, я уверять не могу и отрицать не смею, что между ними главным опознательным знаком служит особого вида кольцо.

— Видно, эти осторожные по превосходству люди хранят в решете свои таинства, — заметил гвардеец, — когда они доступны всякому встречному и поперечному.

— Всякому? Нет, капитан! — возразил сфинкс, несколько обидясь. — Немногим, очень немногим дается дар проникать в глубочайшие тайны, в сокровеннейшие изгибы души человеческой, и по нескольким точкам начертывать целые картины.

— Перед вами, перед вами все эти достоинства! — нетерпеливо вскричал усатый кавалерист. — Но скажите, ради бога, какое сношение имеет кладбище с племянником полковника?

— Кладбище — дорога на тот свет, — отвечал человек, у которого голова, как покинутая башня, населена была привидениями, между тем как вид его доказывал, что он чувствует уже свою важность, возбудив любопытство.

— И в рай, — произнес сомнительно чахоточный прокурор, у которого сердце пищало, как орех в клещах, при мысли о смерти.

— И в ад, — прибавил сосед мой, полковник, брякнув стаканом по столу, будто вызывая всех бесов в доказательство, что ему нечего их трусить.

— Да, и в ад! — повторил с глубоким вздохом прокурор, опуская от губ нетронутую рюмку: ему показалось, будто вино пахнет серою,

— Продолжайте, почтеннейший! — сказал рассказчику любопытный артиллерист. — Зачем же этот венгерец приехал на воды?

— Зачем мы все здесь? — отвечал тот. — Сделайте подобный вопрос каждому из нас, и все скажут: лечиться, но, кроме этого, есть побочные или главные цели у многих. Одни приезжают рассеяться любовными связями; другие

— остепениться женитьбой; третьи — поправить картами несправедливость фортуны; иные, чтоб не упустить из виду умирающего богача-родственника; очень многие для удовольствия про...

— Ради самого Пифагора, избавьте нас от подобных выкладок! Сочтите, будто мы знаем все, что можете высказать впредь на этот случай, и поскорее к делу! — воскликнул гвардейский капитан.

Таинственный продолжал так:

— Теперь, милостивые государи, надобно вам объяснить, что в первых веках христианства греческие купцы из Византии, привлекаемые знатными выгодами, презирали тысячи опасностей от худых и пустынных дорог и варварских нравов, заезжали сюда или проезжали чрез этот край из Персии, чтобы менять восточные товары на поморьях Каспия и Черного моря и потом торговать с славянами за Доном или по Днепру, и возвращались потом с драгоценными мехами домой как могли. Караван одного из них с несметными богатствами в жемчуге и золоте, в парчах и цветных каменьях, был настигнут и окружен свирепыми горцами, ночью, поблизости этих ключей. Видя неизбежную гибель, купец успел зарыть все драгоценнейшее в землю, чтобы скрыть от разбойников и потомства обожаемое им золото, для которого не щадил он ни поту, пи крови и утратил жизнь и душу. Все это, как водилось в те времена, сопровождаемо было чарами и заклятиями. Караваны тогда не ходили без прикрытия; отчаянная стража дралась насмерть и почти вся была изрублена варварами. Сам хозяин лег мертвый на сокрытые свои сокровища, как будто желая охранять их и по кончине. Один только раненый вожатый верблюда был увлечен в плен, в горы, провел горькие годы в жестоком невольничестве и, перепроданный несколько раз, бежал к Черному морю и достиг до своего отечества. Известие обо всем этом, от него, чрез многие руки и многие столетия перешло во время крестовых походов в руки тамплиеров, с верными подробностими. Не знаю, старались ли они извлечь из недр земли эти сокровища и какова была удача попыток, если старались; только венгерец прибыл сюда, как полагали, с тайным поручением ложи — поверить на месте предания и, если можно, вырыть из земли под вековым прахом погребенный клад.

— Клад! — умильно воскликнул помещик, у которого охота к охоте спровадила в заклад почти все имение.

— Клад! — произнес, облизываясь и потирая руки, прокурор, — об этом следовало уведомить местное начальство.

— Особенно если там найдутся старинные монеты, оружие, утвари, чудные украшения или древние идолы, — примолвил в первый раз какой-то археолог с готическим носом, у которого слова были, кажется, так же редки, как медали с изображением царей Кавказа.

— Со всем тем, — продолжал таинственный человек, — венгерец, по-видимому, не имел охоты делиться с местным начальством, ни угождать господам искателям древностей, потому что меры его были чрезвычайно скрытны и осторожны. Один только чудный случай и странное стечение обстоятельств ненамеренным образом открыли часть его тайн одному из друзей моих, который в прошлом году жил рядом с его комнатою. Он рассказывал про этого непонятного человека много таких вещей, от коих поднялись бы волосы дыбом у самого неверующего вольнодумца.

— Этому трудновато быть с моею головою, — сказал толстый помещик, поглаживая по своей лысине и отодвинувшись от стола после этой шутки, как откатывается пушка после выстрела. Однако ж, боясь, чтобы лукавый не отплатил ему за насмешку, он потихоньку перекрестил грудь против третьей пуговицы и снова навострил ухо к рассказу.

Человек в зеленом сюртуке пожал плечами и улыбнулся почти презрительно, что на мимическом языке значило: какая жалкая шутка! стоит ли для нее прерывать занимательное повествование! И он, по кратком молчании, начал вновь:

— По ночам, рассказывал друг мой, венгерец долго и пристально сиживал за какими-то книгами и тщательно запирал их в другое время. Потом он то медленными, то быстрыми шагами ходил по своей комнате, то вдруг останавливался на одном месте, как будто окамененный каким видением или мыслию. Порой неясные звуки вырывались из груди его; даже во сне тяжело стонал он, словно совесть его подавлена была каким-нибудь преступлением, и его всегдашняя физиономия, могильная синева его лица, его впалые, почти неподвижные очи, речь прерывистая и рассеянная обличали гораздо более страдания души, чем разрушение телесное. Со всем этим он бывал порой чрезвычайно занимателен: он везде бывал, все видел, все постиг. О всех веках, о всех народах говорил он с достоверностию самовидца и с беспристрастием потомства. Все важные лица последнего столетия были знакомы ему коротко, если не по свету, то по настоящим их характерам. В это время, полковник, сдружился он с племянником вашим. Склонность молодого человека к мечтательности и уединению, его чистый, возвышенный нрав и вместе кроткая, но пылкая душа пленили доверие венгерца. Казалось, он предчувствовал близкий конец свой и спешил передать свои познания и тайны достойному смертному. "Я не довольно чист душою для такого дела", — подслушал однажды друг мой слова венгерца к юноше. Они были неразлучны: вместе на ночных прогулках до самого Подкумка, не страшась чеченских хищников, и всегда в местах диких и непосещаемых; вместе за чудными письменами до белой зари; вместе при свете солнца и при мерцании месяца. Чаще всего бродили они на здешнем кладбище, в глухую полночь, с железною тростью и телескопом в руках, то пронзая землю, то углубляясь в небо.

"Скоро, скоро свершится в мире мое странствование, — сказал однажды, прощаясь с молодым своим другом, венгерец, — я уже чувствую на сердце ледяную руку смерти. Но завтра стечение созвездий будет таково точно, как в роковую ночь, поглотившую сокровища греческого гостя. Когда ударит двенадцать, — луна бросит тень от того пригорка прямо по направлению, где скрыто оно, и там, где черта сия сойдется с тенью..." Друг мой не мог расслушать более. Утро застало венгерца на одре кончины...

— Он умер! — вскричал с досадою прокурор, воображая, что клад ускользнул от его химического процесса.

— Дайте ему умереть своею смертью! — гневно возразил артиллерийский ремонтер. — Итак, на одре кончины, сказали вы?

— Больной был безнадежен: у него лопнула одна из кровеносных жил, и сердце его заливалось, тонуло в крови. С трудом мог он произносить слова, и молодой друг, пораженный ужасом и сожалением, подавлен тоской разлуки вечной, незаменяемой, ни на миг не покидал умирающего. От лекарей отказался венгерец, говоря, что не хочет обманывать себя пустыми надеждами, а священника не принял под предлогом различия вер. Настала ночь... и ему стало тяжеле... Смертный час, видимо, близился, — и ужасна казалась кончина умирающему. Тьма зияла перед ним, как вечность, блуждающие зрачки его то искали, то избегали чего-то в пространстве. Каждое дыхание его было вздохом тоски неизъяснимой, и хриплые стенания вырывались из уст. Наконец он дал знак, и все удалились, кроме юного друга его. Сначала разговор их был тих, но постепенно голос больного возникал выше и выше и снова стихал, как замерзающий ключ. Уже ни одной живой души, кроме их, не осталось в домике и все спало в окрестности и вблизи. Только друг мой, движимый любопытством соучастия, сидел у двери общего коридора, прислушиваясь к каждому шороху. В комнате венгерца слышался лишь ропот невнятного разговора, — и вот все притихло, все, кроме последнего дыхания отходящего... Но вдруг клик ужаса раздался там: он был пронзителен и страшен; сам друг мой вчуже оцепенел, не постигая тому причины. Слушает... нет, это не обман воображения, — третий, незнакомый голос, голос могильный, голос нездешнего мира произносил там звуки укора, и тяжкие стенания страдальца служили им страшным отголоском.

Все слушали с напряженным вниманием. Полковник, опершись головой об руку, безмолвно следовал за рассказом, поверяя, кажется, слышанное с известным ему прежде... Только дождь, бьющий в окна, прерывал тишину залы.

— Значение слов убегало, однако же, от уха моего приятеля, — продолжал человек в зеленом сюртуке, — испуганного тем более, что он был уверен, как сам в себе, что никто не мог пройти в комнату больного, не быв замечен им сквозь замочную скважину. Дорого бы заплатил он тогда, если б можно было превратить стену, разделяющую их комнаты, в стеклянную. Наконец явственно услышал он страшный, последний стон венгерца, стон души, вырывающейся из тела... И потом долго длилось молчание, и потом шаги двух — не говорю людей, — но существ по комнате... С треском растворились двери, свет фонаря сверкнул в коридоре — и он увидел...

В это самое время быстрый топот ног послышался на лестнице, и дверь залы, сорванная ударом с крючка, расскочилась настежь обеими половинками. Гвардейский герой изменился в лице, артиллерист схватился за стакан, как за талисман против всякого наваждения; драгунский капитан сжал ручку черкесского кинжала, по обычаю всех кавказцев носимого на поясе; чахоточный прокурор обомлел на стуле своем, а толстый барин, с восклицанием: "С нами крестная сила!", так внезапно прикатил свое туловище к столу, что рюмки и стаканы зазвенели друг о друга. Все прочие с робостию, более или менее заметною, устремили глаза на дверь.

Это был, однако же, не иной кто, как племянник полковника. С черного плаща его катились крупные капли дождя; шляпа надвинута была на самые брови, и он, не сняв ее, торопливо вбежал в залу. Мутные глаза его бродили, на бледном лице выражался испуг, речь исчезала на дрожащих губах. Тяжкими и долгими порывами дышал он и наконец бросился, или, лучше сказать, упал, в кресла, беспокойно озираясь кругом, будто боясь преследования. Бесчисленные вопросы посыпались на него со всех сторон; но он ничего не слушал, никому не отвечал. Потом быстро вскочил он, схватил за руку дядю и увлек его на другой конец залы, чтобы изъясниться наедине. Все шепотом и знаками выражали свое изумление, не спуская глаз с молодого человека. Он говорил тихо, но с жаром. Полковник слушал, внимательно, но недоверчиво; скоро, однако ж, улыбка сомнения слетела с его лица, — оно померкало постепенно и, наконец, побледнело как полотно... Безмолвно стояли они потом, глядя друг на друга, в течение нескольких минут. Наконец полковник угрюмо сжал руку племянника, опоясал саблю, засветил маленький фонарик свой, и оба вышли вон, не удостоив ни словом, ни даже поклоном собрание.

— Они пошли на кладбище, — сказал таинственный человек, прильнувши к окну, — я вижу свет их фонаря, он мелькает вдали, подобно блуждающему огоньку над болотом.

— Это странно! — произнесли многие в один голос.

— Это удивительно! — сказал гвардейский капитан. — Я всегда знал полковника за человека, не верующего ни в какие сказки, а теперь, судя по его лицу и поступкам, он разделил испуг своего племянника, которому почудилось что-нибудь сверхъестественное.

— Заметили ли вы, — прибавил артиллерист, — что на плаще его виден отпечаток пяти пыльных перстов?

— Если б их было шесть, это было бы немного поудивительнее, — возразил гвардеец. — Что мудреного? Молодой человек споткнулся, оперся о пыльную могилу рукою и, поправляя плащ, отпечатал ее на мокром сукне.

— Гм, гм! — произнес сомнительно артиллерист, — но направление этой кисти не могло естественным образом принадлежать владельцу плаща: оно было вовсе наизворот.

Гвардеец молчал.

— Я вам говорил, — произнес тогда с торжествующим видом человек в зеленом сюртуке, — что в истории венгерца есть вещи, о которых, по словам Шекспира, и во сне не грезила ваша философия. Я должен прибавить вам, что ровно год тому назад, в этот самый час, его не стало. И что бы вы сказали, капитан, если б тень его, оставя прах могилы, встретила вас на кладбище в такую ночь?

— Я бы сказал, что это сущие басни, — отвечал капитан. — Как могут жители того света возвращаться на землю, когда все их органы истлели? Как могут они ходить, говорить, иметь вид человеческий?

— Я не отвергаю, чего не постигаю, — сказал артиллерист.

— А я так верю всему, чего не понимаю, — простодушно признался рязанский толстяк.

— Не боюсь, хотя и не понимаю! — грозно воскликнул усатый кавалерист.

— Не боюсь ни черта в человеческом образе, ни людей, начиненных всякою чертовщиною.

— Это можно испытать, — хладнокровно возразил таинственный человек. — В дальнем углу кладбища, направо, я видел сегодня мертвую голову, конечно вымытую дождем или выкопанную волками; тот, кто всех из нас бесстрашнее, пойдет и принесет этот череп сюда.

— Я готов! — сказал драгунский капитан и наклонился вперед, как птица, которая хочет слететь; однако ж не тронулся с места.

— Я иду! — произнес еще решительнее гвардеец, оперся о ручки кресел, чтоб встать... и положил ногу на ногу.

— Я бы пошел очень охотно, если б погода была получше, — проговорил антикварий с готическим носом, — а то в слякоть и в дождь — слуга покорный. Хорошо, если б это было еще за черепом какого-нибудь героя древности, — а то, я думаю, за пустой головою кубанского казака или чахлого водолея из России.

— Ни для живых, ни для мертвых! — возгласил толстяк, поглядывая на донышко стакана, как будто это мудрое изречение написано было на нем заглавными литерами. — Гей, малый! донского — полынкового.

— Эй, шампанского! — вскричал гвардеец, желая смыть и след прежнего разговора струями Эперне. — Как можно, сосед, так много пить донского? Оно очень землисто.

— Родимая земля, родимая земля, — возразил толстяк помещик, разливая в стаканы благодатную влагу, и в это время он точь-в-точь похож был на погребковую вывеску, на которой Бахус, оседлав бочку, распенивает вино в кубки.

Но человек в зеленом сюртуке не дал им так дешево отделаться от испытания храбрости.

— Итак, никто не хочет идти за мертвою головою? — спросил он укорительным голосом и вместе с лукавою гримасою.

— Сам не хожу и других не прошу, — отвечал рязанский помещик. — Куда будет весело, если мертвецу вздумается пожаловать к нам за своею головою.

— Не бойтесь этого посещения, — возразил артиллерист, — теперь уже минула мода прогуливаться без головы, по крайней мере для покойников.

— Почему знать? — сказал сосед мой, адъютант, освежая усы в шампанской пене. — В этом случае только первый шаг труден.

— Проклятая рана! — произнес драгунский капитан, поправляя перевязку и морщась, будто от боли. — Если б не она, я принес бы этот череп на забаву компании. Кладбище для меня не страшнее бахчи с арбузами.

— Что касается до меня, — примолвил гвардеец, шаркая под столом ногами и задобривая всех бокалами, — мне не хочется покинуть столь приятного общества... особенно не дослушав до конца занимательный рассказ ваш о венгерце, — прибавил он, учтиво обращаясь к зеленому сфинксу.

— Окончание моего занимательного рассказа зависит от судьбы, — очень сухо отвечал повествователь.

— Неужели же вы не знаете, что увидел друг ваш в коридоре? — спросил с беспокойством нетерпения артиллерийский ремонтер.

— По крайней мере вы этого не узнаете, — хладнокровно отвечал таинственный человек.

— Но куда же делся тогда племянник полковника с привидением? — торопливо спросил тощий прокурор. — G таким вожатым он наверное добрался до клада.

— Вырытый клад? Привидение? Вы, видно, знаете более моего. Я ни слова не говорил о привидении, — отвечал сфинкс.

— Но, боже мой, что сталось по крайней мере с венгерским кадожем в час смерти? — вскричал москвич с видом отчаянного любопытства.

— Не мне разглашать исповедь кончины и похищать тайны могил, — ответствовал важно человек в зеленом сюртуке. — Племянник полковника живой человек, — он знает все лучше моего; спрашивайте, — я пожелаю вам полного успеха.

Жужжанье неудовольствия, как пылание сухого бурьяна, послышалось кругом всего стола. Возбужденное любопытство требовало какой-нибудь жертвы, и драгунский капитан решился удовлетворить его аппетиту рассказом.

— Я плохой краснобай, — сказал он, — тем более что в последние годы службы на Кавказе чаще слышу выстрелы и лучше понимаю конское ржание, чем людской говор; однако ж если господам не скучно будет выслушать приключение подобного же рода, с родным моим братом бывшее, то я чем богат, тем и рад.

Разумеется, приглашения и просьбы посыпались на него, как пудра. Пыхнув последний раз трубкою, он начал так, сквозь облако табачного дыма:

— Надобно предуведомить вас, господа, что брат мой человек прямой, благородный и без всяких предрассудков от природы и воспитания. Каждое слово его между всеми знакомыми ходило вернее билета на Амстердамский банк; и до сих пор не могу я разгадать этого случая, но сомневаться в рассказе брата не имею никакого повода. Он вырос и стал отчаянным моряком на палубе английского корабля, потому что в его время русские гардемарины посылались на британский флот учиться мореплаванию и порядку. По этой причине, быв уже впоследствии старым нашим лейтенантом, он имел многих знакомцев и друзей между англичанами, с которыми делил мичманские шалости на воде и на суше. Пять лет тому назад случилось фрегату, на котором брат мой командовал первою вахтою, сойтись с английскою корветтой в одном из больших норвежских портов. В числе экипажа этого практического судна, какой-то особенной постройки, нашел он кой-кого из ба-ловых своих приятелей, и, по обычаю, для поновления дружества, они съехали на берег, заказали славный обед в трактире, которым ограничиваются обыкновенно топографические исследования моряков, и бутылки пошли ходить кругом стола, между тем как бесконечные тосты в three times и three time three, то есть с троекратным и трижды троекратным "ура", передавали все краски вин посам и лицам собеседников. Брат мой был удалой весельчак и непобедимый питух — два достоинства, не оцененные в глазах каждого свободного англичанина. Прибавьте к этому, что он говаривал: "S'blood God damn my Soul" [Пусть бог проклянет мою душу (англ.)] или "stab my vitals!" [Пусть мне проколют брюхо! (англ.)] не хуже кембриджского профессора изящных наук, и вы не удивитесь, что британцы были от пего в восхищении. После тысячи и одного рассказа о кораблекрушениях, абордажах, призах и опасных плаваниях то под экватором, то среди ледяных гор полюсов моряки наши удостоили ступить на землю, и пошли вести о вечной войне флотских с таможнею, о славных трактирах и чудных красавицах, с описанием боевого крейсерства между подводными камнями этих архипелагов. Точно так же, как мы, беззаботно стучали они стаканами, точно так же, как у нас, упал и у них разговор на выходцев с того света. Все сознавались, что предрассудки младенчества, которые всасываем мы с молоком и воздухом, оставляют в нас едва ли не навсегда невольную боязнь, если не тайное верование к этим существам. Но одни, особенно шотландцы, уверяли и доказывали, что страх этот есть врожденное сознание в возможности таких явлений, чему приводили множество достоверных примеров и собственных опытов, между тем как другие утверждали, что все это или обман чувств, или бредни, достойные старух и ребят. Брат мой подвизался на стороне последних и шумел, как во время бури, не забывая заряжать себя мадерою и осыпая картечью клятв логику противников, — маневр, который почитается и между нашей братьи убедительнее сухих доводов.

"Во всяком случае, — говорил он, — смешно верить и еще стыднее бояться того, чего нет. Я вызываю на заклад каждого из вас испытать собственное мое мужество!"

"Держу против пятидесяти фунтов стерлингов!" — закричал лейтенант корветы.

"Держу против пятидесяти фунтов!" — прибавил другой.

Англичане не любят пятиться, но русские идут всегда вперед:

"Я держу за себя сто фунтов, — сказал брат мой, — и предлагайте опыт сейчас же!"

Капитан судна ударил в руку, и две тысячи пятьсот рублей назначены были наградой доказанного бесстрашия в отношении к мертвецам или наказанием самохвальства в противном случае.

Решили, чтобы моему брату идти за город на лобное место, где все они, прогуливаясь, видели труп вчера повешенного разбойника. Он должен был взять его за руку и неучтивее попросить сделать ему честь пожаловать в трактир и попировать с ними до петухов, после которых, как известно, всех чертей требуют на перекличку. В доказательство же исполнения условий навязать висельнику на левую руку золотой шнурок, который один из англичан сорвал со шляпы своей.

Как ни странно, как ни причудливо, чтобы не сказать — как ни глупо, было это условие, — брат мой готов был на все. Англичане с сомнительным видом пожелали ему успеха, и он, завернувшись в клетчатый шотландский плащ, смело посвистывая, пустился по пустым улицам городка. Ночь была холодновата, путь не близок; голова и сердце его начали простывать, особенно когда очутился он в пустыре за городом, — ему показалось даже, что ветер дует так пронзительно, как будто настоен январскими морозами Якутска. В это время луна выкатилась из-за облака и озарила всю окрестность, страшная виселица чернелась вдалеке, — и на ней качался роковой плод ее. Брат мой вздрогнул и остановился невольно; выправил маленький запутанный цепочками кортик свой, который азиатец почел бы зубочисткою; потом оглянулся назад и стал считать в кошельке своем червонцы: худое начало для закладчика.

Однако же брат скоро ободрился... Все было так тихо и мирно кругом. Позади его, темнея, лежал сонный город с блистающими церковными шпицами; впереди — горизонт сливался с грядою холмов, на коих, как привидения великанов, стояли мельницы с неподвижными их крылами; вправо и влево перелески и поля с мелькающими вдали домиками. Нигде человеческого голоса, ни даже лая собаки. Брату стало стыдно самого себя. Ему казалось, что месяц дразнит его языком, а вся окрестность укоряет в робости; он распахнул плащ, который прижимал к себе так плотно, будто он составлял часть его кожи, и смелыми шагами пошел к виселице. Через десять минут он стоял уже под нею.

Неприятно и днем, не только ночью, видеть отвратительную картину нравственного и физического разрушения, какую представляют нам казни. Один только граф М — р нашел в палаче лицо утешительное для человечества, как в представителе божеского правосудия на земле. Брат мой, правда, не читал о том ни строчки, но и прочитав, покорный голосу природы, не поверил бы этой коварной логике Торквемады, где высокие причины смешаны с унизительными орудиями. С тайным ужасом глядел он на повешенного; луч месяца прямо бил в посинелое лицо, инде уже исщипанное птицами. Последняя минута тоски, видимо, замерла в обезображенных чертах и в стекловидных глазах его, в коих отразились все муки души преступной и отчаянная борьба жизни с насильственною смертью. Волосы стояли дыбом, персты сведены судорогами. На нем падет был род белого фланелевого савана с наножниками и рукавами, и он при каждом дуновении ветра то качался взад и вперед, как маятник, то обращался влево и вправо, подобно компасной стрелке, между тем как веревка держала голову его вниз, как недостойного смотреть на небо, заграждённое ему собственными злодействами. Долго, долго смотрел брат мой на труп, и глубже, глубже входило в сердце его холодное лезвие ужаса, смешанного с отвращением. Наконец он вспомнил о своём закладе, и, как ни мало расположен был в ту минуту к шуткам, однако же, для честного слова благородные люди делают гораздо хуже, чем глупости, и он, вытащив из кармана шнурок, повязал его висельнику на кисть, потом снял шляпу и поклонился так ловко, что это сделало бы честь всякому флотскому, который учился менуэту на кубрике, беспрестанно сгибаясь для сохранения лба от низкой палубы и беспрестанно оглядываясь, чтобы не слететь в люки. За поклоном следовала пригласительная речь по данной формуле, и потом брат мой снял перчатку, прикоснулся к руке мертвеца, — должно признаться, однако ж, с такою осторожностью, как доктор, который хочет пощупать пульс у заражённого чумою. В то самое мгновение, когда он обнял своими перстами ледяную руку висельника, зазвучали городские часы полночь, и заунывный гул их, наносимый ветром, показался брату печальнее погребального колокола; с этим вместе он почувствовал, что мертвец сжал и по-дружески потряс его руку.

Я вам сказал уже, господа, что брат мой был бесстрашный офицер по природе и по привычке: он, не бледнея, встречал внезапный тифон из-под ветра, и рупор его ревел под картечными выстрелами тридцатишестифунтовых карронад... Но тут было дело иного рода. Он признавался мне, что хотя мозг его и плавал до тех пор в разгорячённых парах вина, но от этого пожатия вдруг превратился в порцию мороженого пунша... вся философия исчезла, холод змеёй прополз по костям, и он с изумлением страха увидел, что с первого удара часов мертвец начал потряхиваться, побрякивать своими закованными ногами и подпрыгивать то вниз, то вверх, наподобие рулетки, — так разобрала его охота поплясать под звук полночной музыки. Наконец часы протяжно добили двенадцать, и последний удар стих в окрестности. Вместе с боем кончились и адские антраша; зато невнятный голос мертвеца поразил слух моего брата, который и без того ни жив ни мёртв стоял, желая не верить собственным чувствам. Мертвец не шевелил губами, но голос его, вырываясь из груди, то слышался глубоко под землёю, то вдали, то прямо над ухом брата, и никогда в жизни не слыхивал брат столь ужасных звуков, столь потрясающего голоса.

— Он был, верно, чревовещатель, — заметил человек с

готическим носом, -в самой глубокой древности мы начитываем тому примеры.

— Не знаю, — продолжал капитан, — бывали ли в древности мертвые чревовестники на треножнике оракульском, только едва ли не первому моему брату удалось открыть это качество на глаголе. Он, как я уже имел честь сказать вам, стоял ни жив ни мертв, и звуки с того света лились на него, как холодный дождь на прозябшего путника. Первая мысль, которая ему представилась, была — удалиться, но он не мог тронуться с места: каблуки его будто пустили корни в землю; волею и неволею надо было покориться адской силе, и он, опустя руки по швам, стоял перед повешенным, как виноватый солдат перед ротным своим командиром.

"Слушай, иноземец, что я скажу тебе! — медленно произнес разбойник. — Ты пришел насмехаться над мертвым, но вспомни, что после смерти перестает суд человеческий и наступает суд божий! С той минуты, что я перестал жить как разбойник, ты должен был пожалеть обо мне, как о собрате своем. Впрочем, ты честный человек, и твое сердце лучше твоей головы; небо допускает грешника загладить через тебя одно из вопиющих преступлений, записанных кровью в книге осуждения. Недавно, убив отца одной иностранной девушки, я ограбил все ее достояние, но, что всего важнее, с золотом похитил я и бумаги, без которых она должна скитаться безыменною нищею в чужбине и стать жертвой порока. Все это закопано на том же месте, где-совершено убийство, в ближайшем отсюда леске, под деревом, на котором зарублены два креста; оно девятое по тропинке от входа, и ты легко узнаешь его. Возьми этот заступ, приготовленный для позорной могилы моей, и рой землю на север от пня, в трех шагах расстояния. Но не озирайся назад, что бы тебе ни чудилось, — там найдешь ты роковое сокровище, — и если дорога тебе душа твоя, вручи его несчастной жертве. Завтра в самый полдень жди ее на набережной, и первая женщина, которая встретит тебя с последним ударом часов, — будет она. Дай руку и честное слово на исполнение!"

Тут висельник протянул ему ладонь свою, будто уверенный в согласии.

— Хорошо сказано для разбойника! — произнес москвич.

— А на каком языке говорил он с вашим братцем? — спросил гвардеец, у которого каждая фраза, как скорпионов хвост, непременно загибалась вопросительным крючком.

— Да, в нем говорил нечистый дух, — уверительно примолвил толстый рязанский помещик.

— А черт — отличный филолог, — заметил антикварий, — и если б он взялся сочинить всеобщую грамматику, то заставил бы краснеть все академии в свете.

— Я совсем противного мнения, — возразил таинственный человек, — враг человеческого рода не может ни делать, ни желать добра; а этот висельник, напротив, требовал очень доброго дела.

— Но кто вам поручился, что это не искушение, не адская западня? — вскричал артиллерист.

— Я почти уверен, что злые духи разорвут на части почтенного братца господина капитана, — молвил рязанец.

— А я так думаю, что он женится или по крайней мере влюбится в облагодетельствованную им девушку, — сказал догадливый сотрудник дамского журнала.

— Если вы, господа, станете беспрестанно перерывать рассказ, то помешаете брату моему и жениться и быть разорвану в клочки! — вскричал рассказчик с нетерпением. — Он, то есть брат мой, стоял в нерешимости — дать или не дать ему слово на такое запутанное дело. Как ни перемешаны были мысли его сверхъестественным этим явлением, однако ж он ясно видел, что возврат золота и документов мог навлечь на него подозрение об участии в злодействе. Юстиция не принимает никаких чудесных откровений после смерти, и свет скорее мог счесть этот поступок уликою совести, чем случаем или чертой благородной решительности. Сердце,, однако же, перемогло рассудок.

"Пусть один бог будет моим свидетелем, — сказал он, — что бы со мной ни случилось, я сделаю все для несчастной сироты", — и протянул руку к покойнику.

"Благородный человек", — произнес тот, пожимая руку брата, и в этот раз она показалась ему не столь холодна, как прежде.

Он схватил на плечо заступ и быстрыми шагами пошел к лесу... Вступая в опушку, он оглянулся, и ему почудилось, будто мертвец спрыгнул с виселицы и бежит вслед за ним; но облако налетело на лупу, и брат ничего не мог различить более. Скрепив сердце, шел он по роковой тропинке, и скоро дерево, свидетель убийства и страж добычи, предстало перед глаза его. Мысль, что здесь раздавались напрасные крики о помощи, напрасные мольбы о пощаде и последние стенания зарезанного, мысль, что он попирает стопой место, где злодейски пролилась кровь неповинная, снова взволновала его душу. Воображение рисовало очам ужасную картину... Ему в самом деле мечтались вопли и угрозы борьбы, стон и хрипение смерти. В этом расположении духа принялся он за работу. Холодный пот капал с лица, сердце билось высоко, — и вот адский хохот, дикие свисты и плесканье в ладоши раздались за плечами его. Синие огни вспыхивали там и сям; дерево сыпало на голову брата блеклые листья, и большие камни падали кругом, — он рыл, не оглядываясь. Однако отважность его слабела, разум мутился, голова пошла кругом, — ужас оледенил чувства. Наконец заступ его ударил во что-то твердое, — и в тот же миг с утроенным топотом, криками и плесками нечто тяжелое рухнуло на него внезапно, и он пал бесчувствен в яму, вырытую его руками.

Что с ним сталось после, он не помнит. На одно мгновение, будто сквозь удушающий сон, мечталось ему ржание коней, стук колес, говор людей, — и только. Долго, долго после, по крайней мере через сутки, казалось брату, очнулся он. Была ночь, — но при каком-то слабом свете; щупая и озираясь кругом и припоминая прошлое, с несказанным удивлением уверился он, что лежит на диване, в той же самой комнате норвежского трактира, в которой пировал он с англичанами. За столом, однако, не было уже никого; один огарок едва озарял предметы и дремал, подобно всей природе. Только маятник старинных часов, повторяя свои однозвучные чик-чик, еще заметнее делал безмолвие ночи. Стрелка показывала четверть пятого.

"Хозяин!" — закричал брат мой.

Никто не откликался.

"Хозяин!" — повторил он так громко, что зазвенели окошки, и толстая фигура с зевающим ртом и полуслепленными глазами ввалилась в двери в шлафроке.

"Где англичане?" — был первый вопрос моего брата, и вместо ответа хозяин полез рыться в огромном дедовском комоде, в котором каждый ящик мог бы вмещать по нескольку человек гарнизона; вынул что-то оттуда, хладнокровно снял со свечи, поднес ее к носу моего брата и, сняв колпак, подал ему письмо. Брат мой был человек аккуратный, и как ни егозило любопытство в глазах и пальцах, он раза два оборотил письмо направо и налево, прочел адрес, весьма подробно написанный, потом взглянул на печать, в гербе которой изображен был ползущий лев — верная эмблема воина придворного, и две подковы — знак твердости, но вещь давно изгнанная с паркета. Наконец он вскрыл письмо; в нем написано было: "Сир! мы проиграли заклад; вы не только храбрейший, но и достойнейший человек!

Вестовая пушка грянула, корвета снимается с якоря и не

дает нам ни минуты для объяснений. Прощайте! Будьте счастливы и не забывайте людей, которые считают честью быть вашими друзьями".

Внизу была подпись всех собеседников того вечера.

— Понимаю, — сказал человек в зеленом сюртуке, значительно нюхнув табаку, — понимаю.

— Этого нельзя и не понять, — прибавил гвардеец, — братец ваш всю эту историю, или, лучше сказать, всю эту басню, видел во сне.

— Во сне! Неужели во сне? — вскричал таинственный человек, обращаясь с вопросом к рассказчику и боясь, чтобы эта прекрасная повесть о мертвецах не превратилась во что-нибудь естественное.

— Брат мой сначала думал то же самое, — возразил драгунский капитан, — покуда между сгибом письма не нашел банкового билета на сто фунтов стерлингов. Вы, я думаю, согласитесь, господин капитан, что хотя в сновидениях нередко даются нам золотые горы, только они разлетаются в дым от одного мига ресниц; но этот сонный клад преспокойно остался у него в кармане.

— Английская штука, — сказал тогда сосед мой, адъютант, — некоторые из моряков легко могли заскакать вперед и сыграть эту драму; воображение дополнило остальное.

— Милостивый государь, — возразил драгун-наездник, нахмурясь и грозно расправляя усы, — брат мой не говорил мне ничего подобного, и я не думаю, чтобы вы имели причину сомневаться в словах моих.

Нечего было спорить против такой убедительной логики, — и все прикусили язычки, готовые уже на разные замечания, не желая из-за мертвых ссориться с живыми.

— Господа! — сказал артиллерист, закуривая трубку, — мне кажется, справедливо бы каждому рассказать какую-нибудь историю, какой-нибудь анекдот из своей или чужой жизни, — это бы помогло нам коротать другие вечера и заключить сегодняшний.

— И еще справедливее, чтобы вы скрепили этот благой совет своим примером, — возразил гвардеец. — Артиллерия должна издали открыть огонь; мы, пехотинцы, будем прикрывать ее. Капитан, как отличный наездник, завязал дело и навел неприятеля на орудия, — теперь ваша очередь.

— Помилуйте, господа, — отвечал артиллерист, отговариваясь от приглашений, — я, право, не приготовился, я принужден буду стрелять холостыми зарядами.

— Тем лучше, что не готовились, — сказал прокурор, — по

первым показаниям и по горячим следам скорей доберешься толку.

— Только что-нибудь необыкновенное, — примолвил человек, похожий на запечатанный Соломонов сосуд.

— В таком случае, господа, — произнес артиллерийский ремонтер, окидывая глазами собрание, между тем как грустная улыбка воспоминания изобразилась на его устах, — я расскажу вам истинное приключение моего дяди в Польше, при начале войны конфедератов. Оно так сильно подействовало на его ум, что он постригся в монахи и умер в Белозерском монастыре.

Таинственный человек вытянулся в нитку; все придвинули стулья.

— Думаю, каждый из вас, господа, — начал артиллерист, — слышал рассказы екатерининских служивых об ужасной варшавской заутрене. Тысячи русских были вырезаны тогда, сонные и безоружные, в домах, которые они полагали дружескими. Заговор веден был с чрезвычайною скрытностью. Тихо, как вода, разливалась враждебная конфедерация около доверчивых земляков наших. Ксендзы тайно проповедовали кровопролитие, но в глаза льстили русским. Вельможные папы вербовали в майонтках своих буйную шляхту, а в городе пили венгерское за здоровье Станислава, которого мы поддерживали на троне. Хозяева точили ножи, — но угощали беспечных гостей, что называется, на убой; одним словом, все, начиная от командующего корпусом генерала Игельстрома до последнего денщика, дремали в гибельной оплошности. Знаком убийства долженствовал быть звон колоколов, призывающих к заутрене на светлое Христово воскресение. В полночь раздались они — и кровь русских полилась рекою. Вооруженная чернь, под предводительством шляхтичей, собиралась в толпы и с грозными кликами устремлялась всюду, где знали и чаяли москалей. Захваченные врасплох, рассеянно, иные в постелях, другие в сборах к празднику, иные на пути к костелам, они не могли ни защищаться, ни бежать и падали под бесславными ударами, проклиная судьбу, что умирают без мести. Некоторые, однако ж, успели схватить ружья и, запершись в комнатах, в амбарах, на чердаках, отстреливались отчаянно; очень редкие успели скрыться.

Счастливцами назваться могли попавшие в плен. По всему городу, из конца в конец, раздавался глухой вопль Посполитого Рушенья, заглушаемый набатом и выстрелами, между коими гремели тревожные перекаты русских барабанов и замолкали вновь, подавленные криком народным. Резня длилась; смерть в разных образах сторожила русских, — и никому не было

210

пощады. Я знал одного отставного солдата, который в ту пору с пятью товарищами мылся в бане; поляки окружили ее, зажгли, заперли и со свирепою радостию слушали их отчаянные крики. К счастью его, обрушился потолок; он вспрыгнул по пылающим стропилам кверху и, полусожженный, кинулся в Вислу, на берегу которой стояла баня. Другой... Но теперь дело не о других. Дядя мой, кирасирский поручик, находился в этом же корпусе бессменным ординарцем при одном из генералов, — и я прошу позволения познакомить вас с моим дядею покороче. Он имел неоцененное счастие родиться в золотой, патриархальный век русского дворянства в степных деревнях Тамбовской губернии. Строгие понуждения Петра Великого, чтобы недоросли учились и служили с малолетства, грянули там громом, — но давно уже минули, подобно страшному сну, и они безбоязненно катались в невежестве как сыр в масле. Едва мальчик рождался на свет, целое вече родных и соседок собиралось к родильнице, и каждый и каждая, отпустив ей по нескольку приветов один другого старее, один другого глупее, клали под подушку по золотой монете на зубок новорожденному. Затем мамка выносила его самого на подушке, красного как рак, и все с важным видом обступали младенца, щупали, обдували и рассматривали его с большим вниманием и, обыкновенно по старшинству или по звонкости женских голосов, решали: будет ли у него руно или перья? В первом случае, когда младенец мог уже ходить на четвереньках, как прилично столбовому дворянину, — его пускали между телятами и барашками научиться кротости и благонравию. В другом — дожидались времени, когда он мог стоять на двух собственных ножках, и тогда курс его воспитания начинался на птичьем дворе с курами и гусями. Этот род домашнего воспитания, столь близкого к простоте природы, с очень неважными переменами, продолжался обыкновенно до тех пор, покуда несколько неугомонных ревнивых мужей, крестьян, не приходили с жалобами на молодого барчонка. Тогда нежная матушка заключала, хотя и весьма неохотно, что ребенку пора учиться, и давай слать гонцов в Москву за азбукою, а в Петербург за патентом на чин гвардии сержанта. Ни дать ни взять, этот же порядок происшествий соблюден был и с возлюбленным моим дядюшкою. Совет чепчиков решил, что в нем орлиная природа, и, вследствие таких примет, пернатое племя было товарищем его детства, и юность его услаждалась дракою с индейскими петухами. Но у ребенка пробился ус, и Амур со стрелой своей, цирюльник с бритвою и приходский дьячок с указкою явились к нему вдруг — рушители покоя и беспечности. Книга показалась дяде моему медведем, и это впечатление на юные нервы осталось в нем едва ли не на всю жизнь: от книг он вечно бегал, как бес от ладана, — и мать его уверяла, что одна азбука стоила ей целого воза вяземских пряников для утешения испуганного дитяти. Дитя, однако же, одарено было особенного понятливостию, и в два года прошло до четверных складов; но по верхам, вероятно от застенчивости, и на третьем читал он плоховато. Зато уж письмо далось ему. Но линейкам, начерченным обыкновенно углом гребешка, бегло писал он по палочкам, и, не хвастовски сказать могу, слова его походили на фрунт немножко хмельных солдат; но в позднейшие времена, в службе, он еще более наметал руку, и каждая буква его подписи разгульными своими кудрями походила на завитую в семик березку.

В двадцать два года отец впервые назвал его добрым молодцем, а мать с плачем стала собирать на службу. Как ни хотелось дяде моему посмотреть света, но горьки показались ему слезы разлуки. Мать просила его беречь здоровье, отец велел беречь денежки, и оба крепко-накрепко наказывали поздравлять с праздниками петербургских своих роденек, разумеется чиновных. Покорный сын влез в повозку с твердым намерением не следовать ни одному совету и, в сотовариществе со степенным дядькою, покатил в столицу. Прибытие его в полк, его сержантские подвиги при сиянии финского солнца и при мерцании фонарей, которые нередко бивал он, как враг просвещения, и, наконец, перевод поручиком в один армейский кирасирский полк не принадлежат к нашей истории, и потому я скажу только, что дядя мой стал молодцом в полном смысле слова. По росту и дородству вы бы могли счесть его потомком Сухаревой башни, а сила соразмерна была огромности туловища, — словом, он был достойный богатырь времен суворовских. Вообразите себе, что в одном сражении с турками конь его на ретираде был контужен в передние ноги. Он любил коня как брата и не хотел, имея надежду вылечить, оставить его в добычу неприятеля.

"Бедняжка! — сказал он, — ты не раз вывозил меня из беды неминучей, теперь за мной череда послужить тебе", — и с этим словом, подхватя четвероного товарища под передние лопатки, поволок на себе, между тем как тот переступал задними ногами.

Таким центавром прибыл он ко фронту, и когда офицеры стали удивляться его усилию, он извинялся тем, что протащил не более полуверсты. Впрочем, дядя мой, славный уже рубака на войне, был лихой товарищ и в обществе. Охотник пошутить и посмеяться, он не был лишним ни за бутылкой, ни подле женщин. Природа не обидела его даром слова, а столица весьма и весьма округлила в обращении. Вероятно, эти качества доставили ему место бессменного ординарца, и, кажется, ни генерал, пи генеральша не имели причин в том раскаиваться. Варшава, со своим венгерским вином и милыми польками, показалась ему настоящим земным раем: его жизнь плавала там в океане меду, — но гроза невидимо собиралась над русскими и грянула ужасно. Судьба судила, однако ж, дяде моему погибнуть не в Варшаве. Он, на страстной неделе, отправлен был с важными депешами в Литву и, удачно выполнив свое поручение, довольно возвращался в главную квартиру, ничего не зная, не ведая. На другой день светлого праздника он уже находился верстах в полутораста от Варшавы, поспешая навстречу погибели. У худых вестей долгие ноги, и если б дядя мой был более догадлив или менее доверчив, то легко мог бы заметить, что в народе происходит необыкновенное волнение. Но он, по обычаю всех русских курьеров, просыпался только побраниться на станции, выпить рюмку старой вудки у жида и снова залечь в плетеную бричку, лишь по временам покрикивая: "пошел!" и пересыпая это увещание перцем весьма выразительных русских междометий, разнообразие которых неоспоримо доказывает древность и богатство нашего языка, хотя их нельзя отыскать в академическом словаре. На облучок с пим садился вахмистр того же кирасирского полка, Иван Зарубаев, удалец не хуже моего дяди. Он был у него квартермистр, казначей, камердинер и телохранитель вместе; и сомнение ли поляков об удаче варшавской заутрени или робость при виде двух великанов, вооруженных с ног до пояса, — только, несмотря на косые взгляды и проклятия, процеженные сквозь зубы, им до сих пор везде давали лошадей, и нагайка Зарубаева, гуляющая без лицеприятия по спинам четвероногих и двуногих служителей почт, доставляла путникам очень скорую езду. Зарубаев, однако, видя необычайное скопление шляхты, которая, заломав шапки и засунув руки за пояс, гордо волочила за собой ржавые сабли, явно браня русских и с хвастливым видом угрожая искрошить их на табак, счел за нужное отрапортовать о том поручику.

"Ваше благородие, — сказал он, вытянувшись сколько мог, половиною тела, на облучке, — поляки затевают что-то недоброе, они грызутся на нас, как волки на собак. Во многих деревнях, я видел, насаживают косы на ратовища и

213

привязывают флюгарки к вилам; шляхта чистит дробовики и сабли, — вон, изволите ли видеть, нам перескакали дорогу человек пять с пиками? Это неспроста!"

"В самом деле, Зарубаев, — отвечал мой дядя, — я и сам заметил, что поляки стали с нами горды, как трехбунчужные паши, и вместо прежнего падам до ног готовы взлезть на шею, — далеко, брат, кулику до Петрова дня! А что, есть ли у нас, Иван, Адамовы слезы?"

"Как не быть, ваше благородие! — отвечал вахмистр, открывая пробку оплетенной фляги, которая висела у него через плечо. — Я всякий день насыпаю на полку свежего пороху".

"Так не о чем и горевать, — сказал мой дядя, потягивая душеспасительный травник, — покуда у русского солдата есть чарка в голове, сахар в кармане и железо в руках, — ему нечего бояться. Пошел!"

В этих миролюбивых мыслях прикатили они к следующей станции.

Шумный круг теснился у крыльца почтового дома; с него сухощавый поляк, -вероятно, эконом фольварка, весьма похожий на тощую фараонову корову, которая проглотила тучную, не став оттого сытнее, — что-то с жаром проповедовал, и грозные клики: "Вырзнонць, вырзнонць!" [Вырезать их, вырезать! (Пер. автора.)] вместе с шапками летели на воздух.

"Лошадей!" — закричал Зарубаев, между тем как ропот: "Москаль, москаль!" раздавался кругом.

"Тройку из курьерских, по указу ее императорского величества", — сказал мой дядя, швырнув подорожную в нос эконома.

"Тым горжей [Тем хуже. (Пер. автора.)], — гордо возразил тот, — коней не ма".

"Как не ма? для курьера не ма? Хоть роди, да подай! — вскричал, вспыхнув, мой дядя. — Или я тебя самого впрягу в хомут, тюленья харя!"

Между тем поляки сжимали круг ближе и ближе, и о каждой минутой угрозы их становились дерзостнее, поступки бесчиннее.

"Схватить их, связать их!" — кричали одни.

"Убить, убить! — ревели другие. — Им одним скучно будет в Польше, отправьте их гонцами к свату их, сатане!" — и тому подобные любезности.

"Не пустить ли, ваше благородие, шутиху в зубы этой челяди? — спросил Зарубаев у дяди. — Пистолеты у меня заряжены картечью; или по крайней мере позвольте поработать палашом, — ему, бедняге, душно в ножнах".

Но дядя мой имел благоразумие запретить вахмистру наступательные действия и дал знак держать только оружие наготове.

"Завладей сперва бричкою этого шляхтича", — потихоньку сказал он Зарубаеву, и тот вмиг исполнил фланговое движение к бричке. Тогда дядя мой решился, — медлить было нечего. Толпа готовилась задавить их множеством; самые хвастливые из шляхтичей обнажили уже клинки свои и, гарцуя над головою дяди, то подносили концы их к носу его, заставляя нюхать старопольскую славу, то втыкали их в землю, то потачивали на колесе. Это вывело его из терпения; он сверкнул глазами и палашом скомандовал Зарубаеву: укороти поводья! — схватил за ворот сухощавого поляка и, между тем как тот кричал: "Злапайце те-го дурня!" [Схватите этого сумасброда! (Пер. автора.)] — бросил его под мышку, как зонтик, и потащил, задушая, к бричке. Вскочить в нее, встащить за собой пленника и крикнуть Зарубаеву: "Катай по всем!" было дело двух мигов. Зарубаев, который, выставя из-за края брички, как из-за бруствера, пару седельных пистолетов, грозился дотоле на каждую пулю пронизать по крайней мере по три души, не дожидался повторения, и бич свистнул над конями.

"Слушай, пане экономе! — сказал дядя пленнику, ласково сжимая ворот его при каждой запятой. — Объяви этой сволочи, что если хоть один кинет в меня камнем, или выстрелит, или станет преследовать, то я не иначе явлюсь в Тартаре, как верхом на тебе!"

При окончании этого родительского увещания он так давнул бедного шляхтича, что тот заревел, как Фаларидов бык, и ради всех святых стал умолять бегущую сзади громаду не трогать русских, щадя его. Долго еще им слышались брань и проклятия раздраженной черни, у которой ускользнула из рук верная добыча; но повозка летела, и треть дороги была уже за ними, когда звук набата в селе, впереди на дороге лежащем, принудил их остановиться. Ехать назад было бы безрассудно, вперед еще опаснее, — что тут прикажете делать? Дядя призадумался, спросил Адамовых слез, которые были у него вроде карманного вдохновения во всех чрезвычайных случаях жизни... потом приложил палец ко лбу, как будто для извлечения электрической искры ума, и снова ухватил шляхтича за ворот.

"Слушай, ты, вавилонская лихорадка, — сказал он ему, — веди меня окольными дорогами не слишком близко к большой дороге и недалеко забираясь в сторону. Если же ты задумаешь бежать или, чего боже сохрани, завести меня в западню, то я впущу тебе в брюхо такую ягоду, что она не сварится в нем до Страшного суда, хотя бы желудок твой был крепче, нежели у страуса. Зарубаев! отдай ему вожжи и держи за кушак, и чуть он покривит душой или зашевелит усами, спусти гончую собаку. Понимаешь?"

И трепещущий поляк понял это весьма хорошо, взлез на козлы, своротил вправо, и путники наши скоро выехали на какую-то проселочную дорогу.

Мы не удивимся поведению дяди в таком необходимом случае, где он действовал уже в отместку за обиду и по чувству самосохранения; но, впрочем, он, подобно всем военным того времени, без всякой нужды готов был на такие же выходки. Их век был веком, в который люди угнетали других людей во всей невинности сердца; тогдашний дворянин крепко веровал, что бог создал для него только девять заповедей, а десятую отдал ему в бенефис, что крестьяне суть животные и что спины их необходимо требуют побоев, лбы рогов, а карманы просевки, и если они ропщут, то, верно, по глупости или от непривычки. Солдат в свою очередь почитал себя тоже привилегированным существом. Следуя примеру старших, он приходил на квартиру как в завоеванный приступом город, — и мужик, вчерашний товарищ его, бог знает почему, становился его вассалом. В целой деревне мальчики прятались за углы и собаки, поджав хвост, влезали в подворотню, когда старый служивый совершал по улице свое торжественное шествие из кружала, и он, свертывая голову курице или паля краденого поросенка, бывало, приговаривал: "за матушку за царицу, за святую Русь", в полной уверенности, что этому не должно быть иначе. Мы еще застали образчики солдатского молодечества на постоях, но это была уже одна тень золотого века, о котором вздыхают отставные усачи, говоря: "То-то было времечко! Пришел ли на квартиры, все твое — и куры и жены; офицеры пьют да бьют исправников, а мы свозим стога сена и щиплем бороды неугомонным; ведро вина для квитанции, и — все шито да крыто... Что за ябеда на слуг государевых? Бывало, что день — то масленица. На Руси кантуй как в земле неприятельской, а у союзников — как на Руси!" Мудрено ли же, правду сказать, что с такою политикою между нашими гренадерами поляки не слишком рады были незваным гостям?

Между тем, господа, бричка катилась, солнце садилось, и дядя мой, стягивая патронташ с пистолетами, очень умильно поглядывал в обе стороны, не увидит ли где деревушку для взыскания с нее контрибуций в пользу тощего своего желудка. Вместо деревни, однако же, увидел он столб пыли по дороге, которая тихо вилась к ним навстречу. Они расслышали хлопанье бича и дребезжание досочек, и винтов, и цепей какой-то повозки, — и вот пыль расступилась: целый цуг коней в высоких хомутах с веющими по ним флюгерами, кистями и бляхами тащил старинную низкоходную карету. Верх у ней был сквозной, и кожаные завесы, заменяющие наши стекла, подвязаны к столбикам. Внутри, на горе из подушек и всякой рухляди, лежал, преважно растянувшись, какой-то вельможный пан, покручивая усы для препровождения времени.

"Долой с дороги!" — кричал Зарубаев.

"Вправо или стопчу!" — был ответ польского кучера, и между тем оба катили прямо друг на друга, не уступая места, как добрые дипломаты.

"Кеды москаль пщель не звручи з дроги, — паль го в леб з бича!" [Если русский не своротит с дороги, то катай его бичом в лоб! (Пер. автора.)] — закричал вознице своему гордый пан, которому и самая степь киргиз-кайсаков показалась бы узка при встрече; но кони уже сгрянулись, дышла затрещали, колесо пополам, и обе повозки полетели вверх копылками. Между тем как ездовые хлестались и кони храпели под тяжестию кузова или запутанные в упряжь, дядя мой, который выходил из себя от одного грубого слова, бежал к нему в бешенстве от обидного привета, обнажив свой шестипядный палашище и обещая сделать из него двуглавого орла. Но пан уже успел выбиться из-под перин и ящиков и с саблей в руке ожидал нападения. Разумеется, ни один из них не скупился на удары, и между тем искры сыпались с клинков, брань летела с языков и удвояла запальчивость обоих. Дядя мой кричал, что он допытается, чем подбита польская кожа, а пан ревел, что он отрубит русский нос на завтрак своему пуделю; и в самом деле противник был лихой рубака и дважды уже задел его по локтю, между тем как дядя косил направо и налево без всякого разбора. Счастье, однако, лучше уменья, — и дядя мой, рубнув с плеча, раздробил саблю, которая была уже на дороге короткого знакомства с его носом, и так стукнул противника в лоб рукояткою, что он рухнул в крови, не успев ахнуть. Нажив новую беду на руки, любезный дядюшка мой спешил ретироваться, покуда слуги суетились около вельможного. На беду пленный шляхтич, пользуясь замешательством, ударил до старого замка, то есть до лесу, а Зарубаев, потирая бока, докладывал, что он не знает дороги.

217

"Ступай куда глаза глядят!" — был приказ, а нагайка взвилась опять над бегунами.

Скоро потеряли они из виду место побоища, и солнце юркнуло за горизонт, будто только и ждало конца славных подвигов. Среди врагов, в местах незнакомых, в темную ночь — не слишком весело хоть какому рыцарю; но, что хуже всего, дядя мой чувствовал тогда страсть ужаснейшую всех прочих, ибо она не знает забвения, ни примирения и убивает в три дня, — страсть, которую в просторечии называют голодом! Вообразите же себе его радость, когда, обогнув лесок, он увидел невдалеке перед собою старинный польский замок и в окошках его освещение, достойное святой недели, которая в Польше есть настоящий праздник гостеприимства. Подъезжая ближе, он с изумлением заметил, что просека, ведущая ко въезду, заросла уже мелким березняком. Ограда во многих местах была осыпана, гнилые ворота лежали у верей в крапиве, весь двор заглох дикими растениями, и самый палац разрушен по оконечностям; одним словом, все доказывало давнее запустение и необитаемость. Это поразило Зарубаева, и он сдержал коней.

"Ваше благородие! — сказал он, крестясь, — тут нечисто! В этих брошенных палатах могут стоять на постое только злые духи. По всему заметно, что здесь лет сорок не бывало живой души, а теперь в них говор, шум и пенье. Если б сюда съехались крещеные люди, так были бы кони и повозки, — ведь одни киевские ведьмы летают на помеле. Не лучше ли, ваше благородие, переночевать в поле, а то не вынесем мы своих косточек!"

"Пошел хоть к самому сатане! — сердито закричал мой дядя. — Крестом или пестом у чертей и у людей можно всего добыть, и я так голоден, что готов вырвать ужин из пасти у медведя!"

Мигом перекатили они широкий двор, и дядя мой в сопровождении Зарубаева, который ни за что в свете не хотел остаться один, пустился ощупью отыскивать вход в залу, откуда неслись громкие голоса. Взбежав по полуразвалившейся лестнице во второй этаж, не без опасности сломить себе шею, в передней, наскоро превращенной в буфет, встретил он толпу суетливых слуг. Все они были в охотничьих платьях и, споря наперехват, кто услужит хуже, готовились нести ужин. Несколько свор и смычков собак лежали и прогуливались попарно, в ожидании добычи или подачки, и дядя заметил одного лакея, который тер блюдо хвостом борзой, между тем как она, ворча, грызла заячью косточку. Запах кушанья

218

заставил его удвоить шаги — и вот он посреди залы, между множеством польских панов и дам, и в недоумении, к кому обратить слово.

Появление русского латника исполинского роста, косой сажени в плечах, вооруженного с головы до шпор, в перчатках с раструбами по локоть, в сапожищах с крагами до полубедра и в суперверсе [При императрице Екатерине II гвардейские кирасиры носили, во внутренний караул, суконное подобие кираса, с золотым шитым орлом; это-то называлось суперверсом. Во время рыцарства он надевался на латы, как чехол. (Примеч. автора.)] на груди с огромным орлом, что делало его весьма похожим иа странствующий пограничный столб Московской губернии, а далее за ним, на благородном расстоянии, точно такая же фигура, ласкающая рукой эфес палаша, — изумили и даже испугали собрание. С беспокойством поглядывали поляки, нейдут ли вслед за этим передовым корпусом другие с примкнуты́ми штыками, затем, что время и место их сбора недаром могли казаться подозрительными. Наконец дядя мой, выбрав пана, у которого гордее всех была осанка, длиннее прочих усы и богаче пояс, изъяснился как мог, что он русский курьер, сбился с дороги и, зная польское гостеприимство, просит теперь хлеба-соли для себя и потом коней для службы государевой. К этому он придал глупость самого большого калибра: назвался племянником главнокомандующего — ложь, которая бывала ему доселе очень удачна для получения подвод, хороших ночлегов, и угождений, и угощений.

"А-а! — сказал вельможный, потирая руки, — милости просим! Мы весьма рады пану племяннику главнокомандующего".

Эта новость обтекла в одно мгновение ока вокруг залы, и все, наиболее дамы, столпились около дяди моего, измеряя его глазами, как страсбургскую колокольню.

"Вот здесь", — отвечал дядя мой, опустив руку в лосиные панталоны и вытаскивая трехпечатный лист.

Взглянув на него, поляки успокоились, веселость возвратилась, и, рады не рады нежданному гостю, усадили, однако ж, его за стол рядом с очень милою дамой, и все беды, все страхи исчезли из головы моего дяди точно так же, как яства с его тарелки, а вино из серебряной стопы, в которую лукавый сосед не уставал подливать беспрестанно. Успокоив первые вопли желудка, дядя пустил глаза на волю. В самом деле, все, что ни окружало его, вовсе не походило на вещи здешнего мира: огромная зала, расписанная плесенью al fresco

[В манере фрески (ит.)], грозила падением, потолок был выпучен волнами, карнизы, украшенные паутиной, начинали обваливаться, и выбитые окна на этот вечер завешены были коврами, попонами, даже плащами охотников. Только на столе стояло несколько подсвечников, но по стенам воткнуты были охотничьи ножи и на них пылали факелы. На одной из стен висел ряд фамильных портретов, мужчин и женщин попеременно: это безмолвная летопись ничтожности человеческой. Краснощекие красавицы, перетянутые, как муравей, и обвешанные рядами кружев, на высоких золоченых каблуках, нежно косили глазки на букет чудесных цветов с серебряными листиками, наверно подарок женихов, потому что в старину девушки принимали подарки только от женихов. Усатые, бритоголовые паны с длинным чубом на маковке, иные в латах, грозно держась за саблю, другие в расшитых кафтанах и кунтушах, миролюбиво размещая пальцы по квартирам между алмазных пуговиц, беспечною своею физиономией) и двойным подбородком невольно возбуждали аппетит, и дядя очень остроумно заметил, что старики не без намерения вешали портреты свои в столовых: любя попировать в жизни, они и по смерти давали потомкам охоту к тому же. В мебелях представлялись остовы многих веков от самого потопа. Там широкие кресла протягивали одну ручку, будто прося милостыни, между тем как на вышитой спинке трепетались лоскутки прежнего величия. Там долговязый точеный стул качался на трех ножках, потеряв остальную в каком-нибудь домашнем сражении, и все они, разного роста, цвета и вида, на утиных и кривых собачьих ножках, с высокими и низкими задниками, под блеклой позолотой или из дуба, источенного червями, казалось, сбежались туда со всех чердаков, как на толкучий рынок или в инвалидный дом заслуженных утварей. Сбор гостей был не менее чудесен: они казались живыми списками висящих по стенам портретов, и все покрои платьев, начиная от короля Ляшка Белого, имели на них свое место. Многие молодые люди носили, однако ж, завитые волосы, и французские шитые жилеты сверкали из-под их двурукавных кунтушей. Хозяин, видя, что дядя мой изумляется, окидывая глазами гостей, и комнату, и уборы, поспешил успокоить на этот счет его любопытство.

"Не дивитесь, любезный ротмистр, — сказал он (поляки любят производить в чины), — что видите нас в этих развалившихся стенах. Травя сегодня с соседами медведя, я избрал этот давно уже покинутый палац местом отдыха после охоты, по близости его к лесу, где мы полевали. Не дивитесь и тому, что прекрасное это здание заброшено в пользу нетопырей; я расскажу вам о том историю.

Надобно вам сказать, что полвека тому назад дом этот сиял как алмаз и был как полная чаша. Им владел тогда граф Фелициан Глемба, родственник мой по женской линии, человек страх богатый деньгами, но еще более прихотями и страстями. Он был женат на единственной наследнице дома Тарлов, женщине очень умной и прекрасной, но, по обычаю всех славянских жен, чрезвычайно своенравной и повелительной. Чтобы рассеяться немножко от домашнего благополучия, он уехал за границу, обрыскал всю Европу, дурачился везде как нельзя более, влюблялся по пяти раз на день, дрался на поединках без счету и, наконец, истощив наличные деньги и здоровье, воротился домой с новыми долгами и застарелыми пороками. Несколько лет после того протекло довольно тихо, потому что жена была ревнива — равно к его сердцу и карману — и держала молодца, что называется, в ежовых перчатках, — и он вообще боялся ее больше всего на свете.

Вот в одну осеннюю ночь какой-то всадник прискакал на вороном коне к воротам замка и просил ночлега, уверяя, что он имеет сообщить графу весьма важные вещи. Разумеется, велено просить гостя к ужину, и граф с удивлением заметил в чертах незнакомца что-то очень знакомое; но как путешествия и связи его были обширны, то он никак не мог припомнить, где он его видел. Неизвестный ел мало, говорил еще менее, поглядывал на графа исподлобья так мрачно, что у него сжималось сердце, и, наконец, для открытия тайны, просил особого свидания. Ему назначили для ночлега дубовую комнату, и через полчаса явился туда и Глемба. Нельзя описать внезапный страх его, когда вместо незнакомого мужчины он нашел слишком знакомую ему женщину, синьору Бианку Менотти, которую обольстил он, увез от отца, тайно женился на ней и потом бросил, и забыл в каком-то немецком городе. Она, как водится, плакала, укоряла и, пакоиец, объявила, что если он не признает ее за жену свою, то, не могши утешаться его любовью, она найдет отраду в мести, что она итальянка и знает средство обнародовать его вероломные и беззаконные поступки, что она не пожалеет даже пролить кровь или отравить изменника, для которого забыла она невинность, дом отеческий, родину и родных и долгие лета разлуки скиталась в чужбине без имени и пристанища. Граф притворился, будто разнежился до слез, и, трепеща, чтобы его не подслушали, дал Иудин поцелуй примирения обманутой итальянке. Все, все обещал он:

развестись с первою женою, признать ее, любить верно и горячо, и между тем как Бианка всему верила (влюбленное сердце так доверчиво), он вращал в голове кровавые замыслы: сжить с рук опасного свидетеля и увядшую, постылую любовницу. Медлить было невозможно; он страшился ревности настоящей супруги более ада, — и скоро созрел губительный умысел в душе порочной. Ласками усыпил оп легковерную; потихоньку оторвал от оконного переплета листок свинцу, растопил его на свече в серебряной ложке и приблизился к сонной жертве своей. Руки его дрожали, совесть громко вопияла: "Удержись!" — но страх позора, но боязнь преследований итальянки и вечных укоров жены перемогли

Совершив злодеяние, граф позвал ловчего, всегдашнего поверенного его проказ; вместе с ним выбросили труп за окно и зарыли тут же под деревом. На другой день он сказал жене, что это был обманщик, хотевший выманить у него денег, и, получив отказ, он убрался до свету. Никто и не думал заботиться о человеке, который так же скрытно уехал, как прибыл; одним словом, все, кажется, было улажено, — и концы в воду; по кровь не смывается ничем. Каждую полночь стали мечтаться графу привидения; бессонница высосала его; совесть преследовала повсюду. Уверяли, впрочем, будто и всем домашним чудилась женщина в белом платье, с распущенными волосами: она медленно выходила из дубовой комнаты, пробегала весь замок и, встретив графа, грозила ему перстом, указывала на небо и потом исчезала. Гонимый раскаянием, терзаемый призраками, Глемба вдруг покинул дом этот, вскоре заболел горячкою, высказал в бреду ужасные подробности преступления — и умер.

С той поры на замок легла печать отвержения. Село, бывшее вблизи, рассеялось, дороги поросли кустарником, и доселе так еще сильно поверье, будто здесь живут духи и прогуливаются мертвецы, что дровосек, не ждя вечера, выезжает домой из окрестностей и охотник, хотя бы ему попался пестрый зубр, не погонится за ним под ночь в соседние кущи. Мы, однако же, надеясь на учтивость привидений, решились попировать здесь после подвигов травли и повторяем, пане ротмистже, весьма рады случаю, что вы вместо пустых стен нашли здесь сытный стол, вместо бледных покойников — краснощеких весельчаков, готовых пить и любить... от пана до пана!"

Между собеседниками пошли разные толки: кто улыбался, кто морщился, однако все стали поговаривать, что пора ехать. Но заздравные кубки кружилися, и все тайны всплывали на

222

верх вина, как масло, мало-помалу. Дядя мой плохо понимал по-польски и вовсе не разумел по-латыни, но и он заметил нечто неприязненное к имени русских. Толковали о всеобщем восстании в Варшаве, о том, что везде исполняется то же. Взоры гостей сверкали, восклицания становились шумнее и воинственнее; наконец тост: "Pereat Stanislas, pereat Moscovia!" [Да сгинет Станислав, да сгинет Москва! (лат.)] загремел так, что дрогнули стены. Многие вскочили, другие пили, стуча саблями о стол, хрусталь летел на пол, — и дядя мой, не понимая ни крошки, подтянул хору и, во всей чистоте души, осушил стопу свою.

В промежутках между чарами он не забывал, однако ж, своей соседки: смешил ее, ломая польский язык, без милости, забавляя рассказами о России, льстил как умел, — и ему казалось, что ему отвечают. Вкусы у женщин причудливы, и недурной мужчина двух аршин и двенадцати вершков роста имеет свои достоинства, будь он латыш, не только русский; политические же распри не входят в расчет женских склонностей, — на этом пункте они истинные космополиты, — и пана племянника главнокомандующего нашли бардзо пршиемным! Ободренный огневыми взорами милой польки и переполненный через край любовью и венгерским, дядя мой решился на объяснение. Должно полагать, что его речь была подобие Цицероновой "Pro Miloce"; ["В защиту Милона" (лат.)] он сам был очень растроган, ибо первый почувствовал силу собственного красноречия, и в самой средине изъяснения, желая вздохнуть, — зевнул до ушей, нежно взглянул на прекрасную вполглаза — и заснул богатырским сном.

Судя по высоте месяца, было за полночь, когда он пробудился; в ушах его звенел еще говор ужина, — но, открыв глаза, он чрезвычайно удивился, видя, что сидит один-одинехонек. Все было кругом в мертвом молчании; гости исчезли и никакого следа пирушки, кроме обнаженного стола и опрокинутых стульев! Дядя мой не раз протирал глаза, щупая себя за желудок и щипля за ухо, чтобы увериться, точно ли он испытал все ото во сне. И все-таки сомнение не покидало его. Зачем поляки были здесь и куда девались, не разбудя его? Люди были это или злые духи изволили забавляться над ним? И ежели злые духи, подумал дядя, то неужели разлетелись они от пения жареного петуха, которого не успел он начать? Предполагать же петухов живых никак нельзя было в окрестности. Полный месяц ясно светил в полые окна, и морозный ветерок, чтобы не сказать — дума о мертвецах, русалках и домовых, которыми набожно набивали его голову с малолетства, заставили героя пожаться: ему вовсе не было охоты провести ночь в этом чертовом решете. Мурашки бегали по ретивому, да и портреты поляков, которые за час он находил так миловидными, хмурили брови, сторожили его страшными глазами и, колеблемые ветром, казалось, хотели выпрыгнуть из рам и разделаться с незваным посетителем по-свойски.

Найдя свой плащ в углу и завертываясь в него, он заметил, что при нем нет уже ни палаша, ни пистолетов. Эта потеря поразила его как гром; без оружия он вовсе опустил крылья и опрометью кинулся к выходу, трепеща звука собственных шпор. Первый шаг за дверь — и дядя мой был уже на полу, запнувшись за какое-то мертвое тело, — но ужас его дошел до неимоверной степени, когда в нем он узнал Зарубаева, исколотого и плавающего в крови. Верный служивый был еще жив; он распознал своего поручика, собрал последние силы, приподнялся на локоть и через два слова в третье рассказал ему, что он не покидал во все время ужина своего поста у дверей, видел, как заснул дядя мой, слышал, как поляки хотели связать и с торжеством везти в Варшаву племянника главнокомандующего; но хозяин настаивал, что он берет его к себе на поруки и что стыдно платить унижением человеку, пришедшему просить гостеприимства. На беду прискакал шляхтич с вестью к одному из вельможных, что родной брат его умирает, раненный в пути русским курьером, и, узнав их обоих, указал как на убийц и разбойников. Тогда хмельные паны разъярились, и, несмотря на все увещания доброго хозяина, сабли засверкали над головою сонного дяди. Зарубаев кинулся защищать его, спустил курок по одному и саблей сбил еще двоих, но был в минуту изрублен сотнею клинков и, падая, видел, как распахнулись на другом конце залы заколоченные двери — и вышла женщина в белом платье, бледная как смерть... Завидя ее, поляки стихли, сабли опустились, и все кинулись вон, давя друг друга, побросались на коней и ускакали, восклицая: "Фантом, фантом!" После этого он потерял память.

"И теперь умираю молодцом, — прибавил Зарубаев, силясь перекреститься, — солдату всегда пора умереть, а тому и подавно кстати, кто выкупил свою душу парою вражеских; у меня же ни роду, ни племени! Велите, ваше благородие, отслужить только по мне панихиду, и пусть товарищи выпьют за мою грешную душу на поминках, — деньги в артели!"

С этим словом он упал, вытянулся в последний раз по-солдатски, — и баста. Дядя ждал, не очнется ли добрый товарищ, но труп холодел постепенно; и он, уронив пару слез на убитого, удалился искать себе приюта и безопасности. Смущен сердцем и не видя ничего в темноте, он никак не мог найти выходу: из коридора попадал он в комнату, из ряда комнат в сени, оттуда на лестницу, там на другую, — это его утомило. Он бросился в первую встречную горницу и, найдя там древнюю запыленную кровать, растянулся на ней, жмуря глаза, с твердою решимостью заснуть до света; но сон бежал от глаз дяди: труп Зарубаева и рассказы о белом привидении неотступно ходили кругом. Для развлечения он стал рассматривать комнату чудного своего ночлега.

Она вся убрана была дубом под тяжелою резьбою; высокие панели и широкие наличники, на коих хитро сплетались фантастические головы зверей, птиц и людей, долго занимали его. Казалось, под каждой рамкой скрывался шарнир, готовый повернуться и выпустить из-за себя какое-нибудь привидение или по крайней мере убийцу. Разбитое зеркало, тусклое от дождей, будто манило мертвецов поглядеться в себя. Старая дверь скрипела так жалобно, так заунывно, словно оплакивала своего жильца, и лестница, едва озаренная луною, казалось, вела прямо в преисподнюю. К этому же сырые стены пахли могилой, и флюгер, качаясь на ржавом стержне, царапал дядю по сердцу; ему стало жарко и холодно, когда он вспомнил, что это должна быть роковая дубовая комната и на кровати, на которой лежал он, умерла несчастная Бианка! При этой мысли он вздернул плащ себе на голову, но обнажил ноги; потом, желая обернуть ноги, обнажил плечи, и, наконец, после многих перемен одного и того же, проклиная портных, он свернулся в крендель, под епанчою, и таким образом, герметически закупоренный от влияния духов, заснул, потея как губка.

Вино и молодость, подобно пружине, уступают на миг силе, но потом разыгрываются по-прежнему. Вино и молодость забушевали опять в сердце моего дяди, хотя он находился в тех же тисках. Ему снилось, будто он еще за столом и прелестная соседка шепчет ему: "В дубовой комнате, в полночь!" — и палец таинственно сомкнул милые уста... И вот он на пыльной кровати, ждет-пождет красавицу... Ему дремлется, — тяжкий сон клонит к подушке. Но вот скрипнули половицы под легкою ножкою... Кто-то смотрит ему в очи; жаркое прерывное дыхание горит на его щеке, с биением сердца простирает он руки... и тут проснулся в самом деле. И в самом деле, рядом с ним лежала прекрасная полька и при закрытой туманом лупе спала крепким сном. Голова пошла вальсировать у моего дяди, сердце вскипело, как неудержимая пена шампанского, — он невзвидел света от восторга!..

225

Когда рассеялся чад упоения, облако сбежало с месяца, и он как день озарил всю комнату. Красавица лежала в томном забытьи; дядя мой снова взглянул на нее, и волосы его стали дыбом, мороз проник в самое сердце костей — это была женщина-мертвец!!

Могильная бледность заменяла на щеках ее румянец жизни, кровь не двигалась в жилах, дыханье не вздымало груди, и страшны были синеющие глаза ее без зрачков, — так по крайней мере предполагал дядя, потому что они были закрыты. Он уверял даже, что собственным своим носом чувствовал, как от нее пахло гробовой доскою, — и я верю ему тем более, что он клялся только за картами. Как бы то ни было, господа, я сам согласился бы скорее жарить ручные гранаты наместо каштанов, чем разделять ложе с выходцем того света! И бедный дядя мой, молясь всем угодникам, желал бы спрятаться в свой карман, если бы это было возможно.

Но вот скелет поднялся с кровати; говорю — скелет, потому что дядя мой очень явственно слышал бряканье косточек, вероятно собранных на проволоке, и на месяце белое платье ее сквозило, будто надетое на вешалку. Женщина-скелет подошла к окну, закрыла себе лицо рукою, будто стыдясь чего-то, потом потерла себя по лбу, словно рассуждая, из чего мой дядя заключил, что у жителей могил точно такие же телодвижения, как и по сию сторону гроба. Потом она приблизилась к дяде, и тот, воображая, что она начнет его грызть для препровождения времени, закрыл глаза и предался на божию волю. Привидение удовольствовалось, однако ж, одним поцелуем, — и дядя клялся, что с той поры щека эта стала у него отмерзать при самом обыкновенном холоде. Потом она дала знак рукою за нею последовать, и, как осужденный, побрел оп вслед за белым привидением. Сошли с лестницы, прошли темный переход, и ему мнилось уж, что оборотень заведет его в какой-нибудь погреб и оставит в глубине на съедение мышам, как польского короля Попела. Долго не мог он отвести души, вышедши и на свежий воздух; однако же ободрился, увидя, что вожатая вовсе не хотела ему зла; он готов уже был с нею раскланяться, когда она стала говорить ему гробовым голосом. Дядя мой не знал, по несчастью, ни одного чернокнижного наречия и потому стоял перед нею выпуча глаза. Видя, что он ничего не понимает, она указала ему дорожку влево, послала прощальный поцелуй рукою и исчезла в воздухе, оставя после себя серный запах, как ракета. Дядя отдохнул, перекрестился обеими руками и побрел далее, мыкать горе, не зная где пройти и куда выйти. Не удалился еще он двухсот шагов от замка, как ему послышались крики и потом погоня, и скоро заблистали огни по окнам. В ту же самую минуту человек дикого вида, в зеленой куртке, с огромным ножом на поясе, с двухствольным ружьем на плече и с легавою собакою у ног, заступил ему дорогу.

"Кто ты? — спросил изумившийся дядя. — Друг или недруг?"

"Доверься мне, и ты узнаешь, — отвечал угрюмый незнакомец. — Взгляни туда, — тебя ищут, назади верная гибель; впереди — сомнительная опасность. Следуй за мною!"

И, не дожидаясь ответа, врезался в обнаженную от листьев чащу.

Дядя мой шел следом, собака бегала кругом, заменяя патрули и ведеты. Давно уже закатился месяц, и кирасир наш, в тяжелых ботфорах, перелезая через пни, бродясь через речки, едва тащил ноги свои и пыхтел как волынка. Незнакомец отрывисто отвечал на вопросы и скоро шел далее и далее. Наконец собака залаяла... Лес стал редеть, — и вот увидели они на поляне потухающие огни биваков. Но русские то или поляки? — вот задача!.. Встретиться с последними — значило попасть из огня в полымя... а провожатый что-то очень подозрителен!..

"Кто идет?" — раздалось в цепи, и человек в зеленой куртке, сжав по-дружески руку спасенному им дяде, скрылся в лесу, не слушая никаких благодарений.

"Кто идет? Говори, или убью!" — закричал часовой вторично, и слышно было, как он ударил ружьем в руку, прицеливаясь.

"Русский, ей-богу, русский!" — отвечал дядя мой, и казачий объезд наскакал на него, воображая, что поляки покушаются на ночную атаку.

Можете вообразить себе радость, когда увиделся он с земляками и со знакомыми! Отрядом командовал подполковник Тучков. Великодушие полек спасло жизнь многим русским офицерам; любовь спасла артиллерийскую роту Тучкова. Одна шляхтянка любила страстно фейерверкера этой роты, известила его об опасности, тот кинулся к начальнику. Тучков в ту же минуту ударил сбор и, присоединяя к себе рассеянные побоищем кучки, успел уйти из окрестностей Варшавы, беспрестанно сражаясь и беспрестанно отстреливаясь. Тут, господа, кончатся похождения моего дяди; случаи войны не принадлежат к нему, да и без них рассказ мой имеет в себе слишком много северной долготы.

— И дядюшка ваш так был поражен этим, что пошел в монастырь? — спросил сфинкс в зеленом сюртуке.

— В монастырь, — отвечал артиллерист, снова закуривая трубку, — только ровно тридцать лет спустя, когда он имел несчастие потерять имение и зубы.

— Но неужели он не был довольно любопытен, чтобы расспросить у человека с двухствольным ружьем или хоть у двуносой его собаки, почему он спасает его ни дай ни вынеси и так удачно, кстати? — спросил гвардейский капитан.

— Прошу извинить, капитан, — возразил артиллерист, — дядя мой не забыл этого, и добрый вожатый вкратце, но ясно разгадал ему все. Он был киевлянин, то есть полуполяк-полурусский, женился в Риге на немке из любви, не имея ни гроша за душой и ни пяди земли в подсолнечной. Но будучи лихим стрелком, он воспользовался слухами о привидениях в замке и поселился там с женою, охотясь в окрестности и продавая дичь в ближнем местечке. Боясь, чтобы смелость польских панов, которые съехались туда на совещание об истреблении русских, не была примером для других, он с женою согласился пугнуть их порядком: она набелилась, надела белое платье и, видя, что дядю моего хотят изрубить сонного, вбежала с ужасающим криком в залу, в самую минуту свалки. Паны разбежались от страха. Желая вовсе спасти его от преследований, которые не замедлили бы конечно, когда образумятся беглецы, она упросила мужа проводить его к русским, о приближении которых носились слухи. Прочее вы можете, господа, разгадать сами.

— Это слишком обыкновенная развязка, — сказал таинственный человек со вздохом.

— В другой раз я вас угощу такою страшною повестию, — отвечал артиллерист с ироническою усмешкой, — что не только ведьма станет творить молитву, сидя на трубе, по словам баллады, но даже нерожденные младенцы перекрестятся во чреве матернем и все нянюшки вздрогнут спросонок.

— Теперь ваша очередь что-нибудь рассказать, — сказал драгунский капитан соседу своему, молодому гусарскому офицеру, который, завернув носик в меховой воротник ментика, из лени или от слабости, во все это время не вымолвил ни слова и потому не обращал на себя внимания, — гусарская ташка — арсенал любовных писем и чудных или забавных выдумок и приключений.

— Не лучше ли идти спать? — возразил гусар. — Вам, наверное, во сие приснится более занимательного, чем вы можете услышать от меня.

Разумеется, возражения задождили отовсюду.

— Сон своим чередом, — говорили одни.

— Завтра ни мое, ни ваше, — толковали другие.

— Хоть лепту в казну общего удовольствия, — возглашали все хором.

Гусар сдался.

— Господа! — сказал он, — я расскажу вам случай, который имеет только два достоинства: во-первых, он не выдумка, во-вторых, он краток. Ему-то благодаря я принужден был приехать сюда лечиться. Прошу прослушать.

Три года тому назад полк наш переходил на новые квартиры в Гродненскую губернию. Это было в августе месяце, то есть в самую веселую пору для сельских жителей. Поляки везде встречали нас радушно, и каждая дневка наверно знаменовалась балом или обедом у которого-нибудь из панов окрестных. Всякий военный сознается, что нигде нельзя найти большего удовольствия, как в польском обществе. Гостеприимство мужчин, остроумие женщин, непринужденная веселость и эта светская образованность или по крайней мере товарищеские приемы во всех невольно вас очаровывают, и вы довольны с самыми малыми средствами. Прибавьте к этому тысячи развлечений: охоту, стрельбу, катанье, гулянье, танцы и любовь — стихию польских дам, — и вы не удивитесь, что русские воздыхают об этом крае, обетованном для юношей. Я сам не любил терять времени за картами или за трубкою, и каждый часок, на который мог урваться от службы, конечно, посвящен был прекрасному полу. Бывало, устав от похода, скачешь за несколько миль, чтобы рассидеть вечерок или отгрянуть мазурку с милою дамою, которую видишь в первый, а может быть, и в последний раз. Чуть завидя на балконе вьющиеся ленты, перья или платья — сейчас кивер зверски набекрень, бурку наотмашь, и скачешь во весь опор к крыльцу, молодецки осаживаешь коня с лансады, и прежде чем хвост ляжет на землю, я уже на третьей ступени. Входишь, бывало, котом — что костей не слыхать, раскланиваешься, представляешь самого себя хозяевам, режешь по-польски, не краснея, — и пошла потеха! Гитара настраивается, фортепьяна звучат, — и вместо флейты аккомпанемент из нежных вздохов. В промежутках толкую с матерью о хозяйстве, рассказываю дочерям новый роман Вальтер Скотта, не забывая главы из собственного, хвалю и цитирую молодым людям польские непечатные стихи и восхищаюсь с отцом славою Косцюшки. Добрый старик со слезами патриотизма говорит об отчизне своей, ищет сабли, не может забыть Наполеонова гения, любезности французов и вкуса венгерского вина, от которого у него осталась в ногах подагра, а парижские союзники в погребе его оставили одни черепки. Но все веселы, все довольны, и время летит на крыльях забавы.

Однажды, подходя к одной мызе, меня встретил наш эскадронный квартиргер, по обыкновению на маленькой обывательской лошадке, так что издали казалось, будто у нее шесть ног.

"Знатная квартира, ваше благородие, — сказал он мне, снимая фуражку, — конюшня чище горницы, речка у ворот для водопою, и соломы в пояс".

"Есть ли паненки?"

"Целых три, ваше благородие".

"И хороши?"

"Что твой месяц, ваше благородие, кровь с молоком! Одна другой чище, одна другой дороднее, так что глаза разбегаются. Одна беда: они собираются ехать верст за десять к дядюшке на именины".

Признаться, вкус и похвалы квартиргера мне были весьма сомнительны, и, зашедши на минуту к хозяину, я уверился, что предчувствия мои не напрасны: три дюжие панны, разряженные в пух и перья, мне вовсе не понравились; в формах тела, как и в поэзии, я люблю что-то неопределенное, и я очень охотно принял предложение ехать с ними в гости, поискать инде счастия. Переодевшись, я поскакал вслед за болтливою их линейкою, и через час мы были уже у пана Листвинского, доброго старосветского поляка, куда съехалось довольно соседей и соседок. Между последними я встретил одну даму, знакомую мне еще в Вильне, которая имела все потребные качества, чтобы свести с ума самого хладнокровного человека: каждая шутка ее была мила и колка, подобно розе, а взгляды — настоящий греческий огонь. Подле нее за столом, преследуя ее в саду, безотвязен в танцах, я ничего не видел, кроме приманчивой знакомки своей, и не заметил, как минул день и вечер. Перед ужином, по моде, многие разъехались; по обычаю, многие остались ночевать. Меня все уговаривали последовать благому примеру, — а пуще всех сердце; но зная, что завтра мне достанется в дежурство, я не мог и не хотел согласиться. К виленской красавице каждые полчаса приходили с докладом, что сбираются тучи, что будет гроза, что крапает дождик... Я понимал, что это значит, — она упрашивала остаться, но я скрепил сердце и был непреклонен. Упрямство нравится женщинам, и эта выходка пригодилась бы мне вперед. Она уверяла меня, что я промокну, простужусь, могу заблудиться или попасть в реку; что лес, через который мне должно ехать, теперь небезопасен от беглых, ставших разбойниками. Я возражал, что простуда будет спасительна пылкому сердцу; что купанье в реке может излечить меня, как пучина Левкада; что все разбойники в свете мне менее страшны, чем жестокая женщина; наконец, что долг службы и самое благоразумие требуют моего удаления, — и завтра, может быть, я буду не в состоянии оторваться от ног ее. Станется, в этих словах было немного и правды, но все шло за шутку; она смеялась, я был грустен и радостен в одно время, и, наконец, зловещая кукушка выпрыгнула с шумом из дверец стенных часов, прокуковала двенадцать и скрылась. Душа во мне замерла; я стал прощаться.

"Ветер ужасный, дождь идет ливмя", — сказали мне.

"И все-таки я еду!"

"Но темнота, но звери, но разбойники?"

"Русский ничего не боится! Коня!" — и с этим словом я уж был на крыльце. Все вышли провожать меня, упрекая в упрямстве; я отдал поклоны кому следовало, бросил значащий взор красавице моей — и ногу в стремя, и шпоры в бок, и через четверть часа уже был в дремучем лесу.

Я долго мыкался по белому свету, много странствовал в чужбине и в отечестве, но нигде, даже в самой Сибири, не видал таких густых лесов, как в Литве. Бывало, охотясь за дичью, зайдешь в такую чащу и глубь, куда от века не проникал солнечный луч, ни крыло ветра. Во многих местах растаявшие снега образуют глубокие болота и огромные деревья кажутся водяными растениями. В других сосны тлеют на корне, не имея простора упасть. Толстые пни лежат под мохом и травою, как трупы великанов, и мертвое молчание нарушается только стуком дятла по дуплистому дубу или гробовым карканьем ворона, которого тень налетает на вас и наводит невольный трепет. В таком точно лесу ехал я. Буря уже затихла; один мелкий дождь роптал, пробираясь по листьям, и звук подков, бьющих о корни елей, которые змеями перевивались через тропинку, далеко раздавался по бору. Мне казалось днем, что я хорошо заметил дорогу, но, судя по времени, давно бы уже следовало быть дома; ехал, ехал, а селения пет как нет! Передо мной едва светлела узкая тропа, а над головой низко склонялся свод неба, отягченный тучами. Наконец заметил я, что лес редеет, и скоро почувствовал, что конь мой бежит по траве, потом по вязкой почве, потом вовсе по болоту. Удивленный тем, я слез долой и уверился, что битая дорога потеряна. Куда идти? Позади чернел бор, впереди слышалось журчанье речки, и я побрел к ней по затопленному лугу, таща в поводу коня своего. Достигнув берега, мне показалось, на той стороне разбросана деревня; как теперь гляжу — заборы, кровли и трубы обрисовывались во мраке; в одном окне виднелся огонек, и под ним стоял патронный ящик — верный признак квартиры эскадронного командира. Мне чудилось даже, будто я различаю, как подле ящика расхаживает часовой, как возникает на ветре ночной переклик его слушай! — а потом сливается с безмолвием ночи.

Несколько раз кричал я часовому, но все было тихо. Прислушиваюсь: только паденье дождя, только шумок лопающих в речке пузырьков и журчанье быстрины, пробивающейся сквозь рыболовную заводь, отвечало мне. Воображая, что голос мой не достигает ни до часового, ни до селения, погруженного в мертвый сон, я решился переправиться через реку во что бы ни стало. Сон и усталость одолевали меня, и, кроме того, я был промочен с ног и с плеч. Так наша братия, дорожа подчас жизнию в случаях важнейших, где нередко выгоды и слава ожидают отважного, иногда готовы рисковать ею за один час успокоения, из одной нетерпеливости или прихоти. Речка была не широка, но глубока, и я решился перебресть ее по шаткому плетню заколи. Пудель мой переплыл первый и визгом звал на другую сторону; зато я насилу мог согнать в воду коня: он храпел и упирался на плаву; между тем как я осторожно переступал по сучьям, беспрестанно изменяющим ноге, он уздой тащил меня то вперед, то в сторону. На самой середине, где вода кипела через плетень, обманутый тенью, я оступился и ухнул в воду выше колена. К счастию, другая нога удержала меня, я кое-как справился и, хватаясь за верхи кольев, торчащих из воды, добрался до другого берега, хоть мокр, но жив. Едва ступил я на суходол — создания мечты моей рассеялись: нет пи селения, ни зарядного ящика, ни часового; все дичь, и лес, и пустыня кругом; но огонек точно мелькал между ветвями и согрел во мне надежду найти какую-нибудь избушку для приюта.

Спешу туда, приближаюсь, — и что же? То была ветхая униатская часовня с деревянным крестом наверху, и из ее-то маленького окошечка едва лилось слабое сияние лампады.

Я привязал коня за угол и толкнул железом кованные двери; они растворились — и глазам моим представился гроб и в нем покойник, покрытый саваном.

Как ни был я чужд предрассудков, но такая нежданная встреча неприятно изумила меня. Сама природа вложила в нас таинственный ужас при виде разрушения себе подобных и нас самих ожидающего. Но так как в свете нет вещей, к которым не привыкло бы воображение, особенно подкрепленное неизбежностию, то, раздумав хорошенько, что ночевать под кровлею все-таки лучше, нежели мокнуть в грязи, что находка моя нисколько не чудесна, потому что и у нас, русских, и у литвинов-униатов выносят всегда покойников из деревень в церковь или в часовню, и, наконец, что мертвое тело есть не более как глыба земли и, конечно, не побеспокоит меня своим соседством, — я стоически бросил свою мокрую бурку в угол и улегся как мог, закрыв плечи сухим углом ее, и положил в голову пуделя, верного товарища в трудах и забавах. К удовольствию моему, почувствовал я, что небольшая печка, сложенная, вероятно, для разжигания углей в кадило, была топлена и разливала кругом приятную теплоту. Одно показалось мне странно — из нее пахло жарким, а покойники, сколько мне было известно, не ужинают! Но чтец и караульщик могли, поминая покойного, не забыть и свое человечество; так мудрено ли, что вздумали наутро упитать наемную печаль свою куском баранины? В этих мыслях начал я засыпать... Воображение гуляло бог знает где; мысли путались и бледнели; как вдруг пудель мой заворчал, и очень сердито. Я взглянул вполглаза на гроб, и мне показалось, будто мертвец приподнимает голову; долго и пристально смотрел я, но теперь он был вновь неподвижен, и полотно, закрывавшее лицо его, лежало спокойно, не волнуясь даже от ветра. Лампада перед образом меркла и тускнела, почти погасая, — и мрак, обступая меня, стал проливать какой-то неведомый страх в сердце. Привидения всегда заводятся в темноте, как червячки в лимбургском сыре; это испытал, я думаю, всякий, и человеческая храбрость в этом отношении едва ли не закатывается вместе с солнцем на другое полушарие. Иной молодец, насмехаясь над сказками и причудами, в полдень грозится Поймать черта за хвост, если бы он дерзнул к нему явиться, а в полночь за версту обходит кладбище и сердце у него бьет тревогу от полета летучей мыши. Признаюсь откровенно, что необыкновенная охота покойника заглянуть мне в лицо, а может быть, и откусить мне голову, как маковку, сначала весьма меня встревожила. Вся эта сцена была точь-в-точь как в "Светлане" Жуковского, но я не видал вблизи голубка-хранителя, который мог бы защитить меня от зубов кровопийцы. Однако же мало-помалу уверенность возвратилась.

Что до мертвых, что до гроба? Мертвых дом — земли утроба, — сказал я самому себе и обернулся к стене. От прелестных стихов Жуковского, где месяц светит и мертвец едет, мысль моя на Астольфовом гиппогрифе залетела на луну, на которой, говорят, живут люди, которые пьют воздух и строят стены от ветра. Отдохнув в этой гостинице земли, как сказано в отчете о луне, с нее сквозь Гершелев телескоп и через Петербургскую обсерваторию спрыгнул я на материк подле биржи. Биржа напомнила мне свежие устрицы; от них перешел я к патриотическому желанию, чтобы у нас удабривали поля устричными раковинами, для экономии; потом вздумал о превосходстве многопольной методы; потом о капусте вообще и о свекловице в особенности; с этим связалась идея континентальной системы; потом идея о скале св. Елены; потом о супе из костей графа Румфорда, сваренном на дыму чужой трубы; потом о курении вина в деревянных чанах; потом о просвещении в России; далее о карманной паровой машине, хозяйственно приспособленной к действию зубочистки; далее, по странному сцеплению мыслей, о поездке на пароходе в Кронштадт с прелестною англичанкою; с него прыгнул я в Ост-Индию, взглянул на прядильные машины, которыми британцы тянут целый свет в свою нитку; потом подумал о коварной их политике, о сдаче Праги, бомбардировании Копенгагена, о греческом восстании, о лорде Байроне; потом о скаковых лошадях, до которых все великие поэты были страстные охотники, — потом, господа, все это вместе могло бы составить заглавный листок "Телеграфа" и, верно, усыпило бы вас так же, как усыпило оно меня. Очень помню, что последний образ, с которым окунулся я в сонную Лету, был милая виленская дама, — и только. Должно полагать, пестрая моя дума крепко и глубоко усыпила меня, потому что хотя я и не однажды слышал ворчанье и громкий лай собаки, лежащей у меня вместо подушки, но никак не мог открыть глаз. Наконец пудель с визгом выпрыгнул из-под головы моей, и я, испуганный, вскочил на ноги. Вообразите, какая картина была передо мной; мертвец злобного лица, со сверкающими очами и с ножом в руке, порывался ко мне, между тем как пудель грыз его, ухватя за горло. Кровь ручьем бежала по савану, и он с проклятиями и глухим стоном боли боролся с остервенившимся животным, а оно, хотя два раза пораженное ножом, не покидало своего противника. В то же самое время я увидел за печью бородатое лицо другого разбойника, который целил в меня из ружья; и еще двое, подняв доску подполья, готовились вылезать на помощь к товарищам... Еще миг — и было бы поздно! Раздумывать некогда, а защищаться нечем: я имел неосторожность в одном доломане, без сабли, выехать из дому.

К счастию, в руке моей был плетеный хлыст с тяжелою бронзовой рукояткой, — и им-то со всего размаху ударил я в голову одетого в саван злодея; он зашатался, упал, и я через него кинулся в двери. Выстрел и другой полетели вслед, но оба ударились в притолоку. Спрыгнул опрометью со схода — и к лошади... За повод — он затянут узлом; тороплюсь — и путаю крепче; рву — не рвется!! Убийцы за мной, — но отчаяние двоит мои силы, повод пополам, я перекидываюсь через седло, вскрикиваю — и борзый конь уносит меня как вихорь, куда ему хочется. Грязь брызжет, ветви хлещут в лицо, — лечу стремглав по берегу речки, влево, на старый мост, который, гремя, качается под скоком, гнилое бревно хрупает — и конь мой со всех ног падает на скользкий помост. Больно ушибленный, силюсь я встать, слышу топот погони, конь бьется и скользит, — гибель неизбежная!

Удачная попытка подняла, однако ж, бегуна моего, и я снова помчался во весь опор. Разбойники между тем настигали меня, гаркая и угрожая.

"Не уйдешь от нас!" — кричали они.

"Бей его, режь!" — звенело в ушах моих.

Еще выстрел просвистал мимо, — но он подстрекнул моего коня; однако ж это усилие было лишь на несколько шагов. Погоня не переставала, а бегун мой хрипел, качаясь на скаку, как вдруг я увидел вблизи крестьянскую избу, и огонь в окнах ее, и будто мелькающие тени людей. С напряженным биением сердца, задыхаясь, с холодный потом на лице, направлял я к ней побег мой, — доскакал, бросил коня непривязанного и с криком: "Спасите, спасите!" вбежал в двери.

Первое, что представилось мне, был гроб и тусклое сияние свечей в дыму ладана. Я невзвидел свету... Природа не выдержала более... Сердце мое закатилось — я без чувств рухнул на пол!

Я опамятовался уже на другой день, в доме пана Листвинского. Издыхающий пудель мой лежал подле кровати, пробитый ножом местах в пяти, и кровью своею заверял, что происшествие ночи не был сон горячки, меня палившей. Бедное верное животное с радостию лизало мою руку, и я тронут был до слез его преданностию и скоро потом его смертию. К стыду людей, должен я сказать, что эта собака была моим лучшим другом и своею жизнию искупила мою!

Взаимные объяснения не замедлили. Хозяин рассказал мне, что я упал в обморок в его деревне, в избе одного крестьянина, у которого накануне умерла мать, и по ней совершали тогда панихиду. Мой рассказ удивил его более. В ту же минуту, с пособием исправника, послан был обыск в роковую часовню, — но в ней не застали уже разбойников. Там нашли только лоскутья добычи, изломанное оружие и несомненные следы их пребывания. Вероятно, они избрали часовню своим притоном по уединенному ее положению, а вздумали играть комедию мертвеца, чтобы удалить любопытных и заманить на верную гибель отважных. Расшитый золотом доломан соблазнил их, и я, конечно, исчез бы с лица земли, ежели бы сторожкий пудель мой не был со мною.

Скоро минул для меня светлый час присутствия разума. Нервная горячка, следствие испуга и простуды, повергла меня на шесть недель в беспамятство. Я оправился на тот раз, но потрясение было жестоко; с той поры здоровье мое, видимо, стало склоняться к закату, и, наконец, доктора присоветовали мне для исцеления Кавказские воды. Здесь я в самом деле чувствую себя гораздо лучше, но половиною моего выздоровления, господа, я, конечно, обязан удовольствию знакомства с вами.

— Благодарим за честь приветствия и занимательность рассказа, — произнес гвардеец, благодаря гусара от лица всего собрания, — премилая повесть!

— Тем более что она с романтическою завязкою соединяет историческую достоверность, — прибавил драгунский капитан.

— А всего более потому, что она последняя, — возразил гусар, улыбаясь.

— Господа, уже два часа ночи!

Стулья загремели, и все схватились за разбор шляп, калош и шинелей.

— Часы люди выдумали, — сказал таинственный человек, ожидая, что на скрепу заседания кто-нибудь расскажет повесть, в которой явился бы сам лукавый au naturel [В натуральном виде (фр.)].

— И мы не боги, — возразил артиллерист, — и потому должны жертвовать сну волей и неволей.

Видя, что все выходят, зеленый сфинкс поспешил последовать общему движению и забился в середину толпы, чтобы, в случае нападения горцев, быть в безопасности по крайней мере от выстрелов, — и для этого оп избрал своим мантелетом рязанского толстяка. Дорогою успел он насказать о зверстве и дерзости чеченцев тьму ужасов: как два года тому назад они увезли отсюда двух дам с дочерьми и еще очень недавно убили часового на редуте.

— Но что сталось с племянником полковника? — любопытно спрашивали многие друг друга. — Что заставило самого полковника, бледнея, покинуть залу?

— Я бы дал отрезать себе левое ухо, чтобы услышать первым окончание повести о венгерце, — сказал сфинкс.

— Может быть, господа, — сказал я, — ваш покорный слуга будет вам полезен в этом случае; полковник мне приятель, и если тут нет домашних тайн, он объяснит нам все. Утро вечера мудренее.

— Итак, до приятного свидания, милостивый государь! Доброго сна, господа! Покойной ночи, господин читатель!